Nebenwirkungen

Eine MM Medical Romance mit Forced Proximity

Die Ärzte vom St. Jude
Buch 2

C.G. Macington

Rivera Publishing

Kapitel 1
Die Diagnose

PRESTON

Es gibt eine ganz bestimmte Art von Stille, die es nur in den Hamptons gibt.

Es ist keine friedliche Stille. Es ist die schwere, erstickende Last von altem Geld, unterdrückten Gefühlen und der gemeinsamen, unausgesprochenen Vereinbarung, dass wir alle eine *wunderbare* Zeit haben – obwohl wir lieber eine Wurzelbehandlung ohne Betäubung über uns ergehen lassen würden.

„Die Hollandaise ist geronnen", verkündet meine Mutter.

Sie sagt es mit der gleichen Schwere, mit der man ankündigen würde, dass ein Atomsprengkopf im Anflug ist. Catherine York sitzt am Kopfende des Tisches auf der Terrasse, trägt weiße Leinenkleidung und eine übergroße Sonnenbrille. Mit einer Silbergabel stochert sie in den Eggs Benedict herum und sieht zutiefst verraten aus.

„Ich lasse den Koch sofort erschießen, Mutter", sage ich und nehme einen Schluck von meiner Mimosa.

„Erschieß ihn noch nicht", sagt Jax und schiebt sich eine Gabel voll der beanstandeten Eier in den Mund. „Sein Speck ist gut. Prioritäten, Catherine."

Dr. Jax O'Connell – Chef der Unfallchirurgie, der langjährige Partner meines Bruders und der einzige Mensch, der bei einem York-Brunch Jeans tragen darf – zwinkert mir zu. Zwischen all dem Kristall und Leinen wirkt er völlig fehl am Platz, wie ein Golden Retriever, der in eine Katzenausstellung geplatzt ist.

„Es geht um Standards, Jackson", seufzt Catherine und schiebt ihren Teller von sich. „Wenn uns die Emulsion unserer Soßen egal wird, können wir uns auch gleich zu den Tieren zählen."

„Tiere haben bessere Instinkte", murmelt mein Vater. Alistair York starrt gerade auf ein Segelboot am Horizont, als würde er den Versicherungsgewinn berechnen, falls er es versenkt. „Tiere laden ihre Kinder nicht sonntagmorgens um zehn Uhr zum Brunch ein."

„Du hast nicht uns *alle* eingeladen, Vater", sagt Maxwell und bestreicht ein Stück Toast mit chirurgischer Präzision. „Preston wohnt hier."

Ich lache und stibitze mir eine Erdbeere von Maxwells Teller. Max schlägt mir auf die Hand, aber er lächelt.

„Lass den Jungen in Ruhe, Max", sagt Jax und mopst sich ein Stück Speck von Alistairs Teller. Alistair blinzelt nicht einmal; er schiebt nur seine Mimosa näher zu sich, um sie zu schützen. „Preston braucht seine Kräfte. Dieses Champagnerglas zu heben ist Schwerstarbeit."

„Es ist schwerer, als es aussieht", entgegne ich und hebe mein Glas zu Jax. „Bleikristall. Sehr gefährlich."

„Preston", sagt Catherine und dreht ihre Sonnenbrille in meine Richtung. „Jetzt, da du deine kleine ... Auszeit ... hattest – hast du dir irgendwelche Gedanken über deine Zukunft gemacht? Du hast mit neunzehn in Yale abgeschlossen, Liebling. Inzwischen bist du zwanzig. Du bist nun seit zwölf Monaten dabei, ‚dich selbst zu finden'. Hast du irgendetwas gefunden, oder suchen wir noch?"

„Ich dachte daran, Berufs-Nichtstuer zu werden", schlage ich vor, lehne mich zurück und lasse die Meeresbrise durch meine Haare fahren. „Ich habe gehört, die Zusatzleistungen sind miserabel, aber man kommt viel herum."

Maxwell verdreht die Augen. „Mutter will wissen, ob du bereit bist, deinen Platz im Stiftungsrat einzunehmen."

„Der Stiftungsrat", wiederhole ich.

„Es ist eine gute Position", brummt Alistair. „Du tauchst einmal im Monat auf. Du trinkst den Scotch. Du stimmst mit ‚Ja' für alles, was ich vorschlage. So macht man das in der Familie York."

„Es würde zu dir passen, Liebling", fügt Catherine hinzu. „Du warst schon immer so gut im ... Umgang mit Menschen. Und die Arbeitszeiten sind sehr zivilisiert. Keine Nachtschichten."

„Und die Stühle sind ergonomisch", ergänzt Jax hilfsbereit. „Gute Lendenstütze für all die Nickerchen, die du machst."

Ein leichtes Prickeln von Gereiztheit steigt in mir auf. *Umgang mit Menschen. Nickerchen.* Als könnte meine ganze Existenz auf das Halten eines Champagnerglases reduziert werden.

Ich sehe zu Max und erwarte, dass er mir den Rücken stärkt. Erwarte, dass er sagt: *Preston hat auch ein Gehirn, wisst ihr.*

Stattdessen nickt Maxwell. „Sie hat recht, Pres", sagt er, seine Stimme warm, vernünftig und vollkommen herablassend. „Der Stiftungsrat ist perfekt für dich. Du würdest einen richtigen Job hassen."

Ich erstarre. „Wie bitte?"

Maxwell lacht leise. „Ach komm. Du liebst deinen Schlaf. Du liebst deine Seidenbettwäsche. Du hast den Notruf gewählt, als du letztes Weihnachten diese Spinne im Bad gesehen hast."

„Das war eine Wolfsspinne!", protestiere ich. „Sie hatte Fell, Max! Sie hat Blickkontakt mit mir aufgenommen!"

„Sie war gerade mal so groß wie ein Zehn-Cent-Stück", bemerkt Jax grinsend. „Ich musste sie mit einem Becher rausbegleiten. Es war für alle Beteiligten äußerst traumatisch."

„Hör zu, ich will nur dein Bestes", fährt Max fort und klopft mir auf die Schulter. „Du bist nicht für die harte Schufterei gemacht. Du bist gemacht für ... Komfort. Du bist ein Society-Typ, Preston. Sei ein großartiges Stiftungsratsmitglied. Umgarn die Spender. Überlass die harte Arbeit den Leuten, die mit dem Stress umgehen können."

Er sagt es mit Liebe. Das weiß ich. Er ist wirklich überzeugt, dass er mir einen Gefallen tut, dass er seinen kleinen Bruder vor der großen, bösen Welt der Anstrengung beschützt.

Er wendet sich wieder seinem Frühstück zu und wischt mein Potenzial mit einer brüderlich-arroganten Handbewegung vom Tisch.

Irgendetwas in mir macht *klick*.

Es ist kein böses Klicken. Es ist das leise Einrasten eines Schlosses.

Ich sehe meinen Bruder an. Ich sehe Jax an, der immer noch über seinen eigenen Spinnenwitz grinst. Ich sehe Alistair an, der bereits seine dritte Mimosa trinkt.

Ich lächle. Es ist das York-Lächeln – das, das so charmant aussieht, bis dir klar wird, dass der Hai längst im Wasser ist.

„Ist das eine Diagnose, Herr Doktor?", frage ich leise.

„Das ist eine Tatsache", sagt Maxwell. „Du würdest in meiner Welt keinen Tag durchhalten."

„Er würde nicht mal bis zum Mittagsessen durchhalten",

korrigiert Jax. „Der Hackbraten aus der Cafeteria würde ihn brechen."

Ich trinke meine Mimosa in einem Zug aus. Ich stelle das Kristallglas mit einem entschiedenen Klirren auf den Tisch.

„Interessant", sage ich. Ich stehe auf.

„Wohin gehst du?", fragt Catherine. „Wir hatten noch keine Obsttarte."

„Ich fürchte, ich muss den Nachtisch auslassen, Mutter", sage ich und streiche mir die Vorderseite meines Leinenshirts glatt. „Ich habe etwas zu lesen."

„Lesen?", fragt Alistair. „Was liest du? Die Weinkarte?"

Ich sehe Maxwell an. Ich halte seinem Blick stand, bis sein Lächeln ganz leicht ins Wanken gerät.

„MCAT-Vorbereitungsmaterial", sage ich strahlend.

Maxwell verschluckt sich. Wirklich. Er verschluckt sich so heftig, dass er nach seinem Wasserglas greifen muss. Jax hört mitten im Baconkauen auf.

„Wie bitte?", stößt Catherine hervor.

„Du hast mich schon richtig gehört", sage ich und greife nach meiner Sonnenbrille. „Maxwell findet, ich wäre fürs Stillsitzen gemacht. Also habe ich beschlossen, ihm das Gegenteil zu beweisen."

„Du willst Medizin studieren?", hustet Maxwell und wischt sich den Mund ab. „Du? Preston, du hast mit neunzehn deinen Business-Abschluss nur deshalb fertig gemacht, damit du keinen Mathekurs am Freitag belegen musst. Du hasst Anstrengung."

„Ich hasse *langweilige* Anstrengung", korrigiere ich. „Ich habe ein eidetisches Gedächtnis, Max. Das weißt du. Ich habe das gesamte Steuerrecht auswendig gelernt, nur um Vater zu nerven. Anatomie ist einfach nur ... Formen mit lateinischen Namen. Das kriege ich hin."

„Preston!“, ruft meine Mutter. „Denk an die Schuhe! Du kannst im OP keine Slipper tragen!“

„Dann kaufe ich bessere Schuhe!“, brülle ich zurück.

Während ich durchs Haus gehe und mir die Schlüssel für den Porsche schnappe, höre ich Jax’ Stimme von der Terrasse herüberwehen.

„Fünfzig Dollar, dass er aufgibt, bevor die Einführungswoche überhaupt losgeht“, sagt Jax.

„Hundert, dass er es nicht mal bis zur Bewerbungsfrist schafft“, entgegnet Alistair.

„Abgemacht“, antwortet Jax.

Grinsend lasse ich die Schlüssel an meinem Finger kreisen.

Ich hasse Blut. Ich hasse kranke Menschen. Und Maxwell hat recht – ich liebe meinen Schlaf wirklich, wirklich sehr.

Aber die Vorstellung, meinen Vater und meinen zukünftigen Schwager arm zu machen, liebe ich noch mehr.

Ich starte den Motor. Er heult auf.

Möge das Spiel beginnen.

Kapitel 2
Das Trotz-Rezept

PRESTON

Drei Jahre später

Man sagt, Trotz sei keine nachhaltige Energiequelle. Man sagt, er brenne heiß und schnell, wie Magnesium, und lasse einen schließlich kalt, dunkel und leer zurück.

Diese Leute haben ganz offensichtlich noch nie einen York getroffen. Ich laufe seit vier Jahren auf Premium-Trotz mit hoher Oktanzahl.

Mit neunzehn habe ich meinen Collegeabschluss gemacht. Mit dreiundzwanzig habe ich das Medizinstudium beendet. Während andere in meinem Alter gerade mit dem Rucksack durch Europa reisen oder erst herausfinden, wie eine Mikrowelle funktioniert, werde ich gleich für Menschenleben verantwortlich sein.

Ich lenke meinen alten Porsche 911 in das Parkhaus. Der Motor schnurrt – ein kehliger, teurer Klang, der von den Betonwänden zurückhallt wie eine Herausforderung. Ich parke neben einem Honda Civic, der von Klebeband, Rost und Gebeten zusammengehalten wird.

Ich prüfe mein Spiegelbild im Rückspiegel. Meine Haare sind perfekt – frisiert mit einer Texturpaste, die mehr kostet als ein Flug nach Europa. Meine OP-Kleidung ist marineblau, aus ägyptischer Baumwolle mit einer Fadendichte von 400 und maßgeschneidert für meine Schultern. Ich sehe fantastisch aus. Ich sehe aus, als würde mir der Laden gehören.

Genau genommen gehört der Stiftung meines Vaters ein erheblicher Trakt des Hauses, genauer gesagt der Westflügel, aber das werde ich nicht erwähnen. Nicht heute.

Heute ist der erste Tag meiner Facharztweiterbildung. Heute ist der Tag, an dem ich Maxwell das Gegenteil beweise.

Ich steige aus dem Wagen. Meine Gucci-Loafer treffen auf den ölverschmierten Beton. Maxwell hat mich vor den Schuhen gewarnt. Er meinte, ich bräuchte „Fußgewölbeunterstützung“. Er meinte, ich bräuchte „Flüssigkeitsresistenz“.

Ich habe gesagt, ich müsse mir in einem Gebäude, in dem Menschen freiwillig Plastik-Crocs tragen, wenigstens einen Rest meiner Würde bewahren.

Ich schnappe mir mein Stethoskop – eine elegante, mattschwarze Littmann Master Cardiology Edition – und gehe zum Aufzug.

Die Türen gleiten auf und geben einen überfüllten Metallkasten frei, der nach abgestandenem Kaffee, Desinfektionsmittel und Angst riecht. Die anderen Assistenzärzte sind leicht zu erkennen. Sie sind die, die zittern. Sie klammern sich an ihre Klemmbretter wie an Schilde. Sie sehen blass, schwitzig und eindeutig nach Mittelschicht aus.

Ich steige ein. „Guten Morgen“, sage ich und setze mein bestes Galalächeln auf.

Ein Mädchen mit krausem Haar und einem verdächtigen

braunen Fleck auf ihrem Kasack starrt mich an. „Du riechst nach Sandelholz“, flüstert sie anklagend. „Warum riechst du nach Sandelholz? Ich rieche nach Angst und Schinken.“

„Es ist eine Sondermischung“, sage ich und drücke den Knopf für den vierten Stock. „Das Einatmen kostet fünf Dollar. Ich schicke dir die Rechnung.“

Sie blinzelt. Der Aufzug bimmelt.

Vierter Stock. Allgemeinchirurgie.

Die Türen öffnen sich, und das Chaos trifft uns wie eine körperliche Welle.

Alarme piepen. Telefone klingeln. Menschen rennen. Es ist laut, grell und riecht schwach nach Bleichmittel und etwas Organischem, das schiefgelaufen ist.

„Willkommen im Fleischwolf, Frischfleisch!“, dröhnt eine Stimme.

Am Stützpunkt der Pflege steht ein Mann, der aussieht, als hätte er persönlich mit einem Bären gekämpft und verloren, sich aber weigert, es zuzugeben. Er hat dunkle, wirre Locken, die der Schwerkraft trotzen, breite Schultern, die seinen Kasack ausfüllen, und Augen, die so dunkel sind, dass sie wie doppelte Espressoshots wirken.

Das ist Dr. Lucas Silva. Leitender Assistenzarzt.

Ich kenne seine Akte. Klassenbester in Columbia. Rücksichtslos. Effizient. Und, glaubt man dem Krankenhausflurfunk, völlig seelenlos.

Neben ihm steht eine Frau, die offensichtlich der eigentliche Boss ist, und tippt mit einem roten Stift gegen die Theke. Sie ist klein, stämmig und furchteinflößend. Auf ihrer OP-Haube sind knallrote Chilischoten abgebildet.

„Dr. Silva“, sagt sie, ihre Stimme schneidet wie ein Skalpell durch den Lärm. „Hör auf, die Kinder zu erschrecken. Du siehst aus wie ein Wasserspeier.“

„Ich etabliere nur meine Dominanz, Mama“, murmelt

Silva, ohne sie anzusehen. „Wo sind die Laborwerte für Bett 3?“

„Die sind fertig, wenn ich sage, dass sie fertig sind, *mijo*“, fährt sie ihn an, zieht einen Tupperware-Behälter aus ihrer Tasche und drückt ihn ihm gegen die Brust. „Iss deinen Haferbrei. Du siehst blass aus.“

„Ich habe keinen Hunger—“

„Iss. Den. Haferbrei.“

Er nimmt den Behälter. „Ja, Ma'am.“

Also, die Gerüchte stimmen. Rosa „Mama“ Ortiz. Stationsleitung. Die einzige Person, vor der Alistair York Angst hat. Und nach dem, wie Dr. Silva augenblicklich einknickt, ist sie ganz eindeutig eine Mutterfigur für ihn.

Silva lässt seinen Blick über die Gruppe verängstigter Assistenzärzte schweifen. Sein Blick bleibt zuerst an dem Mädchen mit den krausen Locken hängen, dann an dem Typen, der sein Hemd durchschwitzt, und schließlich an mir.

Er hält inne.

Er schaut auf meine Haare. Er schaut auf meinen maßgeschneiderten Kasack. Er blickt hinunter auf die Loafer.

Seine Oberlippe kräuselt sich. Es ist kein dezentes Kräuseln. Es ist ein Naserümpfen von tiefer, seelischer Enttäuschung.

„Sie“, sagt er und richtet einen Stift auf mich.

„Dr. York“, helfe ich aus. „Preston.“

„Hab nicht gefragt“, faucht er. Er beugt sich vor und kneift die Augen zusammen. „Wie alt sind Sie? Haben Sie überhaupt einen Führerschein, oder hat Ihre Nanny Sie abgesetzt?“

„Ich bin dreiundzwanzig“, sage ich und strecke die Brust ein wenig raus. „Ich stand auf der Dean's List.“

„Sie sind ein Baby“, stöhnt Silva. „Großartig. Ich mache Babysitting. Und Sie sind zu spät.“

„Ich bin drei Minuten zu früh." Ich werfe einen Blick auf meine Rolex.

„Sie laufen auf meiner Zeit, York", sagt er und tritt näher. Er riecht nach Seife und Erschöpfung. Überraschend angenehm. „Und auf meiner Zeit gilt: Wenn Sie nicht fünf Minuten zu früh sind, sind Sie zu spät. Und wenn Sie Schuhe tragen, die mehr kosten als meine Studienschulden, gehe ich davon aus, dass Sie nicht vorhaben, tatsächlich zu arbeiten."

„Die haben einen hervorragenden Grip", lüge ich. Die Sohlen sind glatt wie Glas.

„Wir werden sehen", sagt Silva. Er wendet sich an die Gruppe. „Ich bin Dr. Silva. Das ist Krankenschwester Ortiz. Sie leitet diese Station. Wenn Sie mir auf die Nerven gehen, lasse ich Sie so lange rektale Untersuchungen machen, bis Ihre Finger schrumpelig sind. Wenn Sie *ihr* auf die Nerven gehen, wird man Ihre Leiche nie finden. Haben Sie das verstanden?"

Die Assistenzärzte nicken hektisch.

Er beginnt, die Aufgaben zu verteilen.

„Miller, Sie machen die postoperative Kontrolle. Versuchen Sie, nicht in Ohnmacht zu fallen." „Cheng, Sie begleiten Dr. O'Connell in die Unfallchirurgie. Viel Glück." „Levine, Drecksarbeit."

Er bleibt bei mir stehen. Er klopft das Klemmbrett gegen seinen Oberschenkel. In seinen Augen erscheint ein dunkles, böses Funkeln.

„York", sagt er leise.

„Ja, Chef?"

„Bett 4 braucht ein Konsil."

„Ausgezeichnet", sage ich und richte mein Stethoskop. „Kardio? Neuro? Eine seltene tropische Krankheit?"

„Manuelle Ausräumung", sagt Silva.

Hinter ihm prustet Mama Ortiz laut. Sie lässt den Blick an mir hinuntergleiten, ihre Augen verengen sich, als sie die

Loafer mustert. „Viel Glück, Prinzessin“, murmelt sie. „Zieh dir besser einen Spritzschutz an.“

„Wer ist der Patient?“, frage ich und weigere mich, mein Lächeln auch nur zucken zu lassen.

„Mr. Bromley“, sagt Silva. „Er ist ein Stammgast. Er hat ein wiederkehrendes Problem mit ... der Schwerkraft. Und Haushaltsgegenständen.“

„Ich verstehe nicht.“

„Das werden Sie schon“, sagt Silva lächelnd. Es ist kein freundliches Lächeln. Es ist das Lächeln eines Mannes, der einen Gladiator mit nichts als einem Löffel bewaffnet in eine Grube mit einem Löwen schickt. „Los, York. Lassen Sie den Patienten nicht warten. Und versuchen Sie, die Schuhe nicht zu zerkratzen.“

Kabine 4 ist mit einem Vorhang abgetrennt. Ich höre ein leises, höfliches Summen von drinnen. Es klingt nach Mozart.

Ich ziehe den Vorhang zur Seite.

Auf der Kante der Trage sitzt ein freundlich wirkender älterer Mann in einer beigefarbenen Strickjacke, mit Lesebrille an einer Kette. Er sieht aus wie ein Bibliothekar, der sich auf dem Weg zu einer Teegesellschaft verlaufen hat.

„Guten Morgen“, sage ich und trete ein. „Ich bin Dr. York.“

„Oh, hallo“, sagt der Mann strahlend. „Ich bin Mr. Bromley. Es tut mir furchtbar leid, dass ich Umstände mache. Es ist nur so ... es ist schon wieder passiert.“

„Was ist passiert, Mr. Bromley?“

„Ein Missgeschick“, seufzt er. „Ich war dabei, mein Arbeitszimmer umzugestalten. Feng Shui, wissen Sie. Sehr wichtig für den Energiefluss. Ich hatte das Gefühl, dass das Chi in der Ecke blockiert war.“

„Natürlich“, sage ich und schlage seine Akte auf. „Und dann?“

„Und dann bin ich ausgerutscht“, sagt Mr. Bromley tragisch. „Ich stand auf der Trittleiter, wollte nach einer Erstausgabe von Dickens greifen, und dann habe ich den Halt verloren. Ich bin nach hinten gefallen.“

Ich sehe mir das Röntgenbild auf dem Tablet an.

Meine Augen werden groß. Ich zoome hinein. Ich zoome heraus. Ich kippe den Bildschirm.

Dort, fest im absteigenden Kolon des Patienten verkeilt, ist eine perfekte, schwarze Kugel.

„Ist das ...“, blinzle ich. „ein Magic 8-Ball?“

„Das ist er“, bestätigt Mr. Bromley. „Standardgröße. Ich bin genau darauf gelandet. Furchtbar unglücklich. Ich habe ihn tatsächlich noch zu meiner Anlagestrategie befragt, kurz bevor der Unfall passiert ist.“

Ich starre ihn an. „Sie sind darauf gelandet.“

„Mit Wucht“, nickt er. „Ich habe versucht, ihn selbst wieder herauszubekommen, aber er scheint eine Art Vakuum erzeugt zu haben. Wie ein Korken in einer Weinflasche.“

Ich atme tief durch. Ich blicke auf meine Hände hinab. Diese Hände haben Champagnergläser gehalten. Sie haben Lenkräder italienischer Sportwagen gehalten. Sie haben noch nie ein gleitmittelverschmiertes Spielzeug in einem älteren Mann gehalten.

Ich könnte einfach hinausgehen. Ich könnte kündigen. Ich könnte zur Vorstandssitzung gehen, den Scotch trinken und ein Leben in Hygiene führen.

Dann denke ich an Silvas Gesicht. *Ich gehe davon aus, dass Sie nicht vorhaben, tatsächlich zu arbeiten.*

„Schon gut“, sage ich. „Schwester!“

Eine Krankenschwester steckt den Kopf zur Tür herein. Es ist nicht Ortiz. Es ist eine verängstigt aussehende Studentin.

„Ich brauche Gleitgel", sage ich. „Alles."

„Wie viel?"

„Stellen Sie sich vor, Sie schmieren ein Schwein für einen Ringkampf ein", sage ich düster. „Und dann verdoppeln Sie die Menge."

Zehn Minuten später bereue ich jede Lebensentscheidung, die mich an diesen Punkt gebracht hat.

„Entspannen Sie sich, Mr. Bromley", knurre ich, während mir der Schweiß die Schläfe hinunterläuft. Mein Arm steckt tief im Unbekannten. „Denken Sie an das Feng Shui."

„Es fühlt sich ziemlich ... voll an", bemerkt Mr. Bromley höflich und krallt sich an die Bettgitter.

„Das liegt daran, dass es eine Kugel ist, Mr. Bromley!", fauche ich. „Er ist nicht stromlinienförmig!"

Meine linke Hand liegt zu Abstützzwecken auf seiner Hüfte. Meine rechte Hand fungiert als menschliches Brecheisen. Die Sogwirkung ist unglaublich. Sie trotzt den Gesetzen der Physik. Es ist, als wollte der 8-Ball dortbleiben. Er hat ein Zuhause gefunden.

„Sie müssen jetzt pressen", weise ich ihn an.

„Pressen?"

„Ja! Als würden Sie einen Satelliten ins All schießen!"

„Also gut, dann los!"

Mr. Bromley drückt. Ich ziehe.

Es ertönt ein Geräusch.

Es ist kein würdevolles Geräusch. Es ist ein nasses, schmatzendes *PLATSCH* – wie der Laut, wenn man einen Stiefel aus tiefem Schlamm zieht.

Die Versiegelung bricht.

„Achtung, es kommt was!", schreie ich.

Der Magic 8-Ball schießt aus Mr. Bromley heraus wie eine Kanonenkugel.

Er fliegt. Er fliegt tatsächlich.

Er trifft mit einem dumpfen Schlag auf meine Brust, prallt von meinem Brustbein ab und landet mit einem feuchten Klatschen auf dem Linoleumboden.

Einen Wimpernschlag später folgt das ... Nachspiel.

Ich springe zurück. Meine Reflexe sind durch jahrelanges Ausweichen vor Champagnerkorken geschärft. Ich lege eine Pirouette hin, auf die das Bolschoi-Ballett stolz wäre.

Die Spritzzone verfehlt meine Gucci-Loafer um einen Millimeter. Ein einziger Tropfen undefinierbarer Flüssigkeit landet auf der Spitze meines linken Schuhs.

Ich starre ihn an. Er starrt zurück.

„Oh, bravo!", klatscht Mr. Bromley schwach. „Ich fühle mich viel leichter."

Ich bleibe stehen und ringe nach Luft. Meine makellose Dienstkleidung ist zerzaust. Meine Würde liegt in Fetzen. Aber das Objekt ist draußen.

Ich beuge mich – vorsichtig – hinunter und hebe den Magic 8-Ball mit behandschuhtter Hand auf. Mit einem Stück Mull tupfe ich das Sichtfenster sauber.

Das blaue Dreieck steigt durch die trübe Flüssigkeit nach oben.

AUSSICHT NICHT SO GUT.

„Da können Sie laut sagen", murmele ich.

Ich gehe aus Kabine 4 hinaus, in der Hand einen Biohazard-Beutel mit der Schmuggelware.

Dr. Silva steht am Stützpunkt und tippt etwas in einen

Computer. Mama Ortiz steht neben ihm und schält eine Orange.

Beide halten inne, als sie mich sehen.

Ich gehe zum Tresen. Behutsam lege ich den Beutel auf die Theke, gleich neben Silvas Haferbrei.

„AUSSICHT GUT", sage ich.

Silva starrt auf den Beutel. Dann sieht er mich an. Er mustert mich nach Schäden. Er sieht den einen Fleck auf meinem Schuh.

„Sie haben das Ding rausgekriegt?", fragt er und klingt ehrlich verärgert darüber, dass ich nicht von oben bis unten mit Ausscheidungen bedeckt bin.

„Manuelle Bergung", sage ich und reiße mir mit einem Schnalzen die Handschuhe von den Händen. „Der Patient ruht sich jetzt aus. Er hat nach dem Ball verlangt. Ich habe ihm gesagt, seine Zukunft sei trüb."

Mama Ortiz lässt ein bellendes Lachen los, das wie ein Schrotflintenschuss klingt. Sie wirft mir eine Orangenscheibe zu. Ich fange sie mit einer Hand.

„Nicht schlecht, Prinzessin", sagt sie und nickt zu dem Beutel. „Die meisten Assistenzärzte brauchen dafür die Zange. Du hast gute Hände. Weich, aber stark."

„Danke, Krankenschwester Ortiz", sage ich und stecke mir die Orangenscheibe in den Mund. „Ich spiele Klavier. Rachmaninow erfordert ausgezeichnete Fingerkraft."

„Werden Sie mir nicht übermütig, York", faucht Silva und schnappt sich den Beutel von der Theke. „Das war nur das Aufwärmen. Und machen Sie Ihre Haare zurecht. Sie sehen aus, als hätten Sie gerade Sex in einem Windkanal gehabt."

„In diesem Windkanal sah ich fantastisch aus", korrigiere ich ihn und prüfe mein Spiegelbild im Monitor. „Was kommt als Nächstes, Chef? Haben wir jemanden, der auf einen Toaster gefallen ist?"

Silva tritt in meinen persönlichen Raum. Er ist groß. Nervenaufreibend groß. Und aus der Nähe brennen seine Augen vor Erschöpfung und einem widerwilligen, mikroskopisch kleinen bisschen Respekt.

„Gehen Sie in die Notaufnahme", befiehlt er. „Bett 6. Ausräumung."

„Schon wieder?"

„Sie haben Talent fürs Graben", grinst Silva. „Und solange Sie sich keine vom Krankenhaus genehmigten Schuhe kaufen, gehören Sie in die Scheiße. Wegtreten."

Ich salutiere. „Jawohl, Captain."

Ich drehe mich auf dem Absatz um, meine Loafer quietschen leise auf dem Linoleum.

Ich schaffe drei Schritte, bevor ich sie flüstern höre. Die Akustik in diesem Flur ist für Privatsphäre furchtbar, aber für mein Ego hervorragend.

„Der hält keine Woche durch, Mama", murmelt Luke. „Sieh ihn dir an. Er vibriert ja förmlich vor Anspruchsdenken. Er ist ein York."

„Der Bruder ist am Ende doch ganz anständig geworden", entgegnet Rosa nachdenklich. „Irgendwann. Vorher war er steif wie ein Brett, bis er mit Jax zusammenkam. Dieser O'Connell-Junge hat ihn richtig hingebogen. Vielleicht gibt es Hoffnung für die Nummer zwei."

„Max arbeitet tatsächlich", wirft Luke ein. „Der hier ist einfach nur ... glänzend."

„Ich gebe ihm einen Monat", entscheidet Rosa. „Er hat nicht gewürgt. Und er hat die Orange gefangen. Ich mag ihn. Er ist hübsch."

„Er ist ein Unheil."

„Er ist dein Problem, *mijo*. Iss deinen Haferbrei."

Mit einem Grinsen gehe ich auf Bett 6 zu.

Es kann losgehen.

Kapitel 3
Robin Hood in Gucci

PRESTON

Das Problem beim Lebenretten ist, dass es unglaublich unpraktisch ist.

Da wäre zum einen das Licht: grell, fluoreszierend und für alle über zwölf gnadenlos unvorteilhaft. Dann der Geruch, der zwischen „Chlor" und „Reue" pendelt. Und dann ist da noch der Kaffee.

Der Kaffee in St. Jude's ist ein Verbrechen aus Hass. Es ist Schlamm. Es ist Batteriesäure, die so tut, als wäre sie ein Getränk.

Deshalb nehme ich um 7:00 Uhr morgens an meinem dritten Tag als Assistenzarzt nicht an der Visite teil. Stattdessen beaufsichtige ich gerade die Installation einer La Marzocco Linea Mini Espressomaschine im Pausenraum der Assistenzärzte.

„Vorsicht mit dem Chrom", weise ich die Lieferanten an. „Wenn Sie das verkratzen, muss ich Sie verklagen – und meine Anwälte langweilen sich im Moment zu Tode."

„Dr. York?"

Ich drehe mich um. Ein Mädchen – Foster, glaube ich – steht in der Tür. Sie sieht aus, als hätte sie in einem Wäschetrockner geschlafen. Ihr Kasack ist falsch zugeknöpft.

„Guten Morgen, Foster", sage ich und unterschreibe den Lieferbeleg mit meinem Montblanc-Füller. „Sie sehen ... anwesend aus."

„Ist das ..." Sie starrt die glänzende italienische Maschinerie an, die auf dem wackeligen Pausenraumtisch steht. „Ist das eine Espressomaschine?", fragt sie.

„Ist es", bestätige ich. „Ich habe gestern den Kaffee aus der Cafeteria probiert. Ich habe Gott gesehen, Foster. Und er war wütend."

„Wir dürfen keine eigenen Geräte haben", flüstert sie entsetzt. „Dr. Silva wird sie beschlagnahmen. Er hat gestern Levines Mini-Backofen einkassiert."

„Levine hat Fisch aufgewärmt", sage ich und wische ihre Bedenken beiseite. „Das hier ist ein humanitäres Hilfspaket. Also, wollen Sie einen Macchiato, oder werden Sie mich verpfeifen?"

Foster schaut die Maschine an. Dann schaut sie zur Tür. „Doppelter Shot", flüstert sie. „Bitte."

Ich bin gerade dabei, das Kaffeemehl anzudrücken – eine Sondermischung, die ich mir von einer Rösterei in Portland einfliegen lasse –, als sich die Atmosphäre im Raum verändert. Die Temperatur fällt um zehn Grad.

Ich muss mich nicht umdrehen, um zu wissen, wer es ist.

„York."

Die Stimme ist tief, rau und klingt, als hätte sie mit Kieselsteinen und Urteilen gegurgelt.

Ich drehe mich langsam um.

Dr. Lucas Silva lehnt im Türrahmen. Er sieht furchtbar aus. Und mit furchtbar meine ich, er sieht aus wie ein tragisches, wunderschönes Desaster. Seine Locken sind ein einziges Chaos, die dunklen Ringe unter seinen Augen könnten einen Pfirsich zum Blauen Fleck machen, und er hält einen Stapel Akten, als wolle er sie anzünden.

„Chef", sage ich und lehne mich gegen die Arbeitsplatte. „Kaffee? Geht aufs Haus."

Er starrt die Maschine an. Er starrt mich an.

„Sie haben eine Espressomaschine mitgebracht", sagt er tonlos. „In ein Krankenhaus."

„Ich habe Arbeitsmoral mitgebracht", korrigiere ich. „Und Koffein. Was mich rein technisch gesehen zur wertvollsten Person auf dieser Station macht."

„Schaffen Sie das Ding weg."

„Nein."

Er blinzelt. „Wie bitte?"

„Ich habe nein gesagt", entgegne ich und schiebe Foster eine winzige Porzellantasse zu, die sie packt und wie ein aufgescheuchtes Eichhörnchen davonhuscht. „Sie können mich melden. Sie können mich anschreien. Sie können mich das gesamte Team der Knicks manuell ausräumen lassen. Aber ich trinke den Schlamm von unten nicht – und Sie auch nicht."

Ich ziehe den nächsten Shot. Der reiche, karamellige Duft füllt den sterilen Raum. Ich sehe, wie Silvas Nüstern sich weiten. Ich sehe das Nachgeben in seinem Blick. Er ist ein Mann am Abgrund, und ich bin der Teufel mit der Dampfdüse.

„Schwarz", murmelt er ergeben. „Ich nehme ihn schwarz."

Ich grinse. „Kommt sofort."

Ich reiche ihm die Tasse. Er nimmt einen Schluck. Seine Augen schließen sich. Für einen Moment sinkt die Anspannung aus seinen Schultern. Er wirkt fast ... menschlich.

Dann piept sein Pager.

Der Frieden zerbricht. Die Schultern gehen wieder hoch. Er stellt die Tasse ab.

„Visite. Jetzt. Und verstecken Sie das Ding, bevor Mama es sieht, sonst verlangt sie Miete von Ihnen."

Wir stehen bei Behandlungsplatz 2. Die Patientin, Frau Rosa, hat einen knallroten, wütend aussehenden Ausschlag am Unterarm, der den Dermatologie-Assistenzarzt Dave völlig ratlos macht.

„Es sieht aus wie eine Kontaktdermatitis", sagt Dave und rückt seine Brille zurecht. „Aber sie hat keine Seife gewechselt. Latex haben wir ausgeschlossen. Ich denke an ... einen seltenen tropischen Pilz?"

Luke seufzt und reibt sich die Schläfen. „Dave, Frau Rosa lebt in New Jersey. Wenn sie nicht gerade in Newark mit Pfeilgiftfröschen ringt, ist es nicht tropisch."

Ich beuge mich vor. Ich schnuppere in der Luft. Ich rieche ... Chemikalien. Genauer gesagt den stechenden Geruch von billigem Farbstoff, der sich als Luxus ausgibt.

Mein Blick landet auf Frau Rosas Handtasche, die auf dem Nachttisch steht. Es ist eine knallorange Birkin. Oder vielmehr: Sie gibt nur vor, eine Birkin zu sein.

„Es ist die Tasche", verkünde ich.

Luke dreht sich zu mir um. „Die Tasche?"

„Frau Rosa", sage ich sanft. „Das ist eine wunderschöne Tasche. Darf ich fragen, wo Sie sie herhaben?"

„Mein Neffe hat sie mir geschickt!" Frau Rosa strahlt. „Aus Italien!"

„Ah", nicke ich. „Canal Street, Italien. Oder vielleicht eBay, Italien."

„York“, warnt Luke. „Beleidigen Sie nicht die Accessoires der Patientin.“

„Ich beleidige sie nicht, ich stelle eine Diagnose“, entgegne ich. Ich ziehe einen Handschuh an und nehme die Tasche hoch. Ich begutachte die Nähte. „Uneinheitlicher Sattlerstich. Und das Leder ... es riecht nach Benzin und Verzweiflung.“

Ich wende mich an Dave.

„Es ist das ‚Kunstleder-Abstoßungssyndrom‘“, erkläre ich feierlich. „Das ist kein Hermes-Leder, Dave. Das ist Kunstleder, behandelt mit einem Formaldehyd-Farbstoff, um diesen Orangeton zu imitieren. Frau Rosa trägt sie in der Armbeuge. Die Hitze überträgt die Giftstoffe. Daher der Ausschlag.“

Dave starrt mich an. „Steht das ... in den Lehrbüchern?“

„Es steht in der Vogue, Dave. September-Ausgabe 2018. Da gab es einen ganzen Artikel über giftige Fälschungen.“

Ich wende mich Frau Rosa zu.

„Ich verschreibe Ihnen eine Kortisoncreme“, sage ich ihr. „Und ich verschreibe Ihnen, diese Tasche zu verbrennen. Sie ist eine biologische Waffe.“

„Aber sie hat das Logo!“, protestiert Frau Rosa.

„Das Logo ist schief, Liebling“, sage ich sanft. „Und Sie haben Besseres verdient. Ich lasse meine Mutter Ihnen einen Katalog schicken. Sie hat einen Schrank voll mit echten Modellen, die sie seit 1999 nicht mehr angeschaut hat.“

Luke starrt mich an. Er schaut auf den Ausschlag. Er schaut auf die Tasche.

„Formaldehyd-Farbstoff?“, fragt Luke.

„Weit verbreitet auf dem Fälschungsmarkt“, zucke ich mit den Schultern. „Ein Fluch für die ganze Branche.“

Luke schüttelt den Kopf. Er schreibt in die Akte. *Kontaktdermatitis. Ursache: Fashion Crime.*

„Guter Fang, York“, murmelt Luke. „Erinnern Sie mich

daran, Ihnen niemals ein Geschenk ohne Echtheitszertifikat zu kaufen."

„Oh, ich würde es merken, Chef", zwinkere ich. „Ich würde es sofort merken."

Um 10:00 Uhr ist der Koffeinrausch verflogen und der erdrückenden Realität des amerikanischen Gesundheitssystems gewichen.

Ich stehe am Stützpunkt, tue so, als würde ich eine Akte aktualisieren, bin in Wahrheit aber online auf der Suche nach einer neuen Uhr, als ich es höre.

Das Geräusch, wie Dr. Lucas Silva den Verstand verliert.

Er ist am Telefon am Ende des Tresens, umklammert den Hörer so fest, dass seine Knöchel weiß hervortreten.

„Ich verstehe die Richtlinie", sagt er mit gespannter Stimme. „Ich sehe mir gerade die Richtlinie an. Ich sehe mir außerdem eine siebzigjährige Frau an, die eine Raumforderung an der Bauchspeicheldrüse hat, die wir ohne das Kontrast-MRT nicht identifizieren können ... Nein, ein Ultraschall reicht nicht aus ... Weil ich das sage ... Ich bin der leitende Assistenzarzt ... Hallo? Hallo!"

Er knallt den Hörer auf. Er legt den Kopf in die Hände.

„Ärger im Paradies?", frage ich und lasse mich zu ihm hinübergleiten.

Er blickt auf. Wenn Blicke töten könnten, wäre von mir nur noch ein Schmierfleck auf dem Linoleumboden übrig.

„Versicherung", spuckt er das Wort aus wie einen Fluch. „Frau Gable. Bett 8. Sie braucht eine spezielle MRT-Sequenz, um einen Tumor auszuschließen. Ihre Versicherung – ‚Budget-Care Plus', das weder budgetfreundlich noch fürsorglich ist –

hat sie abgelehnt. Die wollen, dass wir nach dem Prinzip ‚abwarten und beobachten' vorgehen."

„Abwarten und beobachten?", wiederhole ich. „Abwarten und beobachten, ob sie stirbt?"

„Im Grunde ja." Silva fährt sich mit der Hand durch die Haare, die dadurch noch chaotischer wirken. „Ich muss Widerspruch einlegen. Das dauert achtundvierzig Stunden. Die haben wir nicht. Ihre Enzyme schießen durch die Decke."

„Dann machen Sie einfach das MRT", sage ich.

Silva lacht. Es ist ein hohles, bitteres Geräusch. „Ach ja, stimmt. Ich vergaß. Sie sind ein York. Sie denken, Dinge passieren einfach, nur weil Sie sie wollen. Wenn ich dieses MRT ohne Genehmigung anordne, bleibt das Krankenhaus auf den Kosten sitzen. Fünftausend Dollar. Und dann frisst mich die Verwaltung."

Er steht auf und schnappt sich Frau Gables Akte.

„Ich muss jetzt einer lieben alten Dame sagen, dass wir ihren Zustand ‚weiter beobachten', weil irgendein Versicherungsmathematiker in New Jersey beschlossen hat, dass sie nicht profitabel genug ist."

Er stapft in Richtung Bett 8 davon.

Ich sehe ihm nach. Ich sehe auf das Telefon, das er gerade auf den Apparat geknallt hatte.

Ich sehe auf den Computerbildschirm vor mir.

Ich hasse diesen Ort. Ich hasse den Geruch. Ich hasse die Schuhe. Aber am meisten hasse ich, dass Lucas Silva – der nervig und verbohrt ist und einen schrecklichen Geschmack bei Schuhen hat – so geschlagen aussieht. Es ruiniert sein Gesicht. Er hat ein sehr symmetrisches Gesicht. Es sollte lächeln, oder mich wenigstens anschreien.

Ich seufze. Ich richte mein Kasack-Oberteil.

„Zeit, unter Leute zu gehen", flüstere ich.

Frau Gable ist entzückend.

Sie ist ein winziges Vögelchen von einer Frau, mit weißem Haar und einem handgestrickten Schultertuch. Als ich ihr Zimmer betrete, löst sie gerade ein Kreuzworträtsel.

„Sieben senkrecht", murmelt sie. „Fünf Buchstaben. ‚Ein stechender Schmerz'."

„Angst", schlage ich vor und trete ein. „Oder vielleicht ‚Qualen'. Das sind allerdings sechs Buchstaben."

Sie blickt auf und strahlt. „Dr. York! Der gut aussehende. Sagen Sie Dr. Silva nicht, dass ich das gesagt habe, er sieht aus, als trüge er die Last der ganzen Welt auf den Schultern, der arme Schatz."

„Tut er", stimme ich zu und prüfe ihre Überwachungsgeräte. „Er braucht ein Hobby. Oder ein Valium. Wie fühlen Sie sich, Frau Gable?"

„Ach, gut, Liebes. Nur ein kleines Bauchweh." Sie greift in ihre Handtasche und zieht ein Erdbeerbonbon heraus. „Möchten Sie was Süßes?"

Ich sehe das Bonbon an. Es ist voller Fusseln.

„Sehr gern", sage ich, nehme es und stecke es in meine Tasche.

„Dr. Silva war gerade hier", sagt sie, und ihr Lächeln wird ein wenig schwächer. „Er sagt, wir müssen ein paar Tage auf die Bildermaschine warten. Er schien sehr aufgebracht darüber. Er ist ein guter Junge."

„Das ist er", sage ich. „Aber er ist ein schrecklicher Lügner."

„Wie bitte?"

„Sie warten nicht, Frau Gable", sage ich und tippe an die Bettkante. „Es hat da einen ... Verwaltungsfehler gegeben. Ich habe gerade das System geprüft. Sie wurden hochgestuft."

„Hochgestuft?" Sie blinzelt. „So wie im Flugzeug?"

„Genau so wie im Flugzeug. Die Erste Klasse beginnt jetzt mit dem Einsteigen."

Ich verlasse das Zimmer, bevor sie Fragen stellen kann. Ich gehe direkt zum Stationsstützpunkt.

Das Computersystem von St. Jude's ist uralt. Es läuft mit Windows 98 und Hoffnung. Aber es läuft auch mit dem Stiftungskapital der York-Stiftung.

Mein Vater, Alistair York, liebt zwei Dinge: Geld und seinen Namen auf Gebäuden. Deshalb hat der „York-Flügel" einen speziellen Ermessensfonds für „VIP-Patientenbetreuung". Der ist normalerweise für Vorstandsmitglieder oder Politiker reserviert, wenn sie Diskretion brauchen.

Ich setze mich an das Terminal. Ich lasse die Knöchel knacken.

Ich tippe meinen Benutzernamen ein. *P_York*. Passwort: *RichBoyzDontCry1* (Ich habe es erstellt, als ich zwölf war. Nicht urteilen).

Zugriff gewährt.

Ich rufe Frau Gables Akte auf.

Aktueller Status: *Normalstation. Versicherung: Abgelehnt.*

Ich markiere das Feld. Ich drücke Löschen.

Neuer Status: *York-Stiftung Priorität. Abrechnungscode: 007-GOLD-V. Notizen: Patientin ist eine enge persönliche Freundin der Stiftung. Alle Untersuchungen beschleunigen. Upgrade zur Platin-Suite.*

Ich drücke Enter.

Der Bildschirm blinkt grün. *Verarbeitung läuft.*

Ich lehne mich im Stuhl zurück.

„Dr. York?"

Ich zucke zusammen. Foster steht da und hält ein Klemmbrett.

„Hacken Sie gerade ... das Krankenhaus?" flüstert sie.

„Ich bringe nur das Universum in Ordnung, Foster", sage ich und stehe auf. „Holen Sie jetzt einen Rollstuhl. Frau Gable zieht in den Westflügel um. Und sagen Sie der Radiologie, dass sie in zwanzig Minuten runterkommt. Wenn sie Fragen haben, sollen sie meinen Vater anrufen."

Fosters Augen werden riesig. „Aber ... Dr. Silva hat gesagt—"

„Dr. Silva ist der leitende Assistenzarzt", sage ich und klopfe ihr auf die Schulter. „Ich bin ein York. In diesem Gebäude sticht das einen leitenden Assistenzarzt. Los."

Sie rennt los.

Ich schaue auf meine Uhr. 10:45 Uhr.

Das System braucht etwa fünfzehn Minuten, um die Buchung zu markieren. Alistair braucht weitere fünf, bis die Meldung auf seinem Handy aufploppt. Er braucht zwei Minuten, um lila anzulaufen, und eine Minute, um im Krankenhaus anzurufen.

Vorhang auf.

Ich lehne am Stützpunkt und esse das fusselbedeckte Erdbeerbonbon (ich habe es natürlich ausgepackt), als das Telefon klingelt.

Es ist nicht das normale Klingeln. Es ist das rote Telefon. Die externe Leitung, die für die Spenderbetreuung und Notfälle reserviert ist.

Dr. Silva ist den Flur runter und sieht verwirrt zu, wie Foster Frau Gable in Richtung Aufzüge schiebt. Er läuft mit sich vertiefender Stirnfalte zurück zum Tresen.

Das Telefon klingelt wieder.

Mama Ortiz sitzt am Tresen und isst eine Tamale. Sie schaut auf das klingelnde Telefon. Sie schaut mich an.

„Du hast etwas angestellt“, sagt sie. Es ist keine Frage.

„Ich habe nur ein paar Unterlagen angepasst“, sage ich unschuldig.

Sie verengt die Augen. Sie nimmt den Hörer ab.

„Chirurgische Station, Krankenschwester Ortiz am Apparat.“

Ich kann die Stimme am anderen Ende noch aus einem Meter Entfernung hören. Sie ist laut. Sie ist wütend. Sie gehört Alistair.

„WER IST DA? ICH WILL MIT DER VERWALTUNG SPRECHEN! ICH HABE GERADE EINE MELDUNG ÜBER EINE FÜNFZIGTAUSEND-DOLLAR-BUCHUNG AUF MEINEN DISPOSITIONS-ETAT BEKOMMEN! FÜR EINE ‚MRS. GABLE‘? ICH KENNE KEINE MRS. GABLE! IST SIE SENATORIN? IST SIE DIPLOMATIN?“

Mama Ortiz zuckt nicht zusammen. Sie kaut langsam an ihrer Tamale.

„Mr. York“, sagt sie. Ihre Stimme ist ruhig, schwer und gefährlich. „Hier ist Rosa.“

Stille.

Totenstille in der Leitung.

Dann eine deutlich leisere, zitternde Stimme: „Rosa? Rosa Ortiz?“

„Ganz genau“, sagt sie. „Warum schreist du mich an, Alistair? Mein Ohr klingelt. Willst du, dass ich eine Migräne bekomme? Du weißt, ich werde unausstehlich, wenn ich Migräne habe.“

„Nein! Nein, Rosa, ich–ich wusste nicht, dass du es bist. Ich war nur ... da ist eine Abbuchung. Ein Fehler. Jemand plündert den Stiftungsfonds!“

„Frau Gable“, sagt Rosa und schaut mich an. Ich zeige ihr den Daumen hoch. „Ja. Sie ist ein VIP. Very important.“

„Ist sie das? Wer ist sie?"

„Sie ist eine nette Dame, die meinem Assistenzarzt ein Bonbon gegeben hat", sagt Rosa. „Und sie braucht eine Untersuchung. Es sei denn, du willst persönlich hier runterkommen und ihr sagen, dass sie sie nicht bekommt? Ich glaube, ich habe noch eine Lücke in meinem Terminplan, um das mit dir zu besprechen. Ich kann meine Pinzette mitbringen."

„Nein!" Alistair klingt verängstigt. „Nein, das wird nicht nötig sein. Wenn ... wenn du sagst, sie ist ein VIP, Rosa, dann ist sie ein VIP. Bewahr einfach ... den Beleg auf, ja?"

„Auf Wiederhören, Alistair. Trink etwas Wasser. Du klingst verschleimt."

Sie legt auf.

Sie schaut mich an. Ein langsames, furchteinflößendes Grinsen breitet sich über ihr Gesicht aus.

„Du hast Eier, Prinzessin", sagt sie. „Die Kreditkarte von Daddy zu benutzen."

„Es ist kein Diebstahl, wenn es Familie ist", sage ich.

„Dr. York!"

Luke stürmt an den Tresen. Er wirkt völlig panisch.

„Wohin bringen die Frau Gable? Foster hat sie gerade in den Platinflügel gebracht! Und die Radiologie hat gerade angerufen – sie bereiten das Kontrastgerät vor. Sie haben gesagt, die Anordnung kam vom Vorstand."

Er knallt seine Hände auf den Tresen. Er schaut mich an. Man sieht, wie es in seinem Kopf *klick* macht. Die Haare. Die Schuhe. Das Grinsen.

„Sie", stößt er hervor.

„Sie brauchte das CT", sage ich und zucke mit den Schultern. „Ich habe den Prozess beschleunigt."

„Sie ... Sie können nicht einfach ..." Er stottert. „Haben Sie irgendeine Ahnung, in wie große Schwierigkeiten Sie dafür kommen können? Das ist Betrug! Das ist Vetternwirtschaft! Das ist ..."

„Effektiv?", schlage ich vor.

Er starrt mich an. Sein Brustkorb hebt und senkt sich heftig. Er sieht wütend aus. Aber unter der Wut ist noch etwas anderes. Erleichterung.

Frau Gable wird leben.

Er fährt sich mit einer Hand übers Gesicht. Er stößt einen langen, zitternden Atemzug aus.

„Sie sind ein Albtraum", sagt er leise. „Sie sind ein verwöhnter, leichtsinniger, arroganter Albtraum."

„Und Sie", sage ich und beuge mich näher zu ihm, „sind willkommen."

Er sieht mich an. Für einen Moment wirkt die Luft zwischen uns dicht. Aufgeladen.

Dann zerknüllt Mama Ortiz ihre Alufolie.

„Küss ihn oder schlag ihn, Lucas", sagt sie, ohne aufzusehen. „Aber entscheid dich, du versperrst mir die Sicht auf den Monitor."

Luke springt zurück, als hätte er sich verbrannt. Seine Ohren nehmen einen entzückenden Rosaton an.

„I-ich muss nach der Patientin sehen", stottert er. „Nur um sicherzugehen, dass Foster den Rollstuhl nicht in einen Wandleuchter rammt."

Er dreht sich um und marschiert davon. Doch bevor er um die Ecke biegt, schaut er zurück. Nur für eine Sekunde.

Er verzieht nicht das Gesicht. Er sieht ... verwirrt aus.

„Er mag dich", stellt Mama Ortiz fest und nimmt wieder ihren Stift auf.

„Er hasst mich", korrigiere ich.

„Schmaler Grat, Baby", sagt sie. „Schmaler Grat. Jetzt geh und beantworte das Rufsignal in 4. Und York?"

„Ja, Mama?"

„Wenn du das nächste Mal die magische Kreditkarte benutzt? Besorg mir einen neuen Stuhl. Dieser hier quietscht."

Ich grinse.

„Wird gemacht."

Später in dieser Nacht

Die Platin-Suite ist lächerlich. Sie hat Samtvorhänge, Blick auf den Central Park und einen Minikühlschrank, der mit prickelndem Apfelwein gefüllt ist.

Frau Gable schläft tief und fest. Die Aufnahme war unauffällig – nun ja, unauffällig in Sachen Verwirrtheit. Es ist ein Tumor, aber er ist operabel. Klein. Gerade noch rechtzeitig entdeckt.

Ich stehe im Türrahmen und beobachte den Monitor mit den Vitalwerten, als ich spüre, dass jemand neben mir steht.

Luke lehnt am Türrahmen. Er hat seine schmutzige Dienstkleidung gegen frische getauscht. Er sieht müde aus, aber die verzweifelte Schärfe ist verschwunden.

„Wissen Sie", sagt er leise und senkt die Stimme, damit er sie nicht aufweckt, „Sie können nicht jeden mit Geld retten, York."

„Ich weiß", antworte ich und schaue zu Frau Gable. „Aber ich kann *sie* retten."

„Warum?", fragt er. „Warum haben Sie das gemacht? Sie kennen sie nicht einmal."

Ich sehe ihn an. Ich könnte ihm die Wahrheit sagen – dass ich es getan habe, weil es mir in der Brust wehgetan hat, ihn so gestresst zu sehen. Dass ich es getan habe, weil ich wissen wollte, ob ich es kann.

„Sie hat mir ein Bonbon gegeben", sage ich nur. „Erdbeer."

Luke schüttelt den Kopf. Ein kleines, widerwilliges Lächeln zuckt an seinem Mundwinkel.

„Sie sind lächerlich."

„Ich bin teuer", korrigiere ich. „Das ist ein Unterschied."

„Jean-Pierre hat angerufen", sagt Luke.

„Wer?"

„Der Koch. Für den Platinflügel. Er wollte wissen, ob die Patientin irgendwelche Diätvorgaben hat für ihre ..." – er tut so, als würde er in seine Unterlagen schauen – „Hummerbisque."

Ich lache. „Standardprozedur."

Luke sieht mich an. Seine dunklen Augen suchen meine. Zum ersten Mal, seit ich hier bin, schaut er nicht auf die Schuhe. Er schaut nicht auf die Haare. Er schaut mich an.

„Gute Arbeit, York", sagt er leise. „Die Untersuchung hat es bestätigt. Wir haben es früh genug erwischt."

Er zögert, dann fügt er hinzu, fast widerwillig klingend: „Ich hätte nicht gedacht, dass Sie dafür Ihren Kopf hinhalten. Die meisten Typen in Ihren Schuhen hätten das Risiko nicht auf sich genommen."

Es ist ein Krümel. Ein winziger, mikroskopischer Krümel Bestätigung.

Ich will ihn einrahmen.

„Heißt das, ich muss morgen keine Ausräumungen machen?", frage ich hoffnungsvoll.

Der Moment ist vorbei. Luke verdreht die Augen und stößt sich vom Türrahmen ab.

„Träumen Sie weiter, Prinzessin. Ich hab um acht Uhr morgens einen Typen, der sich auf einen Gartenzwerg gesetzt hat. Sie sind dran."

Er geht den Flur hinunter.

Ich sehe ihm nach.

Ich hole das Erdbeer-Bonbonpapier aus meiner Tasche und schnippe es in den Mülleimer.

Nebenwirkungen

Hat sich gelohnt.

Kapitel 4
Die Kuratierung des Chaos

PRESTON

Tag fünf

Es gibt Dinge, die man dir im Medizinstudium nicht beibringt. Sie bringen dir den Citratzyklus bei. Sie bringen dir die Anatomie des Plexus brachialis bei.

Sie bringen dir nicht bei, dass Blutabnehmen bei einem lebenden Menschen die Fingerfertigkeit eines Bombenentschärfers und die seelische Ausgeglichenheit eines Heiligen erfordert.

Ich habe beides nicht.

Ich stehe in Kabine 3 und halte eine Butterfly-Nadel in der Hand. Der Patient, Mr. Higgs, hat offenbar Venen aus hauchdünnem Gewebe, die sich vor Licht scheuen.

„Stechen Sie einfach rein, Doc", knurrt Mr. Higgs. „Ich hab nicht den ganzen Tag Zeit."

„Wir stechen nicht einfach rein", sage ich und schwitze durch meine OP-Kleidung aus ägyptischer Baumwolle. „Wir navigieren durch eine komplexe Gefäßlandschaft. Ihre Venen sind ... schwer zu fassen, Mr. Higgs. Sie machen es mir nicht leicht."

Ich ziele. Ich stoße zu. Ich verfehle.

Mr. Higgs schreit auf.

„Okay", sage ich und werfe die Nadel in den Abwurfbehälter. „Das war ein Warnschuss. Standardprozedur."

Der Vorhang wird aufgerissen. Dr. Lucas Silva steht da. Er sieht aus wie eine Gewitterwolke in blauer OP-Kleidung.

„York", sagt er. „Warum schreit der Patient?"

„Er schreit nicht", korrigiere ich. „Er äußert nur seine Überraschung. Ein Zeichen eines robusten Atmungssystems."

Luke tritt in die Kabine. Er wirft einen Blick auf meine zitternden Hände, die drei gescheiterten Stauschläuche auf dem Tablett und den verängstigten Ausdruck in Mr. Higgs' Augen.

„Treten Sie vom Patienten zurück", befiehlt Luke.

Ich mache einen Schritt zurück. Nur zu gern.

Luke nimmt eine neue Nadel. Er sieht nicht einmal so aus, als würde er sich anstrengen. Er berührt den Arm von Mr. Higgs, findet die Vene rein instinktiv und schiebt die Nadel hinein. Ein kleiner roter Rückfluss. Treffer. Fertig.

„So macht man das", sagt Luke und klebt die Kompresse fest. „Entschuldigen Sie sich bei Mr. Higgs."

„Es tut mir leid, dass sich Ihre Venen vor meiner Nadel versteckt haben, Mr. Higgs", sage ich charmant.

„Entschuldigen Sie sich dafür, dass Sie ihn massakriert haben, York."

„Entschuldigung für das Massaker. Es wird nicht wieder vorkommen."

Luke zerrt mich an meinem Kasackkragen aus der Kabine. Er marschiert mit mir zur Tür des Zentralen Materialraums – einer Tür, vor der ich inzwischen Angst habe.

„Sie sind völlig nutzlos mit einer Nadel", stellt Luke fest.

„Ich habe feinmotorische Fähigkeiten!", protestiere ich. „Ich kann in unter zehn Sekunden einen Windsor-Knoten binden. Ich erkenne den Unterschied zwischen 120er- und 150er-Wolle allein am Griff!"

„Können Sie eine Vena basilica finden?"

„... Nein."

„Dann sind Sie nutzlos." Luke verschränkt die Arme. Seine Bizepse spannen sich unter den Ärmeln seines Kasacks. Es ist nervig, wie ablenkend das ist.

„Da Ihnen heute keine scharfen Gegenstände anvertraut werden können", sagt Luke, ein grausames Funkeln in den Augen, „übernehmen Sie den Idiotendienst."

„Idiotendienst?", frage ich. „Ist das ... administrativ?"

„Machen Sie die Tür auf, York."

Ich öffne die Tür zum Zentralen Materialraum.

Ich schnappe nach Luft.

Es sieht aus, als wäre in einer Apotheke eine Bombe explodiert. Kartons mit Mullbinden sind aufgerissen. Kochsalzbeutel sind zu wackeligen Türmen aufgestapelt. Katheter sind mit Holzspateln vermischt. Es ist ein Kaleidoskop medizinischer Anarchie.

„Das hier", flüstere ich und greife mir an die imaginären Perlen (metaphorisch). „Das hier ist ein feindliches Arbeitsumfeld. Es verstößt gegen jedes Prinzip von Feng Shui."

„Das ist die Nachtschicht", sagt Luke. „Die verwüsten alles. Ihre Aufgabe ist es, das zu reparieren."

„Reparieren?"

„Organisieren. Inventarisieren. Wenn ich in zwei Stunden zurückkomme und ich nicht innerhalb von drei Sekunden eine 14-Gauge-Braunüle finde, machen Sie einen Monat lang rektale Untersuchungen."

Er dreht sich zum Gehen.

„Warten Sie!", rufe ich. „Das ist Schikane! Das ist eine Verschwendung meiner Talente! Ich bin ein Visionär, Luke! Ich bin ein Heiler!"

„Sie sind ein Praktikant, der kein Blut abnehmen kann", ruft Luke über die Schulter zurück. „Viel Spaß mit den Bettpfannen, Prinzessin."

Die Tür fällt ins Schloss.

Ich bin allein mit dem Chaos.

Ich sehe auf den Haufen verknoteter Infusionsschläuche. Ich sehe auf die Kartons mit Handschuhen, die nach Größe, aber nicht nach Textur sortiert sind.

Ein langsames, ruhiges Gefühl breitet sich in mir aus.

Luke denkt, das hier sei eine Strafe. Er denkt, das sei die Hölle.

Er weiß nicht, dass ich, bevor ich mit dem Medizinstudium angefangen habe, einen Sommer damit verbracht habe, den begehbaren Kleiderschrank meiner Mutter neu zu organisieren, weil der Farbverlauf ihres Kaschmirs „spirituell aggressiv" war.

Ich lasse die Finger knacken. Ich kremple die Ärmel hoch.

„Also gut", flüstere ich zu den Regalen. „Zeit für ein Makeover."

LUKE

Zwei Stunden später

Ich sollte keinen Spaß daran haben, die Praktikanten zu quälen. Es ist unprofessionell. Es ist kleinlich. Aber Preston York in den Materialraum des Verderbens zu schicken, war der Höhepunkt meiner Woche.

Dieser Raum bricht Menschen. Letzten Monat ist Levine dort reingegangen, um einen Blasenkatheter zu suchen, und wir haben ihn zwanzig Minuten später gefunden, wie er leise in einen Karton mit OP-Masken geweint hat. Es ist ein schwarzes Loch der Entropie.

Ich beende meine Visiten, unterschreibe drei Entlassungen und hole mir einen Kaffee (in der Cafeteria, weil ich mich weigere, Yorks Bestechungsautomaten oben zu benutzen).

Ich gehe in Richtung Materialraum. Ich rechne damit, York auf dem Boden sitzen zu sehen, wie er seinem Vater schreibt, er solle ihm ein neues Krankenhaus kaufen.

Ich öffne die Tür.

Ich bleibe stehen.

Mein Kaffeebecher bleibt auf halbem Weg zu meinem Mund stehen.

Der Raum ist nicht sauber. Der Raum ist *kuratiert.*

Die Metallregale sind abgewischt. Die Kartons sind nicht einfach gestapelt; sie sind mit geometrischer Präzision ausgerichtet.

Aber es kommt noch besser.

Die Infusionslösungen sind nach der Farbe ihres Etiketts sortiert – klar, blau, rot – und bilden einen beruhigenden Farbverlauf. Die Verbände sind nicht nur nach Größe getrennt, sondern nach Fadendichte.

Es gibt handgeschriebene Etiketten. Kalligrafie. An den Regalrändern.

„Trauma-Essentials: Für den dramatischen Abgang.“ „Fluids: Trink oder stirb.“ „Scharfes: Nicht anfassen ohne Dr. Silvas Erlaubnis.“

Und in der Mitte des Raums, sitzend auf einem perfekt gestapelten Turm aus Krankenunterlagen, ist Preston York.

Er hält ein Klemmbrett. Er wirkt gelassen. Er sieht aus, als käme er frisch aus einem Yoga-Retreat.

„Sie sind zurück“, sagt er, ohne aufzusehen. „Sie sind früh dran. Ich habe gerade über den ästhetischen Wert der Nierenschalen nachgedacht. Nierenförmig ist so ... Mid-Century-Modern, finden Sie nicht?“

Ich starre auf die Regale. Ich starre ihn an.

„Was haben Sie getan?“, frage ich. „Haben Sie jemanden engagiert? Haben Sie ein Team gerufen?“

„Bitte“, schnaubt Preston. „Ich würde keinem Auftragnehmer so etwas anvertrauen. Das hier brauchte eine *Vision*.“

Er steht auf. Er geht zum Verband-Regal hinüber.

„Mir ist aufgefallen, dass wir fast keine Premium-Kerlix-Rollen mehr hatten“, sagt er und tippt auf ein Etikett. „Also habe ich die Materialwirtschaft angerufen. Ich habe mit einer reizenden Frau namens Barb gesprochen. Ich habe ihr gesagt, wenn sie fünf zusätzliche Kartons hochschickt, schicke ich ihr einen Gutschein für einen Wellnesstag im Mandarin Oriental.“

Er deutet auf einen gewaltigen Stapel hochwertiger Mullbinden in der Ecke.

„Barb hat geliefert.“

Ich gehe zu dem Regal hinüber. Ich ziehe eine Schachtel mit 14-Gauge-Braunülen heraus. Sie gleitet mühelos hervor. Sie ist genau da, wo sie sein soll.

„Das ist ...“ Ich ringe nach dem Wort.

„Es ist ein Boutique-Erlebnis“, hilft Preston aus. „Ich nenne es ‚The Silva Collection‘. Gefällt es Ihnen?“

Ich sehe ihn an. Er grinst. Er wartet darauf, dass ich ihn anschnauze, weil er Zeit verschwendet, oder weil er Barb bestochen hat, oder wegen der Kalligrafie.

Aber ich kann nicht. Denn zum ersten Mal seit drei Jahren kann ich tatsächlich die Rückwand des Materialraums sehen.

„Die Etiketten“, sage ich und zeige auf *„Scharfe Gegenstände: Nicht anfassen ohne Dr. Silva.“*

„Eine Sicherheitsmaßnahme", sagt Preston unschuldig. „Und eine Branding-Chance. Sie haben eine sehr starke Marke, Luke. Finsterer Blick und Kompetenz. Das wollte ich widerspiegeln."

Ich unterdrücke das Bedürfnis zu lächeln. Ich unterdrücke es heftig.

„Sie haben Barb mit einem Wellnesstag bestochen?"

„Es war ein Groupon", lügt er. Ich weiß, dass es kein Groupon war. „Und sie hat es verdient. Logistik ist ein undankbarer Job."

Ich seufze. Ich betrachte die makellos aufgereihten Kochsalzlösungen.

„Es ist gut", gebe ich widerwillig zu. „Es ist ... effizient."

Preston strahlt. Es ist ein blendendes Lächeln mit tausend Watt, das den dämmrigen Materialraum ausleuchtet.

„Großes Lob vom Chef", sagt er. „Heißt das, ich bin damit vom Idiotendienst erlöst?"

„Nein", sage ich und drehe mich zum Gehen um, um zu verbergen, dass ich ganz sicher nicht mehr genervt bin. „Es heißt, Sie sind ab jetzt dauerhaft für den Materialraum zuständig. Glückwunsch, Dr. York. Sie wurden zum Quartiermeister befördert."

Prestons Lächeln flackert nicht.

„Ich nehme an", sagt er. „Aber ich bestelle duftende Regaleinlagen. Lavendel. Gegen den Stress."

Ich gehe zur Tür hinaus.

„Treiben Sie's nicht zu bunt, York!"

PRESTON

Später am Nachmittag

Ich schwebe immer noch auf der Welle meines Triumphs im Materialraum. Ich habe das Chaos bezwungen. Ich habe die Bestie gezähmt.

Ich gehe pfeifend den Flur entlang, als ich ihn sehe.

Gary, den Phlebotomisten.

Gary ist ein Mann weniger Worte und vieler Tattoos. Er ist der Michelangelo der Venen. Er kann eine Vene sogar in einem Stein treffen.

Ich stelle ihn an der Ecke bei den Automaten.

„Gary", sage ich.

Gary schaut mich an. Er schaut auf meine Schuhe. „Dr. York."

„Ich habe einen Vorschlag", sage ich. „Ich muss lernen. Silva denkt, meine Hände sind aus Schinken. Ich brauche Hände aus ... was auch immer deine Hände ausmacht. Magie."

Gary zuckt mit den Schultern. „Übung, Doc. Einfach reinstechen."

„Ich kann nicht einfach ‚reinstechen'", flüstere ich. „Die schreien. Es verfolgt mich."

Ich greife in meine Tasche. Ich ziehe einen Umschlag heraus.

„Gary", sage ich. „Magst du Basketball?"

Garys Augen huschen zu dem Umschlag. „Knicks?"

„Courtside", sage ich. „Erste Reihe. Nächsten Freitag. Gegen die Celtics. Du kannst hören, wie die Spieler fluchen. Sehr lehrreich."

Gary hört auf, Kaugummi zu kauen.

„Was willst du?"

„Ich will, dass du mich unterrichtest", sage ich. „Nach

Feierabend. Im Labor. Ich will, dass du mir den Winkel beibringst. Den Schnipp. Die ... Vibes."

Gary schaut den Umschlag an. Dann mich.

„Triff mich um acht Uhr im Kellerlabor", sagt Gary. „Bring deinen eigenen Stauschlauch mit."

Er nimmt den Umschlag. Er verschwindet den Flur hinunter.

Ich lächle.

Luke denkt, ich sei nur ein Dekorateur. Er denkt, ich hätte Angst vor der eigentlichen Arbeit.

Er irrt sich.

Ich werde die Nadel meistern. Ich werde die Medizin meistern.

Ich werde es einfach auf die York-Art machen.

Mit Bestechung, Stil und hervorragenden Plätzen.

Kapitel 5
Der „Notfall"-Besuch

LUKE

Die Notaufnahme von St. Jude's riecht normalerweise nach drei Dingen: Desinfektionsmittel, abgestandenem Kaffee und unterschiedlichen Abstufungen von Panik.

Heute allerdings, exakt um 10:14 Uhr, mischt sich ein vierter Geruch darunter. Eine Welle Chanel No. 5, so penetrant, dass man es als biologische Waffe einstufen könnte, gefolgt vom rhythmischen *Klack-klack-klack* von Louboutins auf dem Linoleumboden.

Ich stehe gerade am Triage-Schalter und versuche einem College-Studenten zu erklären, warum es eine schlechte Idee war, ein Knicklicht zu schlucken, selbst wenn es „für die Ästhetik" war.

„Es leuchtet nicht in mir, oder?", fragt der Junge und schaut an seinem Bauch hinunter.

„Nein", sage ich und reibe mir die Schläfen. „Aber die

Chemikalien sind giftig. Bitte nicht auf den Boden kotzen. In den Eimer zielen."

Die automatischen Türen gleiten auf.

Normalerweise öffnen sich die Türen für Sanitäter, panische Angehörige oder die „Walking Wounded". Heute öffnen sie sich für eine Frau, die aussieht, als sei sie gerade aus einem Vogue-Editorial mit dem Titel *„How to Dress for a Hostile Takeover"* (Wie man sich für eine feindliche Übernahme kleidet) herausspaziert.

Sie trägt einen cremefarbenen Poweranzug, der mehr kostet als meine Studienkredite. Sie hat eine übergroße Sonnenbrille auf – drinnen. Und sie klammert sich an eine Louis-Vuitton-Tasche, als würde sie die Kronjuwelen enthalten.

Sie bleibt im Eingang stehen. Sie blickt in den Warteraum – auf die weinenden Babys, den Typen mit dem Eisbeutel an seinem Kopf, den Snackautomaten.

Sie schaudert. Sichtbar.

Sie geht zur Triage-Pflegekraft Jenkins hinüber (die gerade einen Bagel isst).

„Entschuldigen Sie", sagt die Frau. Ihre Stimme ist nicht laut, aber sie hat eine Frequenz, die Glas zerspringen lässt. „Wo ist die Concierge-Schlange?"

Jenkins blinzelt, der Bagel auf halbem Weg zum Mund. „Die was?"

„Der Concierge. Die Vorrangschlange. Für Spender." Sie tippt mit einem manikürten Fingernagel auf den Tresen. „Ich habe keine Zeit, hinter Menschen zu warten, die ... auslaufen."

Ich seufze. Ich setze die Kappe auf meinen Stift. „Bleib hier", sage ich zu dem Knicklicht-Jungen.

Ich trete hinter dem Schalter hervor. Als leitender Assistenzarzt fällt es leider in meinen Zuständigkeitsbereich, mich um die hochgradig pflegeintensive Laufkundschaft zu kümmern.

„Ma'am", sage ich und lege meine beste Beruhigungsstimme auf. „Ich bin Dr. Silva, der leitende Assistenzarzt. Es gibt keine Concierge-Schlange. Das hier ist eine Notaufnahme. Wir triagieren nach medizinischer Dringlichkeit, nicht nach Spendenstatus."

Sie wendet sich mir zu. Sie lässt ihre Sonnenbrille nach unten gleiten. Ihre Augen sind eisblau und erschreckend scharf.

„Dr. Silva", liest sie mein Namensschild, als wäre es ein Tippfehler. „Sie sehen ... müde aus. Sind Sie kompetent?"

Ich versteife mich. „Ich bin sehr kompetent. Liegt bei Ihnen ein medizinischer Notfall vor?"

„Ja", sagt sie. „Er ist kritisch."

Sie öffnet die Louis-Vuitton-Tasche.

Ein kleiner, zitternder Yorkshire Terrier mit einem diamantbesetzten Halsband steckt den Kopf heraus. Der Hund sieht vollkommen gesund aus, wenn auch ein bisschen verlegen.

„Das ist Duchess", verkündet die Frau. „Sie ist lustlos. Sie hat heute Morgen ihr Bio-Lachsmousse verweigert. Ich vermute ein neurologisches Ereignis."

Ich starre den Hund an. Der Hund starrt mich an. Er leckt sich über die Nase.

„Ma'am", sage ich, meine Stimme angespannt. „Das ist ein Krankenhaus für Menschen. *Homo sapiens.* Wir behandeln keine Hunde. Drei Blocks weiter gibt es eine Tierarztpraxis, an der—"

„Der Tierarzt ist provinziell", fällt sie mir ins Wort. „Es riecht dort nach nassem Fell und Versagen. Das hier ist ein medizinischer Notfall in St. Jude's. Mein Mann ist Alistair York. Ich schlage vor, Sie finden jemanden, der weiß, wie man eine zarte Konstitution behandelt, bevor ich diesen ganzen Flügel in ein Parkhaus verwandeln lasse."

Mein Gehirn stockt. *York.*

Plötzlich ergibt der Vintage-Porsche in der Garage Sinn. Die Espressomaschine ergibt Sinn. Die maßgeschneiderten Kasacks ergeben Sinn. Das ist nicht einfach nur eine reiche Frau; das ist das Mutterschiff.

„Frau York", sage ich und versuche, standhaft zu bleiben. „Ich respektiere die Beiträge Ihres Mannes. Aber ich kann keinen Hund aufnehmen. Das wäre ein Verstoß gegen die Gesundheitsvorschriften. Ich muss die sterile Umgebung aufrechterhalten."

„Ich kaufe Ihnen eine *neue* sterile Umgebung", kontert sie ohne zu zögern. „Ich kaufe die MRT-Maschine. Ich kaufe das Gebäude. Sehen Sie sie sich einfach an!"

Sie hält mir den Hund entgegen.

„Sie hat geseufzt, Dr. Silva! Sie hat tief geseufzt."

„Hunde seufzen, Ma'am. Das ist eine Atemfunktion."

„Nicht so wie dieses Mal. Das war ein existenzieller Seufzer." Sie blickt mit Verachtung durch die Notaufnahme. „Gibt es ein Privatzimmer? Das Licht hier draußen ist aggressiv. Es macht sie nervös."

„Es macht *mich* nervös", fauche ich und verliere die Geduld. „Ma'am, bitte entfernen Sie das Tier, sonst muss ich den Sicherheitsdienst rufen."

„Sicherheitsdienst?" Sie lacht. Es klingt kalt und gläsern. „Ich bezahle deren Gehälter. Versuchen Sie es noch einmal."

Ich bin gerade dabei, trotzdem den Sicherheitsdienst zu rufen, als ich hinter mir eine vertraute, müde gedehnte Stimme höre.

„Mutter."

Wir drehen uns beide um.

Preston York steht in der Nähe des Pflegestützpunkts. Er

hält einen Stapel Patientenakten in der Hand. Er sieht aus, als wolle er, dass sich der Boden auftut und ihn komplett verschlingt.

„Preston!" Catherine York strahlt. „Gott sei Dank. Jemand mit Verstand. Duchess stirbt."

„Duchess stirbt nicht", sagt Preston und kommt herüber.

Er sieht mich nicht an. Sein Blick bleibt auf seine Mutter gerichtet, seine Körperhaltung verändert sich. Der Schluff, den er sonst zur Provokation mir gegenüber einsetzt, ist verschwunden, ersetzt durch eine starre, perfekte Haltung. Er wirkt ... pflichtbewusst.

„Sie ist höchstwahrscheinlich nur verstopft, weil du ihr schon wieder den Brie gefüttert hast", sagt Preston.

„Ich habe so etwas nicht getan! Sie ist depressiv. Schau dir ihre Augen an, Preston. Ihnen fehlt der Glanz."

„Mutter", sagt Preston und tritt mit einer geschmeidigen Bewegung zwischen sie und mich, sodass er mich effektiv vor der Druckwelle abschirmt. „Dr. Silva hat recht. Wir können sie hier nicht behandeln."

„Warum nicht? Ich habe mein Scheckheft mitgebracht."

„Es geht nicht ums Geld", sagt Preston und senkt die Stimme zu einem verschwörerischen Flüstern. „Es geht um ... den Magneten."

Catherine runzelt die Stirn. „Den Magneten?"

Preston nickt feierlich. „Das MRT-Gerät hier? Es ist auf menschliche Dichte kalibriert. 1,5 Tesla. Wenn wir Duchess da hineinlegen? Die magnetische Resonanz könnte ihren Gleichgewichtssinn durcheinanderbringen."

Catherine schnappt nach Luft und umklammert die Tasche fester.

„Sie würde nie wieder geradeaus laufen können", fährt Preston fort und improvisiert hemmungslos. „Ihr wäre schwindelig bei der National Dog Show. Sie würde vom Podium fallen. Stell dir die Presse vor, Mutter. ‚York-Hund stolpert.' Es wäre ein PR-Desaster."

Catherine sieht entsetzt aus. „Stimmt das?"

„Absolut", lügt Preston. Er dreht sich zu mir um. „Dr. Silva, bestätigen Sie das bitte. Die Tesla-Kalibrierung ist streng für zweibeinige Hominiden vorgesehen, richtig?"

Ich blinzle. Ich sehe Preston an. Er wirft mir einen Blick zu, reine, flehentliche Panik.

„Äh", sage ich. „Ja. Strikt zweibeinig. Die ... Polarität ... wäre katastrophal für einen Yorkshire Terrier."

Catherine macht einen Schritt zurück und starrt auf das MRT-Schild, als wäre es ein Todesstrahl.

„Nun", sagt sie zitternd. „Warum hast du das nicht gleich gesagt? Wir müssen sie in eine sichere Umgebung bringen."

„Genau", sagt Preston. „Aber zuerst müssen wir sie stabilisieren."

Er greift in seine Tasche und holt ein Paar Untersuchungshandschuhe hervor. Mit einem Schnalzen streift er sie über.

„Mutter, leg sie auf die Ablage. Ich muss eine Felduntersuchung durchführen."

Catherine legt den Hund auf den Triage-Tisch.

Preston tritt näher. Er steckt das Stethoskop in die Ohren. Er setzt die Membran auf die Brust des Hundes. Er horcht konzentriert. Er runzelt die Stirn. Er kontrolliert das Zahnfleisch des Hundes. Er hebt eine Pfote an und überprüft den Reflex.

Er sieht aus, als würde er eine Bombe entschärfen.

„Mmm", brummt Preston. „Tachykardie. Erhöhter Cortisolspiegel."

„Oh Gott", flüstert Catherine.

„Es ist die Umgebung", diagnostiziert Preston und nimmt das Stethoskop ab. „Sie nimmt den Stresspegel im Wartezimmer wahr. Das beeinflusst ihr Chi."

„Ich wusste es!“, ruft Catherine. „Ich hab’s Ihnen gesagt, Dr. Silva! Die Energie hier drin ist toxisch!“

„Sehr toxisch“, stimmt Preston zu. „Hier ist meine professionelle medizinische Meinung: Du musst sofort evakuieren.“

„Evakuieren wohin?“

„Ins Penthouse“, ordnet Preston an. „Stell die Klimaanlage auf zwanzig Grad ein. Zieh die Verdunkelungsvorhänge zu. Sie braucht eine reizreduzierte Umgebung. Und was die Ernährung angeht ...?“

Er hält inne und wirkt nachdenklich.

„Gefiltertes Wasser. Und ... geschnittene Gurke. Kein Lachs.“

„Gurke“, wiederholt Catherine und nickt feierlich, als hätte sie ein Heilmittel gegen die Pest erhalten. „Für die Antioxidantien.“

„Genau. Das wird die Toxine ausspülen, die die Melancholie verursachen.“ Preston lehnt sich zurück. „Und jetzt geh. Schnell. Bevor sie noch mehr ... öffentliche Luft einatmet. Und stör Max nicht, er ist gerade in einer sehr komplexen Operation, in die ... Flüssigkeiten verwickelt sind.“

Catherine zieht den Reißverschluss der Tasche mit entschlossener Bewegung zu. Sie rückt ihre Sonnenbrille zurecht.

„Du warst schon immer der Vernünftige, Preston. Obwohl ich immer noch nicht verstehe, warum du darauf bestehst, in diesem ... Streichelzoo Arzt zu spielen.“ Sie wirft dem Knicklicht-Jungen, der jetzt trocken würgend in einen Eimer speit, einen vernichtenden Blick zu. „Ruf mich später an. Dein Vater droht, in Napa ein Weingut zu kaufen, und ich brauche dich, um es ihm auszureden. Er trinkt nicht einmal Merlot.“

Sie dreht sich um und marschiert davon, das Klackern ihrer Absätze verhallt in der Ferne.

Stille kehrt zur Triage-Station zurück.

Ich bleibe wie versteinert stehen und starre auf die leere Stelle, an der gerade noch der Hurrikan gewütet hat.

Preston stößt einen langen, heiseren Atemzug aus. Er reißt sich die Handschuhe von den Händen und wirft sie in den Müll. Er lässt sich gegen die Arbeitsfläche sinken und reibt sich mit beiden Händen über das Gesicht.

„Es tut mir leid", murmelt er in seine Handflächen. „Ich … ich gehe nach Trauma 2 und reinige als Buße die Bettpfannen. Ich schrubbe die Böden. Ich poliere die Böden."

Ich starre ihn an.

Ich habe die letzte Woche damit verbracht zu denken, Preston York sei ein nutzloser, verwöhnter Tourist. Ich dachte, er wäre hier, um Arzt zu spielen.

Aber ich habe gerade zugesehen, wie er bei einem Hund „toxisches Chi" diagnostiziert hat, um meine Notaufnahme vor einer feindlichen Übernahme zu bewahren.

„Sie haben gerade …" Ich ringe nach Worten. „Sie haben ihr erzählt, das MRT würde das Gleichgewicht des Hundes durcheinanderbringen."

Preston blickt hoch. Er sieht erschöpft aus. „Du kannst gegen Wahnsinn nicht mit Fakten ankommen, Luke. Du musst ihn mit noch größerem, noch teurerem Wahnsinn bekämpfen. Wenn du ihr ‚nein' sagst, kauft sie das Gebäude. Wenn du ihr sagst, dass das Gebäude gut genug für sie ist, aber nicht für ihren Hund, geht sie."

„Und die Gurke?"

„Sie hasst den Geruch von Lachs", Preston zuckt mit den Schultern. „Wenn der Hund Lachs frisst, riecht der Hund nach Lachs. Wenn der Hund nach Lachs riecht, bekommt Mutter Migräne. Wenn Mutter Migräne bekommt, ruft sie mich an."

Er nimmt seine Akten auf.

„Es war eine vorbeugende Maßnahme. Zu meiner eigenen seelischen Gesundheit."

Ich beobachte ihn.

„York", sage ich.

Er zuckt zusammen, als würde er mit einer Standpauke rechnen. „Ja?"

Ich blicke zum Ausgang und dann wieder zu ihm. Der Mundwinkel zuckt nach oben.

„Melancholie?"

„Sie ist ein empfindlicher Wassermann", sagt Preston tonlos.

Bevor ich antworten kann, öffnen sich hinter uns mit einem *Ping* die Aufzugstüren.

Dr. Maxwell York, unser Chef der kardiothorakalen Chirurgie – und Prestons älterer Bruder – tritt heraus, wirkt frisch und beeindruckend in seinen schwarzen OP-Scrubs. Dr. Jackson O'Connell, der Chef der Unfallchirurgie, ist direkt neben ihm und isst eine Mandarine.

„Warum riecht es hier unten nach Chanel No. 5 und schlechtem Gewissen?", fragt Max und schnuppert in der Luft. Er erstarrt, seine Augen huschen mit echter Panik durch die Notaufnahme. „Sag mir, dass ich mir das nur eingebildet habe."

Preston seufzt und lehnt sich an die Schwesternstation. „Du hast sie um dreißig Sekunden verpasst, Max."

Max sackt sichtbar zusammen und stützt sich an Jax ab. „Oh, Gott sei Dank."

Jax schiebt sich ein Stück Mandarine in den Mund und grinst. „War es Duchess? Bitte sag mir, dass es Duchess war."

„Es war Duchess", bestätigt Preston. „Sie hatte Melancholie. Ich habe Gurke verschrieben und sie ins Penthouse geschickt."

Jax bellt vor Lachen auf. „Klassisch. Gute Rettung, Kleiner. Hat sie versucht, das MRT zu kaufen?"

„Sie hat damit gedroht, den Trakt in ein Parkhaus zu verwandeln", ergänze ich.

Max verzieht das Gesicht. „Und sie würde es wirklich tun. Sie hasst es, in der Stadt einen Parkplatz zu finden."

Max geht zu Preston hinüber. Er legt seinem Bruder eine Hand auf die Schulter. Ein seltener Moment echter Zuneigung.

„Du hast die Kugel abgefangen", sagt Max. „Gut. Genau dafür sind Assistenzärzte da. Ich schulde dir einen Scotch."

„Du schuldest mir eine Flasche", korrigiert Preston ihn.

„Abgemacht. Ich gehe wieder nach oben, bevor sich der Duft in meinen Scrubs festsetzt."

Max dreht sich um und flüchtet. Jax zwinkert uns zu und folgt ihm.

Die Aufzugstüren schließen sich und lassen uns wieder allein zurück.

Preston sieht mich an. Ein zarter Schimmer von Röte liegt auf seinen Wangen.

„Also", sagt er unbeholfen. „Wegen der Bettpfannen?"

Ich schüttle den Kopf. Ich richte meinen Stift auf das Wartezimmer.

„Vergessen Sie die Bettpfannen", sage ich. „Helfen Sie dem Knicklicht-Jungen. Nutzen Sie Ihre ... speziellen Talente."

Preston blinzelt. „Meine Talente?"

„Ja. Sagen Sie ihm, wenn er das Knicklicht wieder auskotzt, verliert er seine Aura oder so. Lügen Sie ihn an, York. Bringen Sie ihn dazu, sich zu benehmen."

Preston lächelt. Klein, echt und müde.

„Bin dabei, Chef."

Er geht davon.

Ich sehe ihm nach. Und zum ersten Mal, seit er seinen Porsche in meine Tiefgarage gesetzt hat, will ich ihn nicht mehr feuern.

Ich will einfach nur sehen, was er als Nächstes tut.

Kapitel 6
Das Mitternachtsmahl

LUKE

Es gibt eine ganz bestimmte Art von Stille, die ein Krankenhaus um 3:00 Uhr morgens einhüllt. Sie ist nicht friedlich. Sie ist schwer. Es ist das Geräusch eines Gebäudes, das den Atem anhält und darauf wartet, dass der andere Schuh fällt – oder dass ein Monitor eine Nulllinie zeigt.

Sie nennen es die Geisterstunde. Ich nenne es die „Ich-bereue-alle-meine-Lebensentscheidungen"-Stunde.

Ich stehe gerade vor dem Snackautomaten im Flur des Kellergeschosses und liefere mir ein Starrduell mit einer Tüte Brezeln, die so aussieht, als würde sie da seit der Reagan-Administration feststecken. Meine Augen fühlen sich an, als wären sie mit Sand gefüllt. Mein Koffeinabsturz kam vor etwa vierzig Minuten, und zurückgelassen hat er nur Kopfschmerzen und ein hohles, nagendes Gefühl im Magen.

Ich habe seit 6:00 Uhr morgens nichts gegessen. Das

Mittagessen habe ich wegen eines Trauma-Notfalls verpasst. Das Abendessen wegen eines Massenunfalls auf der I-95.

„E6", flüstere ich mir heiser zu. „Rück die Brezeln raus. Sei kein Held."

Ich drücke die Knöpfe. Die Spirale dreht sich. Sie ächzt. Die Tüte taumelt am Rand der Freiheit, verhöhnt mich mit ihrem salzigen Versprechen und dann ... bleibt sie stehen. Sie klemmt sich an der Scheibe fest, hängt da an einer einzigen, eingeknickten Ecke.

Ich lehne die Stirn gegen das kühle Plastik des Automaten. Ich habe nicht die Energie, ihn zu rütteln. Ich akzeptiere einfach die Niederlage. Das war's. So gehe ich also drauf. Verhungert im Keller, besiegt von einer Tüte Salzbrezeln, während meine Mutter wahrscheinlich oben meine Einträge in die Patientenakte beurteilt.

„Das ist das Traurigste, was ich je gesehen habe."

Ich hebe nicht einmal den Kopf. „Verschwinden Sie, York."

„Ich meine es ernst", kommt Prestons Stimme von links. Er klingt unerträglich wach. „Sie sehen aus, als würden Sie den Snackautomaten umarmen. Das ist unwürdig, Chef. Unter Ihrem Niveau. Außerdem frisst dieser Automat ständig Kleingeld. Er ist als Betrüger bekannt."

„Ich verstecke mich", murmele ich in die Scheibe. „Mama Ortiz ist auf dem Kriegspfad. Sie hat meine Nahttechnik bei Bett 5 vor drei Medizinstudierenden kritisiert. Sie meinte, meine Knoten seien ‚locker'. Ich brauche eine Brezel, bevor ich ihr noch mal unter die Augen treten kann."

„Aus dieser Antiquität bekommen Sie die nicht", sagt Preston.

Eine Hand schließt sich fest um meinen Oberarm. Der Griff ist so bestimmt, dass er mich überrascht. „Kommen Sie mit."

Ich versuche, mich loszureißen. „Ich habe keine Zeit für Ihre Faxen, Preston. Wenn Sie keine Brechstange haben, um diese Kohlenhydrate zu befreien, lassen Sie mich sterben."

„Ich habe keine Brechstange", sagt Preston und zieht mich von der Scheibe weg. „Aber ich habe andere Mittel. Marsch."

Er zerrt mich – wirklich, er *zerrt* mich – den Flur entlang, weg von den Aufzügen und in Richtung der Bereitschaftszimmer. Er bleibt vor Zimmer 3B stehen, dem Zimmer, das niemand benutzt, weil die Matratze durchgelegen ist, der Heizkörper quietscht und es nach Möbelpolitur mit Zitrone und Verzweiflung riecht.

Er stößt die Tür auf.

Ich rüste mich für den Geruch abgestandener Bettwäsche.

Stattdessen schlägt mir der Duft von ... Sesamöl entgegen? Und Ingwer? Und ... ist das Trüffel?

„Was ..."

Ich trete hinein.

Preston schließt die Tür hinter uns und schirmt uns vom Summen des Krankenhauses ab.

Der kleine, ramponierte Schreibtisch ist nicht wiederzuerkennen. Er hat ein OP-Tuch wie ein Tischtuch ausgebreitet. Darauf steht ein Arrangement, das um drei Uhr morgens in einem Krankenhaus einfach nichts zu suchen hat. Schwarze, lackierte Take-away-Schachteln, Holzstäbchen, kleine Keramikschälchen mit Sojasoße und zwei Flaschen Sprudelwasser, an denen kalte Tropfen herabrinnen.

„Was ist das?", frage ich und starre darauf.

„Yellowtail mit Jalapeños", sagt Preston, geht hinüber und bricht ein Paar Stäbchen auseinander. „Scharfer Thunfisch auf knusprigem Reis. Schwarzer Kabeljau mit Miso. Und Rock-Shrimp-Tempura, wobei ich mich entschuldige – es könnte auf dem Weg etwas an Knusprigkeit verloren haben."

„Auf dem Weg?" Ich sehe ihn an. „Nobu liefert nicht um drei Uhr morgens in den Keller von St. Jude's."

Preston zuckt mit den Schultern, setzt sich auf den quietschenden Stuhl und deutet auf die Bettkante. „Tun sie doch, wenn man dem Fahrer hundert Dollar Trinkgeld gibt und verspricht, das erste Kind nach dem Restaurantleiter zu benennen."

Er richtet die Stäbchen auf mich.

„Setzen Sie sich. Essen Sie. Sie sind unterzuckert. Und wenn Sie unterzuckert sind, werden Sie gemein. Und wenn Sie gemein werden, machen Sie den Assistenzärzten Angst. Jenkins heult schon im Materiallager."

Ich zögere. Mein Stolz sagt: *Iss nicht das Bestechungsessen vom Rich Kid.* Mein Magen hingegen schreit: *Halt den Mund und iss den Fisch.*

Ich setze mich auf die Bettkante. Es ächzt unter meinem Gewicht.

Preston schiebt mir einen Behälter zu. Er ist gefüllt mit Thunfisch, der aussieht wie rubinrote Edelsteine.

„Essen Sie", befiehlt er leise.

Ich nehme einen Bissen. Er schmilzt auf meiner Zunge. Die Schärfe trifft den hinteren Teil meines Rachens und weckt meine abgestumpften Sinne. Es ist um Welten besser als die gefangenen Brezeln.

Ein paar Minuten lang essen wir schweigend. Der Heizkörper klappert. Die Lüftung summt. Zum ersten Mal seit zwölf Stunden komme ich zur Ruhe. Ich beobachte Preston beim Essen. Er isst mit derselben Präzision, mit der er mit seiner Mutter umgeht – vorsichtig, überlegt, aber mit einem verborgenen Appetit.

Er erwischt mich, wie ich starre. Er hält mir ein Stück knusprigen Reis hin.

„Probieren Sie das", sagt er. „Das verändert Ihr Leben."

Ich beuge mich vor und nehme es von seinen Stäbchen. Es ist intim. Zu intim für ein Bereitschaftszimmer.

Ich kaue. Ich schlucke. Ich trinke etwas Sprudelwasser.

„Ist es das wert?", frage ich plötzlich. Die Frage rutscht mir heraus, bevor ich sie zurückhalten kann.

Preston hält inne, ein Stück Ingwer auf halbem Weg zum Mund. Er senkt die Hand. Das spielerische Funkeln in seinen Augen wird etwas schwächer.

„Was wert? Die Liefergebühr? Ja. Sie war kriminell, aber ..."

„Nein", unterbreche ich ihn. „Das hier. Die Knochenarbeit. Die Schikanen. Die schlaflosen Nächte."

Ich deute auf den trostlosen kleinen Raum um uns herum.

„Ich verstehe, warum ich hier bin, Preston. Ich muss das. Das ist der einzige Weg, den ich habe. Aber Sie? Sie haben ein goldenes Sicherheitsnetz. Sie könnten gerade auf einer Yacht im Mittelmeer sein. Stattdessen essen Sie Take-away in einem Keller mit einem Typen, der Sie heute Morgen angeschrien hat."

Ich sehe ihn an, wirklich an.

„Reicht Trotz wirklich als Treibstoff, um Sie durch so eine Schicht zu bringen?"

Preston legt die Stäbchen beiseite. Er lehnt sich im Stuhl zurück und verschränkt die Arme. Er schaut an die Decke, wo ein Wasserfleck vage wie eine Lunge geformt ist.

„Sie haben ihn heute gesehen", sagt Preston leise. „Als er in die Notaufnahme gekommen ist und das Parfüm unserer Mutter gerochen hat? Er hat nicht gefragt, ob es mir gut geht. Er hat nicht gefragt, was sie wollte."

Er stößt ein kurzes, trockenes Lachen aus.

„Er hat Gott gedankt, dass er sie verpasst hat, und ist dann zurück zu den Aufzügen gerannt. Er ist buchstäblich vom Tatort geflohen. Max ist das goldene Kind, der geniale Chirurg, der Typ, der die Abteilung leitet ... aber in dem Moment, in dem Catherine York nur in die Nähe kommt, wird er zum Geist."

Er blickt auf seine Hände hinab – gepflegte, unvernarbte Hände, die an den Rändern langsam ein bisschen rauer werden.

„Er rettet Leben. Er baut das Vermächtnis auf", fährt Preston fort. „Was mich zum Ersatz macht. Zum menschlichen Schutzschild. Zu dem, der auf die Business School gehen, im Vorstand sitzen und Mutters Launen managen sollte, damit Max die ‚wichtige Arbeit' machen kann."

Er nimmt sein Wasser und lässt es im Becher kreisen.

„Trotz hat mich ins Medizinstudium gebracht, ja. Ich wollte Alistairs Gesicht sehen, wenn ich den MCAT bestehe. Und es war herrlich. Aber hierzubleiben?"

Er schüttelt den Kopf.

„Es geht nicht mehr um Trotz, Luke. Es geht darum, dass zum ersten Mal in meinem Leben, wenn ich einen Raum betrete, die Leute nicht auf meinen Nachnamen schauen. Sie schauen auf meine Hände. Sie warten darauf, dass ich etwas tue. Dass ich helfe."

Er sieht mich an. Seine blauen Augen sind ungeschützt, frei von der „York"-Rüstung.

„Ich will einfach nur nützlich sein", flüstert er. „Ist das dumm?"

Ich höre auf zu kauen. In meinem Hals bildet sich ein Kloß, der nichts mit dem Sushi zu tun hat.

Ich dachte, er spielt ein Spiel. Ich dachte, er ist ein Tourist. Aber einem Touristen ist es egal, ob er nützlich ist. Ein Tourist will nur das Fotomotiv.

„Nein", sage ich leise. „Es ist nicht dumm."

Ich reibe mir den Nacken und stoße einen schweren

Seufzer aus. Die Erschöpfung zerrt an mir und löst mir die eigene Zunge.

„Ich kenne den Druck“, gebe ich zu. „Nur ... von der anderen Seite.“

Preston zieht eine Augenbraue hoch. „Ach ja? Mister ‚Meine Mutter hat meinen Zulassungsbescheid eingerahmt‘?“

„Hey, ziehen Sie nicht über den Rahmen her. Er ist aus Mahagoni.“ Ich lache, aber es klingt trocken. „Aber ja. Das ist das Problem. Der Rahmen. Der Stolz.“

Ich beuge mich vor und stütze die Ellbogen auf die Knie.

„Meine Mom ... sie hat zehn Jahre lang Überstunden in diesem Krankenhaus geschoben, damit ich studieren kann. Sie hat Doppelschichten gemacht. Sie hat Mahlzeiten ausgelassen.“

Ich blicke zur Tür und stelle mir vor, wie sie da draußen durch die Flure streift.

„Sie trägt eine laminierte Kopie meines Diploms in ihrer Handtasche, Preston. Sie zeigt sie den Patienten. Es ist zum Sterben peinlich, aber es ist auch ... beängstigend. Denn jedes Mal, wenn ich in den Schockraum gehe, bin ich nicht nur ein Arzt. Ich bin die Investition. Ich bin die Rendite.“

Ich sehe zu Preston.

„Sie versuchen zu beweisen, dass Sie kein Witz sind“, sage ich. „Ich versuche zu beweisen, dass ich keine Fehlinvestition bin. Wenn ich scheitere ... scheitere ich nicht nur an mir selbst. Ich scheitere an der ganzen Ortiz-Zeitlinie.“

Preston sieht mich an. Die Luft im Raum verändert sich. Es hört auf, sich wie eine Abstellkammer anzufühlen, und fängt an, sich wie ein Beichtstuhl anzufühlen.

„Der Erbe und der Goldjunge“, murmelt Preston. „Wir sind schon ein tolles Gespann, oder?“

„Ein Gespann aus Hochstaplern“, stimme ich zu.

Preston greift über den kleinen Schreibtisch. Er nimmt die Flasche mit Sprudelwasser und hält sie mir hin. Ein Toast.

„Auf die Hochstapler", sagt er. „Möge es uns gelingen, sie alle zum Narren zu halten."

Ich tippe meine Flasche gegen seine. *Klirr.*

„Auf die Hochstapler."

Wir trinken. Preston beobachtet mich über den Flaschenrand hinweg. Sein Blick sinkt auf meinen Mund, dann schnellt er wieder zu meinen Augen hoch.

„Sie machen das übrigens gut", sagt Preston. Seine Stimme ist tief. „Sogar Mama Ortiz findet das. Ich habe gehört, wie sie einem verängstigten Laborassistenten erzählt hat, dass Sie ‚kompetent sind, für einen Mann'."

Ich pruste. „Das ist ein hohes Lob von ihr. Normalerweise bin ich nur ‚der Junge'."

„Nehmen Sie den Sieg mit, Luke."

Er steht auf. Er geht zu dem Bett hinüber, auf dem ich sitze. Er bleibt direkt vor mir stehen.

Ich blicke zu ihm hoch. Im schummrigen Licht schneiden die Schatten über sein Gesicht und lassen ihn gleichzeitig scharf und weich aussehen.

„Sie machen Ihren Job auch gut", sage ich. Dieses Eingeständnis fühlt sich an, als würde man Zähne ziehen, aber ich zwinge es heraus. „Sie haben den 8-Ball rausgeholt. Sie haben nicht gewürgt. Und Sie haben den Hund vor dem MRT gerettet."

Preston lächelt. Es ist nicht das Gala-Lächeln. Es ist klein. Es ist echt.

„Hohes Lob vom Chef", murmelt er.

Er streckt die Hand aus. Seine Hand schwebt einen Moment, dann landet sie auf meiner Schulter. Er drückt zu, nur einmal. Ein Berührungspunkt, der sich durch meine OP-Kleidung brennt.

„Wir sollten zurückgehen“, sagt er. „Bevor Jenkins vom Weinen austrocknet.“

Ich will nicht zurückgehen. Ich will in diesem Raum bleiben, mit dem teuren Sushi und dem klappernden Heizkörper, und herausfinden, warum Preston York nach Sandelholz riecht und warum ich mich plötzlich seiner Hand entgegenlehnen will.

Piep. Piep. Piep.

Das gleichzeitige Aufheulen unserer Pager zerschmettert den Moment wie ein Ziegelstein durch ein Fenster.

Ich stöhne und schaue auf den Clip an meiner Hüfte. Ich erstarre, als ich die Nachricht lese.

„Flugzeugabsturz“, sage ich, während mir das Blut aus dem Gesicht weicht. „Regionalmaschine nahe Teterboro abgestürzt. MANV-Alarm. Stufe 1.“

Preston ist schon in Bewegung. Die Verletzlichkeit verschwindet hinter seiner „Dr. York“-Maske. Er schnappt sich das letzte Stück Sushi und stopft es sich in den Mund.

„Los geht’s, Chef“, sagt er, die Stimme vom Reis gedämpft. „Die Pflicht ruft. Jax wird jemanden brauchen, der ihm die Instrumente reicht und ihm sagt, dass er gut aussieht.“

Ich stehe auf und bürste die Krümel von meiner OP-Kleidung. Das Adrenalin setzt schon ein und drängt die Erschöpfung zurück.

„Hey, York?“, rufe ich, als er nach der Türklinke greift.

Er schaut zurück. „Ja?“

„Danke. Für den Fisch.“

Er lässt wieder dieses Grinsen aufblitzen.

„Jederzeit. Aber das nächste Mal zahlen Sie. Ich habe einen Heißhunger auf Automaten-Brezeln.“

Er schlüpft zur Tür hinaus.

Ich sehe ihm nach. Ich atme tief durch und rüste mich innerlich für das Blut und den Lärm oben auf den Stationen.

Ich bin immer noch erschöpft. Ich bin immer noch gestresst. Aber als ich zur Notaufnahme renne, um dem heranrollenden Chaos zu begegnen, wird mir klar, dass sich etwas verändert hat.

Ich kämpfe nicht mehr nur für die Ortiz-Zeitlinie. Ich glaube, ich kämpfe vielleicht für das Team.

Und zu diesem Team gehört der Typ mit den Gucci-Loafern.

Kapitel 7
Hurrikan Scarlett

PRESTON

Die Luftfeuchtigkeit in New York City ist normalerweise eine Zumutung. Heute ist sie ein persönlicher Angriff.

Hurrikan Scarlett prügelt derzeit mit der Begeisterung eines betrunkenen Schlagzeugers auf die Glasfassade von St. Jude's ein. Der Himmel draußen ist in ein schmutziges, kränkliches Lila getaucht. Drinnen führt die Klimaanlage einen aussichtslosen Kampf gegen den Luftdruck, und die gesamte Notaufnahme riecht nach nasser Wolle und drohendem Unheil.

„Meine Frisur", flüstere ich meinem Spiegelbild im dunklen Monitor eines Computers zu. „Es passiert. Der Kollaps. Die strukturelle Integrität bricht zusammen."

„Hör auf, dich selbst anzustarren, York", bellt Dr. Silva, als er mit einem Stapel Thermodecken an mir vorbeiläuft. „Wir müssen den Flur räumen. Die Triage platzt aus allen Nähten."

„Platzt?" Ich renne ihm hinterher. „Ich trage Wildleder-

Loafer, Luke. Wildleder ist nicht wasserabweisend. Es bekommt Flecken."

„Zieh sie aus", sagt Luke, ohne stehen zu bleiben. „Lauf barfuß. Das stärkt dein Immunsystem."

KRACH.

Donner lässt das Gebäude erzittern. Es klingt, als hätte der Himmel sich gerade einen Knochen gebrochen. Die Lichter flackern – einmal, zweimal – und erlöschen dann.

Die Notaufnahme versinkt in völliger, schwerer Dunkelheit.

Drei Sekunden lang ist es still.

Dann beginnen die Schreie.

„Ruhig bleiben!", dröhnt Max' Stimme aus der Mitte des Raums. „Die Generatoren springen an in drei ... zwei ..."

BRUMMEN.

Die Notbeleuchtung erwacht mit einem surrenden Geräusch zum Leben. Das Licht ist bernsteinfarben, schwach und flackernd. Es wirft lange, unheimliche Schatten über den Schockraum und verwandelt das Krankenhaus in ein sehr teures Spukhaus.

Das leise Brummen der Belüftungsanlage verstummt. Die Stille dort, wo eben noch die Klimaanlage war, ist ohrenbetäubend.

„Also gut", verkündet Max und klettert auf einen Stuhl. „Wir laufen auf Notstrom. Das heißt: nur Lebenserhaltung und OPs. Keine Klimaanlage. Keine Aufzüge. Keine nicht zwingend nötigen Elektrogeräte."

Er lässt den Blick durch den Raum schweifen.

„Wenn ihr eine Kaffeemaschine in der Hand habt, zieht den Stecker. Wenn ihr euer Handy ladet, hört auf. Wir brauchen jedes Volt."

Ich blicke zur Espressomaschine, die ich im Pausenraum installiert habe. Ich trauere ihr schweigend nach.

„Es wird heiß werden“, fügt Jax O'Connell hinzu, der aus den Schatten auftaucht wie ein Doomsday-Prepper, der genau auf diesen Moment gewartet hat. „Und es wird stinken. Wenn ihr Pfefferminzöl habt, schmiert es euch jetzt unter die Nase. Wenn nicht, viel Glück.“

Luke dreht sich zu mir um. Im bernsteinfarbenen Licht wirkt er müde und messerscharf.

„York“, sagt er. „Wir müssen die nicht-kritischen Fälle in den dritten Stock verlegen. Das Erdgeschoss ist überflutungsgefährdet.“

„Die Aufzüge sind ausgefallen“, gebe ich zu bedenken.

„Ja.“

„Und wir bewegen ... Menschen. Kranke Menschen. Die nicht laufen können.“

„Ja.“

„Ich muss meinen Anwalt anrufen“, sage ich. „Das fühlt sich nach einem Verstoß gegen das Arbeitsrecht an.“

„Schnapp dir den Transportstuhl“, ordnet Luke an und ignoriert meine juristische Expertise. „Wir fangen mit Kabine 4 an. Mr. Bromley.“

„Bromley?“, stöhne ich. „Der Magic-8-Ball-Typ? Er ist wieder da?“

„Er ist auf einen Kerzenleuchter gefallen“, sagt Luke düster. „Er behauptet, er habe ‚mit Leidenschaft abgestaubt‘. Er hat zwölf Stiche im *Musculus gluteus maximus* und weigert sich zu laufen, weil das seine Chakren ‚stören‘ würde.“

„Fantastisch.“

Wir eilen zu Kabine 4. Mr. Bromley sitzt auf dem Bett und klammert sich an einen neuen Magic 8-Ball wie an eine heilige Reliquie.

„Das Licht ist ausgegangen!“, ruft Mr. Bromley, als er uns sieht. „Die Kugel sagt: Die Aussichten sind nicht so gut! Wir sind verloren!“

„Die Kugel ist dramatisch, Mr. Bromley“, sage ich und greife nach den Griffen des Rollstuhls. „Wir begeben uns jetzt auf ein Abenteuer. In den dritten Stock. Mit Aussicht. Und trockenen Böden.“

Wir setzen ihn in den Stuhl um. Er ist schwer. Er ist kompakt wie Blei.

Wir erreichen das Treppenhaus. Ich drücke die Tür auf. Eine Hitzewand schlägt uns entgegen. Es ist eng, aus Beton, und irgendwie zwanzig Grad heißer als der Flur. Es riecht nach nassem Staub und Industriereiniger.

„Okay“, sagt Luke und packt den vorderen Rahmen des Rollstuhls. „Ich ziehe, du schiebst. Bei drei.“

Wir beginnen den Aufstieg.

Am ersten Treppenabsatz schwitze ich bereits. Kein höfliches „Ich habe ein bisschen Tennis gespielt“-Leuchten. Ich schwitze wie ein Sünder in der Kirche. Meine OP-Kleidung klebt mir am Rücken fest.

„Pivot!“, brüllt Luke, als wir in die Kurve kommen.

„Komm mir jetzt nicht mit *Friends*-Zitaten, Silva. Ich bin nicht in Stimmung.“

„Er rutscht!“, stößt Luke hervor, seine Bizepse spannen sich unter der Last an. „Schieb fester!“

„Ich schiebe ja! Er hat die Dichte eines kollabierten Sterns!“

„Meine Chakren!“, jammert Mr. Bromley und schüttelt den 8-Ball. „Sie sind aus dem Gleichgewicht!“

„Ihre Chakren sind in Ordnung!“, brülle ich zurück. „Meine Lendenwirbelsäule dagegen ist zerstört!“

Wir erreichen das Treppenpodest im zweiten Stock. Meine Lungen brennen. Meine Beine zittern.

Luke bleibt stehen. Er wischt sich den Schweiß aus den Augen. Er schaut zu mir hinunter.

„York“, japst er. „Wir tauschen. Such einen Pfleger. Ich kann ihn halten.“

„Nein“, pfeife ich.

„Sei kein Held. Du siehst aus, als würdest du gleich umkippen.“

„Ich kippe nicht um“, sage ich und umklammere die Gummigriffe, bis meine Knöchel weiß hervortreten. „Ich halte durch. Das ist eine York-Eigenschaft. Wir sind stur. Und nachtragend.“

„Es sind nur Treppen, Preston. Kein Charaktertest.“

„Bei dir ist alles ein Charaktertest!“, fauche ich. „Beweg deinen Arsch, Silva. Es sei denn, du willst, dass Bromley rückwärts runterrollt.“

Luke starrt mich einen Moment an. Ein kleines, widerwilliges Lächeln huscht über seine Lippen.

„Okay“, sagt er. „Noch ein Stockwerk. Los geht’s.“

Wir wuchten ihn den letzten Absatz hoch. Meine Arme schreien. In meinem Kopf formuliere ich bereits mein Kündigungsschreiben.

Wir stürmen in den dritten Stock. Die Luft steht, aber wenigstens müssen wir nicht mehr steigen.

Wir rollen Mr. Bromley in ein freies Zimmer. Eine Krankenschwester übernimmt, prüft seine Vitalwerte und versichert ihm, dass der Magic 8-Ball kein lizenzierter Meteorologe ist.

Sobald er versorgt ist, sacken Luke und ich draußen im Flur an der Wand zusammen. Ich rutsche hinunter, bis ich auf dem Boden sitze, den Kopf an den kühlen Putz gelehnt. Luke macht es mir nach und lässt sich direkt neben mir an der Wand hinabgleiten.

Er sieht fertig aus. Seine Locken kleben an seiner Stirn. Ein Schmierfleck zieht sich über seine Wange. Seine Brust hebt und senkt sich, in demselben Rhythmus wie meine.

„Ich glaube", keuche ich und schließe die Augen, „dass ich gleich sterbe."

„Du stirbst nicht", bringt Luke hervor und wischt sich den Schweiß aus den Augen. „Du hast nur körperliche Arbeit gemacht. Das nennt man Arbeit, Preston."

Ich blinzle mit einem Auge. „Ich bevorzuge die Art von Arbeit, bei der ich Sachen unterschreibe. Oder Leuten sage, was sie tun sollen. Oder in Stühlen sitze, die rollen."

„Du warst gut", sagt Luke.

Die Worte rutschen ihm leise heraus. Ich erstarre. Ich drehe den Kopf, um ihn anzusehen.

„War ich das?"

„Ja. Du hast ihn nicht fallen lassen. Und du hast nicht geweint."

Ich stoße ein kurzes Lachen aus und schiebe mir die nassen Haare aus dem Gesicht. Meine Hand kommt schweißnass wieder hervor. Ich muss furchtbar aussehen. „Die Nacht ist noch jung, Chef. Das Weinen könnte noch kommen."

Luke starrt mich an. Im schummrigen bernsteinfarbenen Licht wirken seine dunklen Augen intensiv. Er schaut nicht mit seinem üblichen Widerwillen auf meine ruinierte Frisur oder mein verschwitztes Gesicht. Er sieht mich an, als würde er mich ... wirklich sehen.

Dadurch hämmert mein Herz heftiger gegen meine Rippen als eben auf der Treppe.

„Lucas! Preston!" Max' Stimme dröhnt vom Ende des Flurs. „Hört auf rumzuhängen! Die Generatoren schwanken. Wir müssen auf der Intensivstation manuell beatmen. Hoch mit euch!"

Ich stöhne und lasse meinen Kopf wieder gegen die Wand knallen. „Hört das irgendwann mal auf?"

Luke stemmt sich hoch, seine Beine protestieren. Er streckt mir eine Hand hin.

Ich sehe auf seine Hand. Dann sehe ich zu ihm hoch. Ich nehme sie. Sein Griff ist warm, fest und schwielig. Er zieht mich auf die Beine, und für den Bruchteil einer Sekunde stehen wir viel zu nah beieinander. Die Hitze, die von ihm ausgeht, hat nichts mit der kaputten Klimaanlage zu tun.

„Nein", sagt Luke, seine Stimme ein wenig rauer als sonst. „Es hört nie auf. Willkommen in der Medizin, Dr. York."

Er lässt meine Hand nicht sofort los. Ich ziehe sie nicht weg.

„Führe uns an, Dr. Silva", sage ich leise.

Wir rennen los in Richtung Intensivstation, während sich die Dunkelheit des Krankenhauses um uns schließt.

Kapitel 8
Das Auge des Sturms

PRESTON

Wir sind auf halbem Weg zur Intensivstation, als ein Schrei uns stoppt.

Es ist kein Schmerzschrei. Es ist ein Schrei aus blanker Angst.

Er kommt von der Psychiatrischen Station im 7. Stock.

„Das ist nicht die Intensivstation", sage ich und bleibe auf dem Treppenabsatz stehen.

„Das ist die Psychiatrie", sagt Luke. „Dr. Evans hat Bereitschaft. Er ist ... aggressiv."

Wir sehen einander an. Max hat *Intensivstation* gesagt. Aber der Schrei ertönt noch einmal.

„Umweg?", frage ich.

„Umweg", bestätigt Luke.

Wir stürmen in den siebten Stock. Die Atmosphäre hier ist anders. Unten war es chaotischer Lärm. Hier ist es ein chaotisches Vibrieren. Die Luft fühlt sich gespannt an, wie ein Gummiband, das bis zum Äußersten gedehnt ist.

Wir biegen um die Ecke zu Zimmer 704.

Eine Menschenmenge hat sich versammelt. Zwei Sicherheitsleute stehen mit den Händen an ihren Gürteln da und wirken angespannt. Eine Krankenschwester fleht jemanden im Zimmer an.

„Holt die Fixiergurte“, bellt Dr. Evans. Er ist ein Mann, dessen Umgang mit Patienten mit einer Backsteinmauer konkurriert. „Er ist eine Gefahr für sich selbst. Wir müssen ihn jetzt sedieren.“

„Was ist hier los?“, fragt Luke und drängt sich ins Getümmel.

„Patient in 704“, schnaubt Evans, ohne uns anzusehen. „Elias Winthrop. Zweiundzwanzig. Kam wegen Angstzuständen, aber der Sturm hat einen psychotischen Schub ausgelöst. Er hat sich hinter einem umgestürzten Bett verbarrikadiert. Er glaubt, das Wasser steigt in seinem Zimmer.“

„Also wollen Sie ihn einfach über den Haufen rennen?“, frage ich und trete neben Luke.

Evans verzieht verächtlich das Gesicht. „Er ist gewalttätig, York. Wenn Sie nicht da reingehen und sich mit einer Bettpfanne eins überziehen lassen wollen, bleiben Sie zurück.“

Ich schaue durch das kleine Beobachtungsfenster.

Der Junge da drin ist nicht „gewalttätig“. Er ist verängstigt. Er kauert in der Ecke, die Augen weit aufgerissen und ins Leere starrend, und klammert sich an ein Kissen wie an einen Schild. Er zittert so sehr, dass ich es von hier aus sehen kann.

„Gehen Sie da nicht mit der Security rein“, sage ich, meine Stimme wird leiser. „Wenn Sie in der Dunkelheit mit Wachleuten auf ihn losstürmen, dreht er durch. Sie werden ihm wehtun müssen, um ihn zu überwältigen.“

„Wir haben keine Zeit für Therapie!“, brüllt Evans, als ein besonders lauter Donnerschlag ertönt. „Weg da!“

Er gibt den Wachen ein Zeichen.

„Warten Sie." Ich stelle mich vor die Tür.

Evans hält inne. „Wie bitte?"

„Geben Sie mir fünf Minuten", sage ich. Ich sehe zu Luke. Ich frage nicht Evans, ich frage den leitenden Assistenzarzt. „Luke. Fünf Minuten. Wenn ich ihn nicht runterbringen kann, können Sie die Kavallerie schicken."

Luke schaut Evans an, dann die Sicherheitsleute, und schließlich mich. Er sieht den Schweiß, der mir übers Gesicht läuft, die Erschöpfung in meinen Augen.

„Drei Minuten", sagt Luke. Er wendet sich an Evans. „Drei Minuten lang Rückzug. Das ist ein Befehl."

Evans schnaubt. „Auf Ihre Verantwortung, Silva."

Ich schließe die Tür auf.

Ich schlüpfe hinein und ziehe sie hinter mir zu. Das Zimmer ist dunkel, nur erhellt von den stroboskopartigen Blitzen des Gewitters draußen.

„Geh weg!", schreit Elias und schleudert einen Plastik-Wasserkrug. Er schlägt wenige Zentimeter neben meinem Kopf gegen die Wand. „Das Wasser kommt rein! Die Lüftungsschächte! Es ist in den Lüftungsschächten!"

„Es ist kein Wasser", sage ich ruhig, ohne mich zu bewegen. Ich benutze nicht meine Arztstimme. Ich benutze meine Stimme, mit der ich mit einem betrunkenen Vorstandsmitglied verhandele. Tief. Gleichmäßig. Gelangweilt, aber sicher. „Es ist nur Lärm, Elias. Nur Wind."

„Du lügst! Wir sind gefangen! Wir werden ertrinken!"

„Wir werden nicht ertrinken", sage ich und mache einen langsamen Schritt nach vorn. „Weißt du, wer dieses Gebäude gebaut hat?"

Elias blinzelt. „Was?"

„Mein Vater", lüge ich. „Alistair York. Er ist ein schrecklicher Mensch, ehrlich gesagt. Sehr geizig. Aber er hat ein riesiges Ego. Er hat diesen Bau mit verstärktem Stahl und

Beton errichten lassen, dick genug, um einen Panzer aufzuhalten, weil er seinen Namen auf etwas haben wollte, das ewig hält."

Ich mache einen weiteren Schritt. Elias senkt das Kissen ein Stück.

„Er ist viel zu eitel, um zuzulassen, dass es in seinem Gebäude reinregnet, Elias", fahre ich fort und lehne mich lässig an die Wand. „Wenn auch nur ein einziger Tropfen Wasser hier reinkäme, würde er den Regen verklagen. Er würde die Wolken verklagen."

Elias stößt ein zittriges, hysterisches Geräusch aus, das ein Lachen sein könnte. „Er würde den Regen verklagen?"

„Sammelklage gegen den Atlantik", sage ich und nicke. „Also bist du sicher. Nicht wegen Glück, sondern wegen des massiven Narzissmus meines Vaters. Die Wände halten. Ich verspreche es."

Ich strecke die Hand aus. „Ich bin Preston. Ich sitze hier auch fest. Und ich habe panische Angst vor Donner. Es ist mir peinlich."

Elias starrt mich an. „Du hast Angst?"

„Todesangst", gebe ich zu. „Aber ich tue so, als wäre ich es nicht, damit der Typ draußen – Dr. Evans – sich nicht über mich lustig macht. Willst du mir helfen, das durchzuziehen?"

Elias sieht zur Tür, dann zu mir. Langsam sinken seine Schultern. Er löst sich aus der Ecke.

„Okay", flüstert er.

„Guter Mann."

Ich gehe hinüber, helfe ihm beim Aufstehen und führe ihn weg von dem umgestürzten Bett. Als ich zwei Minuten später die Tür öffne, sitzt Elias auf der Matratze und trinkt Wasser.

Ich trete in den Flur hinaus.

„Er ist ruhig", sage ich zu Evans, dessen Kinnlade ihm praktisch auf den Boden fällt. „Er braucht trockene Laken und vielleicht ein Beruhigungsmittel zum Schlafen, aber keine Fixierung."

Ich dränge mich an den fassungslosen Sicherheitsleuten vorbei und packe Lukes Arm. „Bring mich hier raus, bevor mir die Knie nachgeben."

Wir gehen zügig den Flur entlang, biegen um eine Ecke in eine ruhige Nische, und Luke schubst mich in einen Materialraum.

Die Tür fällt ins Schloss und stürzt uns in völlige Dunkelheit.

Einen Moment lang ist unser Atem das einzige Geräusch – schwer, ungleichmäßig. Die Luft hier drin riecht nach Desinfektionsalkohol und Mullbinden.

Ich rutsche an der Wand hinunter, bis ich den Boden erreiche, und vergrabe mein Gesicht in den Händen. Der Adrenalinabfall trifft mich wie ein Güterzug. Meine Hände zittern.

„York." Lukes Stimme ist sanft. Ich spüre, wie er sich neben mich sinken lässt.

„Ich hasse das", murmele ich in meine Handflächen. „Ich hasse Stürme. Ich hasse Gefühle. Ich will einen Martini und eine klimatisierte Umgebung."

„Du warst großartig."

Ich hebe den Kopf. Meine Augen haben sich genug an die Dunkelheit gewöhnt, um Lukes Profil erkennen zu können. Er sieht mich an, und der Ausdruck auf seinem Gesicht lässt mein Herz für einen Moment aussetzen.

Er sieht ... beeindruckt aus. Nein, mehr als das. Er wirkt stolz.

„Ich habe ihn gerade nur angelogen", wende ich ein. „Ich hab ihm erzählt, mein Dad würde den Ozean verklagen."

„Du hast dich auf seine Ebene begeben", korrigiert Luke mich. Er rutscht ein Stück näher, sein Knie stößt gegen meines. „Evans wollte gegen die Psychose ankämpfen. Du bist eingestiegen und hast sie gelenkt. Das ist keine Medizin, Preston. Das ist ... das ist ein Talent."

Er streckt die Hand aus und berührt meinen Arm. Seine Hand ist warm, sein Daumen streift den feuchten Stoff meines Ärmels. Die Berührung brennt.

„Du bist gut darin", sagt er, seine Stimme wird eine Spur tiefer. „Ich weiß, du machst das aus Trotz oder was auch immer du sagst, aber ... du gehörst hierher."

Ich starre ihn an. Die Hitze in dem Abstellraum ist erstickend, aber ich zittere.

„Luke", hauche ich.

Er beugt sich vor. Nur um einen Zentimeter. Aber in der Dunkelheit fühlt es sich an wie ein ganzer Meter. Die Luft zwischen uns lädt sich auf mit statischer Elektrizität, die nichts mit dem Sturm zu tun hat. Ich kann ihn riechen – Regen, Seife und etwas, das unverkennbar Luke ist.

Ich will ihn küssen. Ich will ihn so sehr küssen, dass mir die Zähne wehtun. Ich lehne mich vor, überbrücke den Abstand, meine Augen fallen zu.

BAM!

Die Tür fliegt auf und flutet den Abstellraum mit grellem Notlicht.

„HA!"

Wir fahren auseinander wie Teenager, die beim Knutschen im Keller erwischt wurden. Ich knalle mir den Kopf an einem Regal voller Kochsalzlösungsbeutel. Luke versucht aufzustehen und stolpert über einen Wischeimer.

Dr. Jackson O'Connell steht in der Tür und hält sich eine Taschenlampe unters Kinn, als würde er eine Gruselgeschichte erzählen. Er grinst wie ein Irrer.

„Ich hab's gewusst!", krächzt Jax. „Ich hab's Max gesagt! Ich meinte: ‚Checkt die Materialräume, da geht die sexuelle Spannung hin, um zu sterben!'"

„Jax!" Luke rappelt sich auf die Beine und sieht aus, als wolle er im Boden versinken. „Wir hatten nur eine ... Nachbesprechung!"

„Nachbesprechung", wiederholt Jax mit feierlichem Nicken. „So nennen die Kids das jetzt also? Preston, du blutest."

Ich fasse mir an die Stirn. Klar, ich hab das Regal ordentlich erwischt. „Mir geht's gut. Nur eine Fleischwunde."

„Max braucht euch zwei im Trauma", sagt Jax und lässt den Lichtkegel der Taschenlampe sinken. „Generator 2 stottert rum. Wir erwarten Eingänge von der überfluteten U-Bahn. Richtet eure Haare, sortiert eure Gesichter und dann ab nach unten."

Er dreht sich zum Gehen um, bleibt dann aber stehen.

„Und nur fürs Protokoll", Jax zwinkert, „Zimmer 402 kann man von innen abschließen. Amateure."

Er geht pfeifend davon, eine fröhliche Melodie auf den Lippen, die so gar nicht zu dem Hurrikan draußen passen will.

Ich sehe Luke an. Luke sieht mich an. Sein Gesicht ist ein wütendes Rot, aber er kämpft ein Lächeln nieder.

„Ich hasse deine Familie", seufzt Luke und reibt sich das Gesicht.

„Genau genommen", sage ich und halte mir den Kopf, „ist er ein O'Connell. Er hat sich nur in das Chaos eingekauft."

„Ich hasse sie alle", korrigiert Luke mich und öffnet die Tür. „Aber vor allem Jax. Komm, York. Lass uns Leben retten."

Er hält mir die Tür auf. Und als ich an ihm vorbeigehe, zieht er seine Hand nicht zurück, als sich unsere Finger streifen.

Kapitel 9
Die Rotation

LUKE

Der Hurrikan ist vorüber, das Hochwasser ist zurückgegangen, und St. Jude's ist in seinen normalen Zustand kontrollierten Chaos' zurückgekehrt. Aber für Preston York hat der Sturm gerade erst begonnen.

Es ist Rotationstag.

Für einen Assistenzarzt ist der Rotationstag wie Russisches Roulette. Man kann in der Pädiatrie landen und einen Monat lang Aufkleber verteilen. Oder man landet in der Proktologie und ... nun ja.

Preston ist – durch eine Laune des Schicksals (oder, wahrscheinlicher, durch administratives Herumpfuschen seines älteren Bruders) – in der Kardiothorakalen Chirurgie gelandet.

Ich desinfiziere mich, um bei einer Bypassoperation an den Koronararterien zuzuschauen, und beobachte durch die Glasscheibe der OP-Tür, wie Max seinen „Schüler" vorbereitet.

„Er sieht grün aus", kommentiert Jax O'Connell und lehnt

sich an die Wand neben mir. Er isst eine Tüte Gummibärchen, was, da bin ich mir ziemlich sicher, gegen mehrere Vorschriften zum sterilen Bereich verstößt. „So richtig Grinch-grün."

„Er sieht konzentriert aus", verteidige ich ihn, obwohl ich nicht einmal mich selbst überzeugen kann.

Drinnen im OP hält Preston seine Hände in der sterilen Position, aber er steht so weit vom Tisch weg, dass er praktisch schon auf dem Flur steht. Max gestikuliert begeistert in Richtung der Brust des Patienten. Preston sieht aus, als würde er sich einen Horrorfilm ansehen, den er nicht ausschalten kann.

„Max hat darauf gewartet", sagt Jax kauend und beißt zufrieden in einen roten Bären. „Er wird ihn das Perikard anfassen lassen. Es ist glibberig. Preston hasst glibberig."

Ich seufze und stoße mich von der Wand ab. „Ich gehe rein. Irgendwer muss sicherstellen, dass Preston nicht in die offene Brusthöhle kippt."

Ich trete rückwärts in den OP, die kühle, stark mit Sauerstoff angereicherte Luft trifft mir ins Gesicht. Das rhythmische Zischen-Klicken des Beatmungsgeräts ist das einzige Geräusch neben dem fröhlichen 80er-Jahre-Pop aus den Lautsprechern.

„—es ist der Motor der Seele, Preston!" Max strahlt hinter seiner Maske und hält ein Skalpell wie einen Taktstock. „Sieh nur, wie es schlägt. Eine Symphonie aus Muskel und Elektrizität."

„Es sieht aus wie ein nasser Beutel wütenden Fleisches", sagt Preston, seine Stimme dumpf und leblos. „Und es bewegt sich viel zu viel. Können wir es anhalten? Es ist aggressiv."

„Es ist ein Herz, Dr. York", sagt Max trocken. „Schlagen ist ein Feature, kein Bug. So, treten Sie näher. Ich brauche Sie, um die Absaugung zu halten."

Preston holt tief Luft. Er rutscht etwa einen Zentimeter nach vorn. „Max, da ist so viel Flüssigkeit. Warum sind Menschen so ... feucht? Das ist ein Designfehler."

„Absaugung. Hier." Max zeigt auf eine Stelle erschreckend nah an der Aorta.

Preston beugt sich vor und streckt den Arm bis zum absoluten Anschlag aus, damit sein Gesicht in einer anderen Postleitzone bleibt. Er führt den Saugschlauch ein.

Knirsch.

Max setzt den Brustkorbspreizer in Gang.

Preston zuckt so heftig zusammen, dass er die Absaugung beinahe fallen lässt. „Oh Gott. Das hat geklungen, als würde ein Hühnerknochen brechen. Warum hat es so geklungen?"

„Zugang gewährt", summt Max und ignoriert ihn. „Schau dir diese Darstellung an. Wunderschön. Preston, siehst du die Verengung?"

„Ich sehe eine Menge Rot", würgt Preston. „Und etwas Gelb. Ist das Fettgewebe? Es sieht aus wie Pudding. Ich esse nie wieder Pudding."

„Das ist die linke vordere absteigende Koronararterie. Der Witwenmacher." Max blickt auf, die Augen funkeln. „Willst du sie anfassen?"

„Auf gar keinen Fall", sagt Preston sofort. „Ich bin hier vollkommen glücklich. Ich beobachte gern von der Zuschauertribüne aus. In einem anderen Gebäude."

„Fass sie an", befiehlt Max. „Spür den Nervenkitzel."

Preston streckt einen behandschuhten Finger aus, seine Hand zittert sichtbar. Er stupst das schlagende Herz exakt 0,2 Sekunden lang an und zuckt dann zurück, als hätte er sich verbrannt. „Es ist warm. Es ist warm und glitschig und ich hasse es. Ich hasse dich. Ich hasse die Wissenschaft."

Als wir drei Stunden später aus dem OP ausschleusen, sieht Preston aus, als hätte er einen Krieg überlebt. Er reißt sich die Maske vom Gesicht und schnappt gierig nach der Luft im Flur.

„Das war mittelalterlich", verkündet Preston und reißt sich

den OP-Kittel mit brutaler Effizienz vom Leib. „Wir sind Barbaren, Luke. Wir knacken Menschen auf wie Walnüsse. Ich brauche eine Dusche. Ich muss meine Seele mit Chlor reinigen."

Max kommt hinter ihm heraus, frisch wie eine Blume und *Walking on Sunshine* summend. „Du hast passabel gearbeitet, Preston. Auch wenn dein Kommentar zur Textur des Myokards unprofessionell war."

„Ich habe gesagt, es fühlte sich an wie ein Stressball, der in Schleim getaucht wurde. Dabei bleibe ich."

„Wir sehen uns Sonntag zum Abendessen", erwidert Max und tätschelt ihm mit einem frischen Handschuh die Wange. „Es gibt Rippchen."

Preston rutscht an der Wand hinunter, bis er auf dem Boden aufschlägt, und vergräbt das Gesicht in den Händen. „Ich komme nicht. Sag Mom, ich bin gestorben. Sag ihr, ich bin an ‚nasser-Fleisch-Exposition' gestorben."

Ich beuge mich unbeholfen zu ihm hinunter und versuche, ihn zu beruhigen. „Keine Sorge, ab hier wird es nur noch schlimmer."

Preston funkelt mich von unten an. „Hat dir schon mal jemand gesagt, dass du darin echt mies bist? Weil du es bist."

PRESTON

Ich darf meine Seele nicht abschrubben. Stattdessen werde ich zwanzig Minuten später von Dr. Jax O'Connell in den Schockraum gezerrt.

„Trauma ist anders, Prinzessin!", brüllt Jax und stopft sich einen Frühstücksburrito in den Mund. „Chirurgie ist was für

Nerds, die Schach mögen. Trauma ist für Athleten. Das ist Rugby mit Nadeln."

Er stößt den Vorhang zu Kabine 2 mit dem Fuß auf.

„Schulterluxation", verkündet Jax und sprüht ein paar Eierkrümel. „Der Patient heißt Mike. Mike hat versucht, einen Snackautomaten zu tackeln. Der Snackautomat hat gewonnen."

Mike, ein Mann von Linebacker-Statur, sitzt auf der Trage, hält sich den rechten Arm und stöhnt. Seine Schulter steht in einem Winkel, der gegen jede Anatomie verstößt.

„Er hat meinen Dollar gefressen", jammert Mike.

„Und du hast zurückgekämpft. Das respektiere ich", sagt Jax und wirft seine Burritoverpackung in den Mülleimer (er verfehlt; ich hebe sie auf). „Also gut, Preston. Reponier ihn."

Ich starre auf die Schulter. Sie sieht aus wie ein wütendes, fleischiges Geometriepuzzle.

„Reponieren?", frage ich. „Brauchen wir nicht ... Bildgebung? Ein Sedativum? Einen Priester?"

„Keine Zeit", sagt Jax. „Das Gelenk ist kalt. Die Muskeln verkrampfen. Wenn du auf Röntgen wartest, hat er eine Stunde lang Schmerzen. Wenn du es jetzt reindrückst, ist er in zehn Sekunden glücklich. Das ist die Cunningham-Technik. Bizeps massieren, das Gehirn ablenken, das Ding wieder reinschieben."

Er zieht einen neuen Burrito aus seiner Tasche (wo bewahrt er die auf?).

„Na los. Fass das Fleisch an."

Ich trete vor. Ich lege meine Hände auf Mikes massiven, verschwitzten Arm.

„Also gut, Mike", sage ich, meine Stimme zittert. „Ich werde dich jetzt ... massieren."

„Mach es einfach heil, Doc!", brüllt Mike.

„Ich versuch's ja! Dein Deltamuskel ist sehr angespannt!"

„Hör auf, ihn zu streicheln wie eine Katze, Preston!“, bellt Jax. „Nutze Hebel! Das ist einfache Physik. Drehpunkt und Last. Du kennst Physik, oder? Du hast das Lehrbuch auswendig gelernt?“

„Ich kenne theoretische Physik!“, fauche ich. „Ich weiß, wie man die Flugbahn eines Teilchens im Vakuum berechnet! Ich weiß nicht, wie man einen Humerus in eine Glenoidpfanne zurückprügelt, während der Patient nach Turnsocken riecht!“

„Weniger reden, mehr ploppen!“

Ich schließe die Augen. Ich stelle mir das Skelett vor. Ich stelle mir das nötige Drehmoment vor.

Ich atme ein. Ich rotiere den Arm nach außen. Ich hebe an.

SCHLUCK.

Das Geräusch ist nass. Es ist laut. Es klingt, als würde ein Stiefel aus einem Sumpf gezogen.

Mike schreit. Dann verstummt er. Er blinzelt.

„Oh“, sagt Mike. „Das fühlt sich besser an.“

„Da haben wir’s!“, jubelt Jax und klopft mir so kräftig auf den Rücken, dass ich stolpere. „Der süße Klang der Reposition. Gut gemacht, Kleiner. Du hast die Hände eines Safeknackers.“

Ich sehe auf meine Hände. Sie zittern.

„Ich hab’s gehört“, flüstere ich entsetzt. „Ich hab gehört, wie der Knorpel über den Knochen gerieben hat. Es klang wie Kies.“

„Das ist die Musik der Heilung!“, sagt Jax. „Jetzt schnapp dir die Klammerpistole. Wir haben da einen in Kabine 5, der auf einen Zaun gefallen ist.“

„Klammerpistole?“ Ich gehe rückwärts. „Nein. Absolut nicht. Bei Baumarktartikeln ziehe ich die Grenze.“

„Preston! Komm zurück! Wir fangen doch gerade erst an!“

Ich flüchte aus dem Schockraum. Ich renne direkt im Flur in Luke hinein.

„Psychiatrie", keuche ich und klammere mich an Lukes Kasack. „Steck mich in die Psych. Ich kann das Ploppen nicht. Ich kann die Klammern nicht. Ich brauche einen Raum, in dem Leute auf Stühlen sitzen und niemandes Gliedmaßen in die falsche Richtung zeigen."

Luke sieht mein bleiches Gesicht an. Er sieht Jax an, der in der Ferne mit einer Klammerpistole herumfuchtelt.

„Psychiatrie soll's sein", stimmt Luke zu.

PRESTON

Ich betrete die Psych-Station. Es ist ruhig. Es ist sauber. Es gibt keine Klammerpistolen.

„Wer ist der Neuaufgenommene?", frage ich die leitende Krankenschwester, Brenda.

„Mr. Finch", sagt Brenda erschöpft. „Zimmer 708. Er ist manisch. Er hält seit drei Stunden Tiraden über ‚The Blue Boy' und verweigert seine Medikamente. Er glaubt, die Ärzte stehlen ihm sein Pigment."

„Pigment?"

„Er sagt, wir würden ‚den Satin verwässern'. Dr. Evans glaubt, er halluziniert ein Kind."

Ich nehme die Akte. Ich gehe in Zimmer 708.

Mr. Finch läuft auf und ab. Er ist ein ungepflegt aussehender Mann im Krankenhaushemd, der wild mit den Händen gestikuliert.

„Es ist falsch!", schreit Finch die Wand an. „Der Farbton ist falsch! Es soll Lapislazuli sein! Sie benutzen Kobalt! Es ist billig! Es ist banal!"

Dr. Evans steht in der Ecke und sieht so aus, als wäre er kurz davor, ihn zu sedieren.

„Mr. Finch", sagt Evans langsam. „Hier ist kein blauer Junge. Der Junge ist in Sicherheit."

„Der Junge ist nicht in Sicherheit!", schreit Finch. „Der Satin ruiniert die Komposition!"

Ich bleibe stehen. Ich höre zu.

Lapislazuli. Satin-Komposition. The Blue Boy.

Ich trete vor.

„Er redet nicht von einem Kind", erkläre ich.

Evans dreht sich um. „Wie bitte?"

„Er redet von Gainsborough", sage ich. Ich wende mich an Mr. Finch. „Thomas Gainsborough. *The Blue Boy*. Gemalt 1770. Öl auf Leinwand. Befindet sich derzeit in der Huntington Library in Kalifornien."

Mr. Finch bleibt stehen. Er schaut mich an. Seine Augen weiten sich.

„Der Satin", flüstert Finch. „Sie kennen den Satin?"

„Ich kenne ihn", sage ich mit fester Stimme und nicke. „Gainsborough hat eine spezielle Schichttechnik verwendet, um dieses schimmernde Blau zu erzielen. Es war nicht nur Kobalt. Er hat lasierende Schichten aus Lapislazuli über einer Bleiweiß-Grundierung eingesetzt, um das Licht einzufangen. Das war revolutionär für die Porträtmalerei des 18. Jahrhunderts."

Finch packt mich an den Schultern. Er sieht aus, als hätte er einen Propheten gefunden.

„Ja! Ja! Und diese ... diese Philister", er deutet auf Dr. Evans, „sie versuchen ständig, mir Tabletten zu geben, die das Blau verblassen lassen! Sie wollen die Palette abdämpfen!"

„Das können wir nicht zulassen", sage ich glatt. „Aber hier ist das Problem, Mr. Finch. Wenn Ihre Gehirnchemie zu chaotisch ist, können Sie die Pinselführung nicht würdigen. Die Manie verzerrt die Farbtheorie."

Ich nehme den kleinen Pappbecher mit den Medikamenten vom Tisch.

„Das ist keine Pille“, lüge ich. „Das ist ein Stabilisator. Ein Firnis. Er erhält die Integrität des Bildes. Wenn Sie das nehmen, bleibt das Blau klar und scharf. Wenn nicht? Dann wird alles zu Matsch.“

Finch starrt den Becher an. „Ein Firnis?“

„Archivqualität“, verspreche ich.

Finch nimmt den Becher. Er schluckt die Tabletten.

„Danke“, flüstert er. „Endlich. Ein Künstler.“

Ich gehe aus dem Zimmer. Dr. Evans folgt mir, mit offenem Mund.

„Woher wussten Sie das?“, verlangt Evans zu wissen. „Woher wussten Sie von diesem ... diesem Lapis-Dings?“

„Ich habe einen Sommer in London verbracht, um meine Mutter zu meiden“, zucke ich mit den Schultern. „Ich habe praktisch in der National Gallery gelebt. Gainsborough ist Basiswissen, Evans. Wenn er anfängt, über das Chiaroscuro in einem Caravaggio zu wettern, rufen Sie mich. Das wird kompliziert.“

Ich schaue in die nächste Akte.

„Wer ist als Nächstes dran? Bitte sagen Sie mir, es ist jemand, der von der französischen Architektur des 19. Jahrhunderts besessen ist. Ich habe viele Meinungen zu Haussmann.“

LUKE

Preston ist hervorragend in der Psychiatrie. Und es ist nervig.

Zwei Tage nachdem er dort seinen Dienst angetreten hat,

mache ich Visite im siebten Stock und bleibe vor dem Tagesraum stehen.

Preston sitzt an einem Tisch mit Mrs. Higgins, einer Patientin, die sich seit drei Tagen hartnäckig weigert, mit irgendwem zu sprechen. Im Moment strickt sie aggressiv.

„Ich verstehe das vollkommen", sagt Preston mit ruhiger, beruhigender Stimme. „Meine Mutter glaubt auch, dass Schweigen der ultimative Machtzug ist. Sie hat einmal eine ganze Woche lang ausschließlich Französisch gesprochen, nur um meinen Vater zu ärgern, der nur Englisch und Finanzdeutsch spricht."

Die Stricknadeln von Mrs. Higgins halten inne. Sie blickt auf. „Französisch?"

„Fließend. Meistens Beleidigungen", nickt Preston. „Das ist sehr effektiv. Aber das Problem mit der Schweigebehandlung, Mrs. Higgins, ist, dass die Leute irgendwann aufhören, dem Schweigen zuzuhören. Sie genießen einfach nur die Ruhe."

Mrs. Higgins runzelt die Stirn. Sie denkt darüber nach. „Also sollte ich ...?"

„Lärm machen", schlägt Preston heiter vor. „Sich beschweren. Besseren Wackelpudding verlangen. Oder Sie sagen Dr. Silva hier, was Sie stört, damit wir Ihre Medikamente anpassen können und Sie zu Ihrer Katze nach Hause kommen."

Mrs. Higgins wendet sich mir zu. „Mein Tee ist kalt", faucht sie. „Und von den Pillen wird mir schwindlig."

„Ich kümmere mich um den Tee", verspricht Preston und steht auf. „Dr. Silva kümmert sich um die Pillen."

Er geht an mir vorbei und zwinkert. „Siehst du? Keine Skalpelle nötig. Nur emotionaler Hebel."

Ich starre ihm nach. Ich habe eine Stunde damit verbracht, zu versuchen, sie zum Reden zu bringen. Er hat es in fünf Minuten mit einer Geschichte über seine Mutter geschafft.

„Angeber", murmele ich, aber ich lächle.

Ich beende meine Visite und gehe zur Schwesternstation, um zu dokumentieren. Die Station ist ruhig, die nachmittägliche Flaute setzt ein.

Ich biege um die Ecke und gefriere.

Preston ist da. Aber er ist nicht allein.

Er steht mit dem Rücken zum Medikamentenwagen gedrückt. Vor ihm, ihn mit einem Klemmbrett und einer Aura absoluter Autorität einkesselnd, steht Rosa Ortiz.

Meine Mutter.

Ich werfe mich hinter einen Wäschewagen. Ich weiß, dass ich ein erwachsener Mann bin. Ich weiß, dass ich der leitende Assistenzarzt bin. Aber wenn Mama Ortiz in den „Schutzmodus" schaltet, ist die einzige Überlebensstrategie Tarnung.

„... Dr. York", sagt meine Mutter gerade. Ihre Stimme ist nicht laut. Es ist dieser erschreckend ruhige Ton, den sie benutzt, wenn ein Assistenzarzt die falsche Dosierung verschreibt.

„Krankenschwester Ortiz", erwidert Preston. Seine Stimme ist ruhig, aber ich kann sehen, wie seine Fingerknöchel sich weiß über der Kante hinter ihm abzeichnen. Er sieht aus wie ein Reh im Scheinwerferlicht, wenn das Reh Ralph Lauren tragen würde.

„Sie machen gute Arbeit in der Psych", sagt sie. „Mrs. Higgins hat ihr Mittagessen aufgegessen. Das waren Sie."

„Ich habe ihr nur ... zugehört", sagt Preston.

„M-hm." Meine Mutter tritt näher. Sie richtet den Stift in ihrer Tasche. „Sie sind charmant. Sie haben die sprichwörtliche Silberzunge, wie man sagt. Sie könnten einem Hund den Knochen aus dem Maul reden."

„Ich ... danke?"

„Bedanken Sie sich noch nicht." Sie mustert ihn von oben bis unten, ihre dunklen Augen scharf. „Ich habe Augen, Preston York. Ich sehe Dinge. Ich sehe, wie Sie in diesem Krankenhaus herumlaufen. Ich sehe, wie Sie die Patienten ansehen."

Sie macht eine wirkungsvolle Pause.

„Und ich sehe, wie Sie meinen Sohn ansehen."

Preston hört auf zu atmen. Ich höre auf zu atmen. Der Wäschewagen hört auf zu atmen.

„Ich—", setzt Preston an, seine Stimme bricht leicht. Er räuspert sich. „Ich habe den allergrößten professionellen Respekt vor Dr. Silva."

„Professionellen Respekt", wiederholt meine Mutter. Sie lacht, ein kurzes, trockenes Geräusch. „Ist es das, wie wir es nennen? Ist das der Grund, warum Sie ihm mitten in der Nacht Sushi für siebzig Dollar gekauft haben? Ist das der Grund, warum Sie ihm hinterherlaufen wie ein verlorener Welpe mit Stethoskop?"

Prestons Gesicht nimmt einen Rotton an, der sich furchtbar mit seinen blauen OP-Klamotten beißt. „Das Sushi war ... eine Ausgabe für die Arbeitsmoral."

Meine Mutter tritt in seinen persönlichen Bereich. Sie streckt die Hand aus und richtet sein Namensschild.

„Hör mir zu, *mijo*", sagt sie, ihre Stimme senkt sich zu einem Flüstern, das perfekt bis zu meinem Versteck trägt. „Lucas ist stark. Er ist klug. Er hat hart gearbeitet, um dahin zu kommen, wo er ist. Er hatte keine ausgebaute Straße; er hat die Straße selbst gebaut, Stein für Stein."

„Ich weiß", flüstert Preston.

„Sie sind ein York", fährt sie fort. „Sie haben Geld. Sie haben Macht. Sie könnten morgen diesen Job hinwerfen und auf einer Yacht leben. Lucas kann das nicht. Das hier ist sein Leben. Das hier ist sein Herz."

Sie klopft ihm auf die Brust, genau über dem Herzen. Es sieht aus wie ein Klaps, aber ich weiß, dass es sich wie eine Drohung anfühlt.

„Wenn Sie ein Spiel spielen", sagt sie und fixiert seinen Blick. „Wenn das hier nur ein kleiner, lustiger Aufstand gegen Ihren Bruder ist ... gehen Sie weg. Spielen Sie woanders."

Preston starrt sie an. Der Spott ist weg. Das Ausweichen ist weg.

„Es ist kein Spiel", sagt Preston. Seine Stimme ist leise, aber sie zittert nicht. „Ich spiele nicht, Rosa. Ich schwöre."

Meine Mom mustert ihn. Sie sucht in seinem Gesicht, endlose, qualvolle zehn Sekunden lang. Es ist derselbe Blick, den sie mir zuwirft, wenn ich nach einer Dreißig-Stunden-Schicht behaupte, mir gehe es „gut". Sie ist eine Röntgenmaschine in praktischen Schuhen.

Schließlich lehnt sie sich zurück. Die Spannung löst sich.

„Okay", sagt sie geschäftsmäßig. „Wir brauchen Sie in Zimmer 712. Mr. Bromley ist wieder da. Er hat den Magic 8-Ball in der Bettgitterstange festgeklemmt."

Preston blinzelt und sieht aus, als hätte er gerade ein Erschießungskommando überlebt. „Ich ... ja. Sofort."

„Und Preston?"

Er erstarrt. „Ja, Ma'am?"

Sie lächelt. Es ist ein kleines, furchteinflößendes, aber echtes Lächeln. „Wenn Sie das nächste Mal Sushi bestellen, nehmen Sie mir die scharfe Thunfischrolle mit. Lucas hat keinen Geschmack, aber ich schon."

Sie dreht sich um und geht davon, ihre Schuhe quietschen auf dem Linoleumboden.

Ich warte, bis sie weg ist, bevor ich hinter dem Wäschewagen hervortrete. Preston lehnt immer noch am Medikamentenwagen und presst eine Hand auf seine Brust.

„Ich brauche einen Defibrillator", keucht er. „Ich habe Kammerflimmern. Starten Sie mein Herz neu."

Ich gehe zu ihm hinüber und unterdrücke das Lachen. „Du hast das gut gemacht."

Preston reißt den Kopf zu mir herum. „Du hast zugeguckt? Feigling! Du hast mich sterben lassen!"

„Bei Mama Ortiz mischt man sich nicht ein", erkläre ich und trete so nah, dass ich mich direkt neben ihm gegen die Arbeitsplatte lehne. „Sie ist eine Naturgewalt. Da musst du einfach den Sturm über dich ergehen lassen."

Preston atmet aus und fährt sich mit der Hand durch die Haare. Die Bewegung schiebt seinen Ärmel hoch und legt sein Handgelenk frei. Ich ertappe mich dabei, wie ich es anstarre.

„Sie weiß es", murmelt Preston und dreht seinen Körper zu mir. Er weicht nicht zurück. Im Gegenteil, er rückt noch näher und dringt in meinen persönlichen Raum ein. „Sie weiß alles. Sie hat scharfen Thunfisch verlangt."

„Das ist ihr Gütesiegel", sage ich leise. „Wenn sie dich nicht mögen würde, hätte sie nicht nach Essen gefragt."

Preston sieht mich an. Seine blauen Augen sind dunkel, eindringlich. „Sie denkt, ich spiele ein Spiel."

„Tust du das?", frage ich.

Preston stößt sich von der Arbeitsplatte ab. Er macht einen Schritt nach vorn, sodass ich den Kopf leicht in den Nacken legen muss. Er streckt die Hand aus, seine Finger streifen mein Stethoskop, das um meinen Hals hängt, und richten es, genau wie meine Mutter zuvor sein Namensschild gerichtet hat.

Die Berührung brennt durch mein Kasack-Oberteil.

„Ich habe sie angelogen, weißt du", sagt Preston leise.

Mein Herz hämmert gegen meine Rippen. „Wegen des Sushis?"

„Wegen des professionellen Respekts." Seine Finger verweilen an dem Schlauch, dicht an meinem Schlüsselbein. Er senkt die Stimme zu einem Flüstern, das die Haare auf meinen Armen aufrichten lässt. „An der Art, wie ich dich respektiere, Dr. Silva, ist nichts Professionelles. An dem, wie sehr ich das hier tun will, ist nichts Professionelles."

Ich schlucke schwer. „Was denn–"

Preston wartet nicht, bis ich den Satz beende. Er stößt sich nach vorn, vergräbt eine Hand in meinem Nackenhaar und presst seinen Mund auf meinen.

Es ist kein höflicher Kuss. Kein zaghafter. Es ist ein verzweifelter. Er schmeckt nach Adrenalin und Kaffee und angestauter Frustration. Aus meiner Kehle kommt ein Laut, halb Überraschung, halb Hingabe, und ich kralle mich an der Vorderseite seines Kasacks fest und ziehe ihn näher zu mir.

Preston stöhnt an meinem Mund, seine andere Hand packt fest meine Hüfte und drückt mich gegen den Medikamentenwagen. Drei Sekunden lang schrumpft meine ganze Welt zusammen auf die Hitze seines Körpers und das Gleiten seiner Lippen auf meinen. Es ist waghalsig. Es ist wahnsinnig. Es ist das Beste, was mir in diesem Gebäude passiert ist.

„Dr. York! Dr. Silva!"

Die Stimme trifft uns wie ein Eimer Eiswasser.

Wir fahren ruckartig auseinander. Ich ramme mir den Ellbogen in den Wagen; Preston taumelt zurück, mit irren Augen, seine Lippen geschwollen und gerötet.

Krankenschwester Brenda schlittert um die Ecke, völlig außer sich. Sie stoppt und starrt uns an. Ich schnappe nach Luft. Preston zupft mit zitternden Händen an seinem Kasackoberteil herum.

„Was?", fahre ich sie an, meine Stimme überschlägt sich.

„Mr. Bromley!", japst Brenda und sieht völlig traumatisiert aus. „Er hat den Magic 8-Ball schon wieder hervorgeholt. Aber er besteht darauf, dass er die Weisheit verinnerlichen muss."

Preston wischt sich über den Mund und versucht, seine Fassung wiederzufinden. „Und? Lass ihn sie nicht runterschlucken."

„Er versucht nicht, sie zu schlucken, Doktor", sagt Brenda, das Gesicht kreidebleich. „Er sagt, sie ist zu groß für seine

Kehle. Er hat nach einer Gallone Gleitgel gefragt und befindet sich gerade in der *Herabschauender Hund*-Position."

Preston starrt sie an. Ich starre sie an.

„Er will sie ...", Preston deutet vage auf sein Hinterteil, „mit der Kugel? Mit der baseballgroßen Kugel?"

„Er sagt, die Prognose lautet ‚Bottoms Up'", flüstert Brenda.

Preston schließt die Augen. Er stößt einen langen, heiseren Atemzug aus. Er sieht fertig aus. Er sieht wunderschön aus. Und er sieht absolut entsetzt aus.

„Ich hasse diesen Laden", flüstert Preston. „Ich hasse Menschen. Ich will zurück zur Herzchirurgie. Das Herz war weniger ... invasiv."

„Du liebst es", korrigiere ich ihn, mein Herz rast immer noch wie verrückt, auch wenn die Stimmung sich eindeutig von Romantik zu Krisenmanagement verschoben hat.

Preston öffnet die Augen. Er sieht zu Krankenschwester Brenda, dann wandert sein Blick langsam zurück zu mir. Er hebt eine Hand, sein Daumen streift seine Unterlippe, dort, wo ich ihn gerade gebissen habe.

„Fortsetzung folgt, Dr. Silva", murmelt er mit rauer Stimme. „Sobald ich ein rektal eingeführtes wahrsagendes Gerät verhindert habe."

Er zwinkert – ein dunkles, vielversprechendes Zwinkern, das eine neue Welle aus Hitze meine Wirbelsäule hinunterjagt – und dreht sich um, um Brenda zu folgen.

„Ich komme, Brenda! Sagen Sie Mr. Bromley, falls diese Kugel reingeht, lautet die Antwort ganz eindeutig: ‚Später noch mal fragen', denn wir holen sie ganz sicher nicht wieder raus!"

Ich sehe ihm nach und lasse mich gegen den Wagen sinken, weil meine Beine sich noch immer nicht ganz stabil anfühlen.

„Fortsetzung folgt", flüstere ich in den leeren Flur.

Und zum ersten Mal in meiner Karriere hoffe ich wirklich, dass die Fortsetzung bald kommt.

PRESTON

Ich betrete den Aufenthaltsraum der Assistenzärzte, nachdem ich vergeblich versucht habe, Luke zu finden, um unsere Fortsetzungsszene wieder aufzunehmen, dringend auf der Suche nach Koffein und Ruhe, um meinen Kopf zu sortieren.

Ich bleibe stehen.

Der Aufenthaltsraum ist normalerweise eine trostlose Höhle mit zusammengewürfelten Stühlen, einem Fleck im Teppich, der aussieht wie Rorschachs schlimmster Albtraum, und dem Geruch von abgestandenem Popcorn.

Heute jedoch riecht der Raum nach ... Palo Santo?

Und er ist leer.

Das Sofa ist weg. Der Tisch ist weg. Die Spinde sind mit beigem Leinen behängt.

In der Mitte des Raums steht ein Mann im Kimono, der eine Stimmgabel aus Kupfer in der Hand hält. Er schlägt die Gabel gegen sein Knie. *HMMMMMM.*

„Die Resonanz ist noch immer blockiert", flüstert er zur Wand. „Es ist der Kummer der Rigipswand."

„Entschuldigen Sie", sage ich und trete ein. „Wo ist das Sofa? Ich muss mich auf das Sofa setzen. Meine Beine haben ihren Dienst quittiert."

Der Mann dreht sich um. Er sieht mich mit Augen an, die viel zu weit aufgerissen sind.

„Das Sofa hat Trauma gespeichert", sagt er. „Wir haben es befreit."

„Wohin befreit?"

„In den Flur. Es hat den Fluss des Qi gestört."

Ich schließe die Augen. Ich kenne diesen Geruch. Ich kenne dieses Vokabular.

„Meine Mutter hat Sie geschickt", stelle ich fest.

„Catherine spürt, dass die Energie in diesem Sektor feindselig ist", bestätigt der Mann. „Ich bin Sven. Ich bin Schwingungsarchitekt. Ich bin hier, um Ihre Chakren mit der HLK-Anlage in Einklang zu bringen."

„Meine Chakren sind in Ordnung, Sven. Meine Mutter ist verrückt. Bitte bringen Sie das Sofa zurück. Die Assistenzärzte müssen darauf schlafen."

„Schlaf ist eine Krücke für die Unausgerichteten", sagt Sven abfällig. Er geht zur Teeküche hinüber.

Er bleibt vor der La Marzocco Linea Mini stehen. Meiner Linea Mini.

Er runzelt die Stirn. Er hält die Stimmgabel an die Dampflanze.

„Das", sagt Sven und richtet einen zitternden Finger auf die Maschine, „ist ein Strudel chaotischer Energie. Sie vibriert auf einer Frequenz der Angst. Sie muss gereinigt werden."

Er greift nach einem Bündel Salbei. Er greift nach einem Feuerzeug.

„Sven", warne ich und mache einen Schritt nach vorn. „Wenn Sie diesen Salbei in einem Krankenhaus anzünden, springt die Sprinkleranlage an. Und wenn die Sprinkleranlage anspringt, fällt das MRT aus. Und wenn das MRT ausfällt, bringt Dr. Silva mich um. Und er wird keine Stimmgabel benutzen. Er wird ein Skalpell benutzen."

„Die Maschine ist böse!", schreit Sven. „Sie schreit!"

„Sie DAMPFT!", schreie ich zurück. „Weg von der Espressomaschine!"

„Was um Himmels willen geht hier vor?"

Wir erstarren beide.

Mama Ortiz steht in der Tür. Sie hält ihre Lunchbox in der Hand. Sie schaut auf die beigefarbenen Vorhänge. Sie schaut auf das fehlende Sofa. Sie schaut auf Sven, der ein qualmendes Salbeibündel schwingt.

Ihre Augen verengen sich.

„Wo ist mein Stuhl?“, fragt sie. Ihre Stimme ist gefährlich leise. „Der mit dem quietschenden Rad. Der, auf dem ich sitze, wenn ich meine Suppe esse.“

„Das Quietschen war ein Hilfeschrei“, erklärt Sven törichterweise. „Ich habe es verbannt.“

Mama Ortiz lässt ihre Lunchbox fallen. Sie knallt mit einem dumpfen Schlag auf den Boden.

„Du hast meinen Stuhl verbannt?“, wiederholt sie.

Sie macht einen Schritt nach vorn. Sie ist eins zweiundsechzig. Sven ist eins dreiundneunzig. Sven sieht verängstigt aus.

„I–ich kann ihn zurückholen“, stottert Sven und drückt sich gegen die Arbeitsplatte. „Ich kann ... die Möbel wieder reintegrieren.“

„Sie haben drei Minuten“, sagt Mama Ortiz. Sie schaut auf ihre Uhr. „Wenn mein Stuhl nicht wieder in dieser Ecke steht und wenn dieser ... *brujería*-Rauch nicht verschwunden ist ... rufe ich die Security. Und ich werde ihnen sagen, dass Sie versuchen, die Betäubungsmittel zu stehlen.“

„Das ist eine Lüge!“, japst Sven.

„Ich bin die leitende Krankenschwester“, lächelt Mama Ortiz. Es ist das Lächeln eines Hais. „Sie werden mir glauben. Raus.“

Sven rennt. Er rennt wirklich, sein Kimono flattert hinter ihm her wie ein Umhang des Scheiterns.

Ich sehe ihm nach. Dann schaue ich zu Mama Ortiz.

„Meine Mutter“, erkläre ich. „Sie dachte, das Feng Shui stimmt nicht.“

Mama Ortiz geht zur Kaffeemaschine hinüber. Sie klopft sie liebevoll.

„Ihre Mutter hat zu viel Zeit", sagt sie. „Aber sie hat einen guten Sinn für Drama. Jetzt machen Sie mir einen Kaffee. Ich muss noch einem Mann im Kimono drohen."

„Ja, Mama."

Ich schalte die Mühle ein.

„Und Preston?"

„Ja?"

„Sagen Sie Ihrer Mutter, wenn sie noch einen Zauberer auf meine Station schickt, stelle ich ihr eine Rechnung. Für ‚seelische Schäden'."

„Ich buche es auf die Firmenkarte", verspreche ich.

Sie nickt zufrieden. Sie hebt ihre Suppe auf.

„Guter Junge."

Kapitel 10
Feindliche Verhandlungen

PRESTON

Die Luft zwischen Luke und mir ist ... kompliziert.

Seit dem „Fortsetzung folgt"-Zwischenfall im Flur – als wir gerade erst angefangen hatten, uns zu küssen, nur um dann unverschämt von der diensthabenden Krankenschwester unterbrochen zu werden – tanzen wir umeinander herum. Es gibt viel intensiven Blickkontakt über Patientenakten hinweg und zufälliges Streifen der Arme, das sich zunehmend wie Brandstiftung anfühlt.

Aber Luke ist ein Profi. Er ist der leitende Assistenzarzt. Er kann mit sexueller Spannung umgehen.

Womit er nicht umgehen kann, ist meine Mutter.

Es passiert am Dienstag in der Cafeteria.

Max und Jax sitzen an einem Ecktisch und essen zu Mittag. Ich sitze bei ihnen und sehe elend aus. Luke geht mit einem Tablett lauwarmer Lasagne vorbei, als die Temperatur im Raum plötzlich um zwanzig Grad fällt.

Die Doppeltüren schwingen auf.

Catherine York gleitet herein. Sie trägt einen pastellgelben Hosenanzug, der aussieht wie ein Osterei, das von einem Diktator designt wurde. Sie entdeckt uns sofort.

„Mutter", seufzt Max und lässt seine Gabel fallen. „Sie hat uns gefunden. Schnell, Jax, tu so, als wärst du beschäftigt. Intubier deinen Apfel."

„Zu spät", grinst Jax und beißt mit einem lauten Knacken hinein. „Ziel erfasst."

Catherine kommt an den Tisch. Sie ignoriert die Cafeteria-Umgebung, als wäre sie eine Halluzination, deren Existenz sie einfach nicht anerkennen will.

„Maxwell. Preston", sagt sie. „Und ... Dr. O'Connell."

Sie schenkt Jax ein höfliches, angespanntes Lächeln. Die Sorte, die man einem großen Hund gibt, der aufgehört hat zu beißen, aber immer noch sein Fell auf dem Samt verteilt.

„Frau York", sagt Jax fröhlich. „Schöner Gelbton. Sehr ... optimistisch."

„Es heißt ‚Buttercream'", korrigiert sie eisig. „Preston, Liebling. Wir müssen über Samstag sprechen."

Ich schrumpfe in meinem Stuhl zusammen. „Ich dachte, wir lassen das aus? Dad hat irgendwas davon gesagt, auf die Kaimaninseln zu fliehen, um den Pollen zu entkommen."

„Planänderung. Das Wetter hält. Wir richten das jährliche York Invitational aus."

Ich verschlucke mich an meinem Wasser. „Das Golfturnier? Mutter, nein. Du weißt, ich spiele nicht Golf. Ich gehe nicht gern auf Gras. Es ist uneben."

„Du spielst", beharrt Catherine. „Wir brauchen einen Vierten. Und ich habe eine Überraschung für dich. Ich habe Harrison Vane eingeladen."

Ich starre sie an. „Harrison Vane? Der Typ, der Segelschuhe zu Beerdigungen trägt? Mutter, nein."

„Er ist ein reizender junger Mann", beharrt Catherine.

„Sein Vater sitzt im Vorstand des Krankenhauses. Er macht gerade seinen Abschluss in Kunstgeschichte. Ich dachte, er wäre ein ... geeigneter Partner für dich. Da du entschlossen scheinst, deine Jugend in diesem ... Keller zu vergeuden."

Ich gerate in Panik. Ich sehe zu Max. Max schaut weg und studiert mit intensiver Faszination die Deckenplatten. Ich sehe zu Jax.

Jax beugt sich zu Max hinüber und flüstert, laut genug, dass es alle hören: „Mann, es ist so schön, diesmal nicht das Kanonenfutter zu sein. Ich fühl mich leichter. Seh ich leichter aus?"

„Du siehst selbstzufrieden aus", murmelt Max. „Jetzt iss deinen Apfel."

Meine Augen huschen durch den Raum. Sie bleiben an Luke hängen.

Er versucht, in einer Säule zu verschwinden. Es klappt nicht.

„Ich habe schon einen Partner!", platzt es aus mir heraus. „Ich bringe jemand anderen mit in den Club."

Catherine erstarrt. „Wie bitte?"

„Ich bringe Luke mit. Dr. Silva." Ich zeige mit einem zitternden Finger auf ihn.

Catherine dreht sich langsam um. Sie schaut Luke an. Sie schaut auf sein Namensschild. Sie schaut auf die Lasagne.

„Dr. Silva", sagt sie. „Der ... Dienstplaner."

„Leitender Assistenzarzt", korrigiert Luke automatisch.

„Er ist sehr beschäftigt", lüge ich und springe auf. „Aber er hat seinen Terminplan für Samstag freigeräumt. Nicht wahr, Luke?"

Luke sieht mich an. Er sieht aus wie ein Mann, der gleich an einen Hai verfüttert wird, der Segelschuhe trägt.

„Ich ... ja", sagt er, weil er offenbar ein Heiliger ist. „Ich liebe ... Golf."

„Wunderbar", sagt Catherine. Ihr Tonfall legt nahe, dass es alles andere als das ist. „Abschlag ist um Punkt 10:00 Uhr im Country Club. Kommen Sie nicht zu spät. Und, Dr. Silva? Versuchen Sie, passende Kleidung zu tragen. Kragen sind Pflicht. Polyester ist ein Verbrechen."

Sie dreht sich um und marschiert hinaus.

Zehn Minuten später stelle ich ihn in der Wäschekammer im vierten Stock zur Rede.

„Es tut mir so leid", stoße ich hervor und lehne mich gegen die Tür. „Ich bin in Panik geraten. Die Segelschuhe sind mir vor Augen aufgeleuchtet."

„Harrison Vane?", fragt Luke und faltet ein Laken. „Ist er wirklich so schlimm?"

„Luke, er hat mir einmal fünfundvierzig Minuten lang die kulturelle Bedeutung des Polo-Schlägers erklärt. Er nennt seinen Vater ‚Papa'. Er besitzt einen Umhang. Einen *nicht ironisch gemeinten* Umhang."

Ich trete näher. Der Abstellraum ist klein. Er riecht nach Seife und Stress.

„Ich brauche, dass du mitkommst", sage ich. „Bitte. Ich brauche einen Puffer. Wenn ich allein hingehe, steckt sie mich in einen Wagen mit Harrison, und bis zum neunten Loch bin ich verlobt."

„Ich spiele kein Golf, Preston", sagt Luke und verschränkt die Arme. „Ich komme aus Queens. Wir spielen Handball. Ich besitze keine Karohose."

Ich zucke zusammen. „Ich kauf dir die Hose. Ich kauf dir die Schläger. Ich ... ich brauche dich einfach dort."

Ich zögere. Ich schaue auf meine Schuhe – teures italienisches Leder – und dann wieder zu ihm hoch. Der Sarkasmus ist weg. Ich fühle mich verletzlich.

„Ich will, dass du da bist", sage ich leise. „Weil ich dich mag. Und weil, wenn ich achtzehn Löcher lang herumlaufen muss und mich wie das schwarze Schaf der Familie fühle, ich jemanden dabeihaben möchte, der mich wirklich ... sieht."

Er sieht mich mit seinen dunklen Augen an. Er seufzt. Er ist verloren.

„Schon gut", sagt er. „Aber wenn irgendwo ein Umhang ins Spiel kommt, fahre ich den Golfwagen in den Teich."

Ich fahre mit dem Porsche beim Parkservice vor. Die Sonne scheint. Die Vögel singen. Es ist widerlich.

Ich trage Flieder. Genauer gesagt: eine fliederfarbene Leinenhose, ein weißes Polohemd und einen Kaschmirpullover, den ich mir so um den Hals geschlungen habe, dass er schreit: „Mein Vater besitzt eine Yacht."

Luke steigt aus dem Wagen.

Er trägt kein Flieder.

Er trägt marineblaue Chino-Shorts, die knapp über dem Knie enden und Beine freigeben, die ... beeindruckend sind. Muskulös. Gebräunt. Und ein strahlend weißes Polohemd, das über der Brust ein bisschen zu gut sitzt. Er sieht aus wie der Golfprofi, der in Liebesromanen gelangweilten Hausfrauen Unterricht gibt.

Ich schlucke schwer.

„Du hast gesagt, Kragen sind Pflicht", sagt Luke und rückt seine Sonnenbrille zurecht. „Geht das so? Das ist das einzige Polo, das ich habe. Normalerweise trage ich Kasacks."

„Es ist furchtbar", lüge ich mit zugeschnürter Stimme. „Du

siehst schrecklich aus. Meine Mutter wird hassen, wie gut deine Waden aussehen. Los geht's."

Wir gehen zum ersten Abschlag.

Die Familie York ist wie ein Militärtribunal in Pastellfarben aufgereiht.

Alistair trägt karierte Knickerbocker. Echte, knielange Hosen im Stil der 1920er. Er schwingt einen Driver, der aussieht, als wäre er von der NASA entworfen worden.

„*Fore!*", brüllt Alistair ein Eichhörnchen an.

„Vater", sage ich. „Das ist Dr. Silva."

Alistair hört auf zu schwingen. Er mustert Luke von oben bis unten.

„Dr. Silva", dröhnt Alistair. „Preston sagt mir, Sie sind Chirurg. Gute Hände. Lassen die sich aufs Kurzspiel übertragen? Oder slicen Sie? Sie sehen nach einem Slicer aus."

„Ich habe noch nie gespielt, Sir", gibt Luke zu.

Alistairs Augen leuchten auf. Es ist der Blick eines Raubtiers, das eine verwundete Gazelle erspäht.

„Noch nie gespielt? Großartig! Wir spielen um Skins. Fünfhundert pro Loch?"

„Alistair, hör auf zu versuchen, das Personal in den Bankrott zu treiben", faucht Catherine. Sie sitzt in einem Golfcart und trägt ein Visier, das groß genug ist, um ein ganzes kleines Dorf vor der Sonne zu schützen.

Sie richtet ihren Blick auf Luke.

„Dr. Silva", sagt sie. „So mutig von Ihnen, sich uns anzuschließen. Und in ... Shorts. Wie ... sportlich."

„Es ist heiß, Frau York", sagt Luke höflich.

„Mmm. Harrison trägt Leinenhosen", bemerkt sie und deutet zum Puttinggrün.

Und da ist er. Harrison Vane.

Er trägt Beige. Beigefarbene Hose. Beiges Hemd. Beigefarbene Kappe. Er sieht aus wie ein menschliches Pflaster. Und ja, er trägt einen capeartigen Windbreaker, der ihm um die Schultern gelegt ist.

„Preston!", ruft Harrison und schwenkt einen Putter. „Ich habe deiner Mutter gerade von der Provenienz dieses Schlägers erzählt! Er ist aus Hickory! Von 1910!"

„Töte mich", flüstere ich Luke zu.

„Er trägt einen Umhang", flüstert Luke zurück. „Du hast nicht gelogen."

„Lasst uns spielen!", brüllt Alistair. „Harrison, du spielst mit Preston. Dr. Silva, Sie kommen zu mir. Versuchen Sie, uns nicht aufzuhalten."

Die Tragödie beginnt sofort.

Harrison Vane spielt kein Golf. Er inszeniert Golf. Jeder Schlag beinhaltet einen dreiminütigen Monolog über Luftwiderstand und „Chi".

Ich leide. Ich schwitze. Meine fliederfarbene Leinenhose klebt an mir.

Luke hingegen ist nervtötend.

„Es ist nur Physik", sagt Luke am dritten Loch und betrachtet den Ball. „Drehpunkt. Hebel. Geschwindigkeit."

Er tritt an. Er schwingt.

Es ist kein schöner Schwung. Es ist rohe Gewalt. Aber er trifft. Der Ball schießt vom Tee, saust schnurgerade das Fairway hinunter und übertrifft Alistair um fünfzig Yards.

„Anfängerglück!", ruft Alistair, sein Gesicht läuft rot an.

Am fünften Loch versenkt Luke einen Putt aus sechs Metern.

„Geometrie", sagt Luke mit einem Schulterzucken. „Die Neigung lesen."

Alistair bebt förmlich. Er hasst es zu verlieren. Er hasst es besonders, gegen jemanden zu verlieren, der Stangenware-Chinos trägt.

„Der Junge ist ein Abzocker!“, zischt Alistair mir zu, als wir zum siebten Abschlag gehen. „Er hat behauptet, er hätte nie gespielt! Er ist ein Hai, Preston! Ein Schläfer-Agent!“

„Er ist Unfallchirurg, Dad“, sage ich und beobachte, wie Luke sich lässig auf seinen Schläger stützt und mühelos cool aussieht. „Er versteht Mechanik. Und er lässt sich von dir nicht einschüchtern. Er schneidet Menschen für seinen Lebensunterhalt auf.“

„Das gefällt mir nicht“, brummt Alistair. „Ich werde die Big Bertha benutzen.“

Er zieht einen Driver heraus, der in achtundvierzig Bundesstaaten illegal aussehen würde.

Wir erreichen das neunte Grün. Das Clubhaus ist in Sicht. Die Freiheit ist nah.

„Also“, sagt Catherine und fährt mit ihrem Cart neben meines. Sie schaut zu Luke hinüber, der Harrison dabei hilft, seinen Ball in einem Bunker zu finden.

„Er ist sehr ... ungeschliffen, nicht wahr?“, stellt Catherine fest.

„Er ist höflich, Mutter“, sage ich.

„Er ist ein Stipendienjunge, Preston“, seufzt sie. „Ich habe seine Akte kommen lassen. Staatliche Uni. Alleinerziehende Mutter. Krankenschwester.“

Sie sagt „Krankenschwester“, als wäre es eine ansteckende Krankheit.

„Ich weiß“, sage ich steif. „Seine Mutter ist Rosa Ortiz. Sie ist die leitende Krankenschwester.“

„Ah“, nickt Catherine. „Personal. Das erklärt den ... Mangel an Schliff. Die Shorts. Wie er den Schläger hält wie einen Baseballschläger.“

Sie dreht sich zu mir um.

„Harrison passt hierher, Preston. Er kennt die Regeln. Er kennt den Dresscode. Dr. Silva ist ... er ist ein vorübergehender Zeitvertreib. Ein Tourist in unserer Welt."

Ich umklammere meinen Putter. „Er ist kein Tourist."

„Ach ja?" Sie deutet auf Luke. „Sieh ihn dir an. Er gehört nicht hierher. Und das weißt du."

Wir sitzen zum Mittagessen auf der Terrasse. Der Ausblick ist spektakulär. Die Spannung ist so dicht, dass man sie mit einem Steakmesser schneiden könnte.

Alistair schmollt, weil er Luke zweitausend Dollar schuldet. Harrison referiert über die Geschichte des Clubsandwichs.

„Genau genommen war das dreistöckige Design eine strukturelle Innovation der späten viktorianischen Epoche", leiert Harrison herunter.

„Faszinierend", sagt Luke und beißt in seinen Burger. Er isst mit den Händen. Catherine beobachtet ihn mit blankem Entsetzen.

„Dr. Silva", schaltet sich Alistair ein, unfähig, sich zurückzuhalten. „Ich muss fragen. Dieser Schwung am achten Loch. Sie haben ein erhebliches Drehmoment erzeugt. Was ist Ihr Geheimnis? Pilates? Steroide?"

„Schockraum", sagt Luke und wischt sich den Mund ab. „Patienten heben. HLW. Das ist alles Rumpfkraft."

„HLW." Alistair schaudert. „Wie anschaulich. Wissen Sie, wir bezahlen Leute dafür, solche Dinge zu erledigen, damit wir die ... Körperflüssigkeiten nicht anfassen müssen."

„Jemand muss sich um die Rohre kümmern, Sir", sagt Luke ruhig.

„Ganz genau", mischt sich Catherine ein. „Das habe ich

Preston gerade erklärt. Jeder hat seinen Platz. Manche leiten das Krankenhaus. Manche ... räumen es hinterher auf."

Sie lächelt Luke an. Es ist ein kaltes, herablassendes Lächeln.

„Es ist gut, dass Sie Ihren Platz kennen, Dr. Silva. Das erspart allen ... peinliche Missverständnisse."

Schweigen legt sich über den Tisch. Sogar Harrison hört auf, über Sandwiches zu reden.

Das ist es. Das Demütigungsritual.

Ich öffne den Mund, um ihn zu verteidigen. Um zu schreien. Um den Tisch umzuwerfen.

Aber Luke legt eine Hand auf meinen Arm. Er wirkt ruhig. Er wirkt ... gelangweilt.

Er nimmt seinen Eistee in die Hand.

„Apropos Platz, Mr. York", sagt Luke und wendet sich an Alistair. „Mir ist heute dieser Driver aufgefallen, den Sie benutzt haben. Der ‚Titanium X'?"

Alistair blinzelt. „Ja? Sonderanfertigung. Japanischer Import."

„Wunderschöner Schläger", nickt Luke. „Hat sicher ein Vermögen gekostet. Dreitausend?"

„Vier", korrigiert Alistair stolz.

„Aha", sagt Luke. „Das ist interessant. Denn ich habe mir gestern das Ausrüstungsinventar des Krankenhauses angesehen. Meine Mutter – Krankenschwester Ortiz – sie verwaltet die Prüfprotokolle."

Alistair gefriert. Seine Gabel bleibt auf halbem Weg zum Mund stehen.

„Sie hat einen Posten gefunden", fährt Luke freundlich fort. „Unter ‚OP-Bedarf'. Für ein ‚Titanium-Präzisionsinstrument'. Kostenpunkt: viertausend Dollar."

Luke nimmt einen Schluck von seinem Tee.

„Sie war verwirrt. Denn wir benutzen in der Chirurgie

keine Titanium-Driver. Außer ... ist das eine neue orthopädische Technik, Alistair?"

Harrison Vane schnappt nach Luft. „Du hast einen Golfschläger über die Spesen abgerechnet?"

„Er ... er hat medizinische Anwendungen!", stottert Alistair und läuft in einem Purpurton an, der mit seiner Kniebundhose kollidiert. „Ergonomie! Gleichgewichtsstudien!"

„Natürlich", sagt Luke lächelnd. „Und die Reise nach St. Barts letzten Monat? Die, die als ‚Forschung zur Infrastruktur für Tropenkrankheiten' verbucht ist?"

Alistair lässt seine Gabel fallen. *Klirr.*

Er starrt Luke mit weit aufgerissenen, panischen Augen an.

„St. Barts?" Catherine dreht sich zu ihrem Ehemann um, ihre Stimme sinkt zu einem gefährlichen Flüstern. „Alistair. Du hast mir gesagt, du wärst in Brüssel. Du hast gesagt, du wärst auf einem Symposium über EU-Regulierungen!"

„Das war ich!", fiept Alistair. „Die ... die Geografie ... das war ein Satellitencampus! Sehr experimentell!"

„Meine Mutter hat die Aufzeichnungen geprüft, Alistair", unterbricht ihn Luke, seine Stimme wird tiefer. „Es gab keine Ortsbegehungen. Keine Forschung. Nur jede Menge Abbuchungen an einen Ort namens ‚Le Ti'. Und eine Yachtmiete."

„Alistair!", zischt Catherine.

Alistair schaut zu Catherine. Er schaut zu Luke. Er schaut zum Gespenst des schwarzen Ordners. Er öffnet den Mund, um es zu erklären, sich irgendeine Lüge über die Forschung auszudenken, aber verstummt. Er weiß, dass er in die Enge getrieben ist.

„Okay!", schreit Alistair und reißt die Hände hoch. „Schon gut! Du hast gewonnen! Zweitausend Dollar. Hör einfach ... auf zu reden!"

„Alistair, was hast du in St. Barts gemacht?", fordert Catherine.

„Nicht jetzt, Catherine!“, faucht Alistair und wischt sich mit einer Serviette den Schweiß von der Stirn. „Dr. Silva, Sie haben Ihren Punkt klargemacht. Eindrücklich. Die Wette ist beglichen. Bitte, essen Sie Ihren Burger.“

Er sieht Luke an, mit einer Mischung aus Angst und widerwilligem Respekt. Er weiß, dass Luke nicht genau weiß, was in St. Barts passiert ist, aber er weiß gerade genug, um gefährlich zu sein – und Alistair ist bereit, jeden Preis zu zahlen, damit diese Geschichte an diesem Tisch bleibt.

Harrison Vane blickt zwischen ihnen hin und her, verwirrt. „Gab es Forschung? Ich liebe Forschung.“

„Iss dein Sandwich, Harrison“, sage ich.

Luke nimmt das Geld, das Alistair über den Tisch schiebt. Er steckt es in seine Hosentasche.

„Es war mir ein Vergnügen, mit Ihnen zu spielen, Dr. Silva“, sagt Alistair schwach. „Sie haben ... eine ausgezeichnete Technik.“

„Danke, Sir.“

Luke wendet sich Harrison zu.

„Und Harrison?“, fragt Luke.

„J-ja?“, quiekt Harrison und krallt sich an seinem Umhang fest.

„Die Geschichte des Sandwichs. Faszinierend. Aber wenn du noch ein einziges Mal die Viktorianer erwähnst, gehe ich davon aus, dass du erstickst, und wende das Heimlich-Manöver an. Und wie wir festgestellt haben, habe ich sehr starke Hände.“

Harrison wird kreidebleich. Er schließt den Mund.

Luke steht auf. Er sieht mich an. „Bereit zu gehen, Preston? Ich glaube, ich hatte genug Natur.“

Ich starre ihn an. Ich starre meinen verängstigten Vater und meine wütende Mutter an.

„Ja“, hauche ich. „Gott, ja.“

Wir gehen schweigend zum Porsche. Der Parkservice reicht mir die Schlüssel, irritiert, als Luke seine Schläger (meine Schläger) nach hinten wirft.

Wir steigen ein. Ich fahre durch das Tor.

Sobald wir die Hauptstraße erreichen, halte ich am Straßenrand an. Ich drehe mich zu Luke.

„Du hast ihn erpresst", sage ich. „Du hast Alistair York mit einem Golfschläger und einer mysteriösen Reise in die Karibik erpresst."

Luke lockert seinen Kragen. Er grinst. Es ist das Sexieste, was ich je gesehen habe.

„Er hat betrogen", sagt Luke. „Er hat seinen Ball auf dem sechsten Loch getreten. Ich hab's gesehen. Ich habe das Spielfeld nur ausgeglichen."

„Du bist furchteinflößend", flüstere ich. „Meine Mutter wird ihn eine Woche lang über St. Barts verhören. Und dann wird sie dich respektieren. Ist dir das klar? Du hast gerade Game of Thrones gewonnen."

„Ich will den Thron nicht", sagt Luke, lehnt sich zurück und schließt die Augen. „Ich will nur Tacos. Und vielleicht diese Shorts nie wieder tragen."

Ich lache. „Tacos", stimme ich zu. „Aber behalt die Shorts. Ich habe über die Waden nicht gelogen."

Luke öffnet ein Auge und grinst schief. „Fahr den Wagen, York."

Ich lege den Gang im Porsche ein.

„Ja, Doktor."

Kapitel 11
Das Queens-Protokoll

LUKE

Der Taco-Truck *El Rey* steht unter dem Rattern der N-Bahn-Gleise in Astoria. Er ist ein Leuchtfeuer aus Edelstahl und Neon in der feuchten Nacht von Queens. Es riecht nach Holzkohle, gebratenem Schweinefleisch und Freiheit.

Ich beobachte Preston York – Erbe eines Medizinimperiums, der gerade fliederfarbene Leinenhosen trägt und einen Kaschmirpullover um den Hals geknotet hat, als würde er gleich eine Yacht taufen – dabei, wie er versucht, im Stehen auf einem rissigen Bürgersteig einen Al-Pastor-Taco zu essen.

Er legt den Kopf zur Seite. Die *Salsa Verde* tropft gefährlich nah an sein weißes Polohemd. Er beißt hinein, und dieser Biss ist alles andere als aristokratisch. Er stöhnt. Es ist ein lautes, unanständiges Geräusch, das den Typen, der auf seinen Burrito wartet, herumfahren und starren lässt.

„Oh mein Gott“, sagt Preston, während er mit geschlossenen Augen kaut. „Das ist ... das ist spirituell.“

„Es ist Schweinefleisch, York", sage ich und lehne mich an die Motorhaube des Porsche, den wir (illegal) neben einem Hydranten geparkt haben. „In Chilis und Angst mariniert."

Preston öffnet die Augen. Er betrachtet den halb aufgegessenen Taco in seiner Hand mit Ehrfurcht. „Das Sandwich", sagt er ernst. „Das viktorianische Sandwich, über das Harrison Vane uns belehrt hat? Das war Hass. Das hier? Das ist Liebe."

Er nimmt noch einen Bissen und fängt ein Stück Ananas auf, bevor es herunterfällt. Er wischt sich den Mund mit einer dünnen Papierserviette ab, die sich beim Kontakt fast auflöst.

„Du hast da was ..." Ich strecke die Hand aus und wische mit dem Daumen einen Klecks Soße von seinem Mundwinkel.

Preston erstarrt. Er lehnt sich in meine Berührung hinein, seine blauen Augen verdunkeln sich im Licht der Straßenlaternen. Die Bahn rattert über uns hinweg, ein ohrenbetäubendes Dröhnen, das den Boden beben lässt, aber er zuckt nicht einmal. Er starrt mich einfach an.

„Wir sind in Queens", sagt er, als würde er eine wissenschaftliche Entdeckung verkünden.

„Ja. Sind wir."

„Und mein Vater hat wahrscheinlich gerade eine Panikattacke, weil er mein Handy nicht orten kann."

„Wahrscheinlich."

Preston grinst. Es ist ein scharfes, waghalsiges Grinsen. „Gut."

Er isst den Taco mit zwei Bissen auf. Er zerknüllt die Alufolie und wirft sie in einem perfekten Bogen in den Mülleimer.

„Ich hab immer noch Hunger", verkündet er.

„Auf Tacos?"

Er macht einen Schritt auf mich zu und dringt in meinen persönlichen Raum ein. Er drängt mich gegen den Porsche, seine Hüfte stößt gegen meinen Oberschenkel. Die Hitze, die von ihm ausgeht, ist stärker als die Schwüle in der Luft.

„Nein", flüstert er. „Nicht auf Tacos."

Mein Atem stockt. „Meine Wohnung ist drei Blocks entfernt."

„Fahr", sagt Preston. „Oder lauf. Oder trag mich. Ist mir egal. Bring uns einfach hin."

Meine Wohnung ist in einem Altbau im vierten Stock, ohne Fahrstuhl. Sie ist kein Country Club. Sie riecht nicht nach frisch gemähtem Rasen und altem Geld. Sie riecht nach dem Weichspüler, den meine Mom in Großpackungen kauft, und nach dem Kaffee, den ich heute Morgen aufgebrüht habe.

Ich schließe die Tür auf und stoße sie auf.

„Willkommen in der bescheidenen Behausung", sage ich und werfe meine Schlüssel in die Schale neben der Tür. „Schuhe aus. Meine Abuela spukt hier rum, und sie hasst Straßendreck."

Preston kickt seine Slipper von den Füßen. Er tritt ein und schaut sich um. Es ist klein. Das Wohnzimmer besteht im Grunde aus Büchern – Stapel von medizinischen Fachzeitschriften, Taschenbüchern, Lehrbüchern. Es gibt ein bequemes, durchgesessenes Sofa und einen Fernseher, der wahrscheinlich zu groß für die Wand ist.

„Es ist ..." Preston geht zum Bücherregal und fährt mit einem Finger den Buchrücken des *Harrison's Principles of Internal Medicine* entlang. „Es ist echt."

„Es ist vollgestopft", korrigiere ich ihn und schließe die Tür. „Und die Heizung klappert in d-Moll."

Preston dreht sich zu mir um. In seinen Pastellfarben wirkt er hier völlig fehl am Platz, wie ein Macaron, das auf einem U-

Bahnsteig gelandet ist, aber er sieht nicht aus, als wäre ihm unwohl. Er wirkt … angekommen.

„Ich mag es“, sagt er. „Es fühlt sich nicht an wie ein Museum.“

Er geht auf mich zu. Die Verspieltheit vom Taco-Stand ist verschwunden, ersetzt durch eine fokussierte Intensität, die meinen Puls hochjagt.

„Also“, sagt er und bleibt einen Fuß vor mir stehen. „Das Date. Das echte Date. Haben wir es überlebt?“

„Wir haben es überlebt“, bestätige ich. „Du bist nicht weggelaufen, als ich deinem Dad mit den St.-Barts-Protokollen gedroht habe.“

„Weglaufen? Luke, ich habe Notizen gemacht.“ Er streckt die Hände aus und legt sie an meine Taille. „Du hast mich verteidigt. Niemand … niemand stellt sich für mich gegen sie. Max tut das manchmal, aber er bekämpft sie mit Logik. Du hast sie mit einem Messer angegriffen.“

„Ich bin aus Queens“, sage ich und finde mit meinen Händen seine Schultern. „Wir kämpfen unfair.“

„Ich liebe unfair“, murmelt Preston.

Er küsst mich.

Es beginnt langsam, ein vorsichtiges Antesten der Gewässer, um die wir seit Wochen herumschleichen. Seine Lippen sind weich, schmecken schwach nach Gewürzen und Süße. Doch dann pressen sich seine Hände fester an meine Taille, ziehen mich dicht an ihn heran, und der Damm bricht.

Ein Stöhnen löst sich aus meiner Kehle, und ich öffne den Mund für ihn. Preston vertieft den Kuss sofort, seine Zunge gleitet heiß und fordernd gegen meine. Er drängt mich rückwärts, bis meine Beine gegen die Sofakante stoßen. Ich stolpere, und er folgt mir, drückt mich nach unten, bis ich sitze, und beugt sich dann über mich.

„Schlafzimmer“, bringe ich keuchend hervor und unterbreche den Kuss. „Das Sofa ist klumpig.“

Prestons Augen sind weit, dunkel vor Verlangen. „Führ mich.“

Ich schnappe mir seine Hand und ziehe ihn ins Schlafzimmer. Es ist ordentlicher als das Wohnzimmer – das Bett ist gemacht, zum Glück –, aber die Straßenlaternen draußen werfen lange, orangefarbene Schatten über die Bettdecke.

Ich drehe mich zu ihm um. Er steht da in diesem lächerlichen fliederfarbenen Outfit, sieht teuer und unerreichbar aus, nur dass er genau hier ist und mich ansieht, als wäre ich das Einzige, was zählt.

„Der Pullover“, sage ich und trete näher. „Ausziehen.“

Preston löst die Kaschmirärmel von seinem Nacken. Er lässt den Pullover auf den Boden fallen. Ich strecke die Hand aus und fange seine Hände ein, als er nach dem Saum seines Poloshirts greift.

„Stopp“, befehle ich.

Preston erstarrt. Er sieht mich überrascht an.

„Hände runter“, sage ich. Meine Stimme sinkt in den Tonfall, den ich im Schockraum benutze. Ruhig. Autoritär. Kein Vorschlag.

Preston zögert für den Bruchteil einer Sekunde, dann lässt er die Hände an seine Seiten sinken. Sein Atem stockt.

„Jawohl, Herr Doktor“, flüstert er, ein spielerisches Glitzern in den Augen, das verschwindet, als ich in seinen Raum trete.

Ich greife nach dem Kragen seines Shirts. Ich öffne die Knöpfe langsam und halte dabei den Blickkontakt. Ich schiebe meine Hände unter den Stoff und lasse sie seine Rippen hinaufgleiten. Seine Haut ist heiß.

„Normalerweise bist du derjenige, der versucht, alles zu

kontrollieren", murmle ich und schiebe das Shirt über seine Brust. „Deine Familie managen. Den Caddy managen. Versuchen zu beweisen, dass du nicht nur ein Ersatzthronfolger bist."

„Luke ..."

„Ganz still", sage ich. Ich ziehe ihm das Shirt über den Kopf und schleudere es beiseite. Ich lege meine Hand flach auf seine nackte Brust. Sein Herz hämmert gegen meine Handfläche. „Heute Abend kontrollierst du gar nichts. Du triffst keine Entscheidungen. Du befolgst nur Anweisungen. Hast du das verstanden?"

Preston schaudert. Seine Pupillen weiten sich und verschlucken das Blau. Er nickt.

„Benutz deine Worte, Dr. York."

„Ja", haucht er. „Ich habe es verstanden."

Ich öffne seine Gürtelschnalle. Das Geräusch des Leders, das durch die Schlaufe rutscht, ist laut im stillen Zimmer. Ich öffne seinen Reißverschluss und schiebe ihm die Leinenhose nach unten, zusammen mit seiner Unterwäsche. Er steigt aus der Hose und kickt sie weg. Er steht vor mir, nackt und schön und zitternd.

Ich sinke auf die Knie.

Preston schnappt nach Luft, seine Hände fahren instinktiv zu meinem Kopf.

„Fass mich noch nicht an", warne ich und sehe zu ihm hoch. „Bleib still stehen."

Stattdessen krallt er sich am Rand der Kommode fest, seine Fingerknöchel weiß. Ich schließe meine Hand um ihn. Er ist schon feucht und heiß. Ich streiche einmal fest über seine Länge, und seine Hüften stoßen mir entgegen.

„So reaktionsfreudig", necke ich ihn und kreise mit dem Daumen über seine Spitze. „Ist das alles, was es braucht, damit die York'sche Fassade bröckelt? Nur ein bisschen Autorität?"

„Bitte", stöhnt er, den Kopf in den Nacken geworfen.

Ich nehme ihn in den Mund. Ich bin nicht sanft. Ich nehme ihn tief, wirbele mit der Zunge, nutze den Sog, um ein Stöhnen aus ihm herauszuziehen. Er schmeckt nach Verlangen und Chaos. Seine Hüften zucken und versuchen, das Tempo zu bestimmen.

Ich verstärke meinen Griff an seiner Basis. *Ich* bestimme den Rhythmus. Ich lasse ihn warten, ich bringe ihn zum Wimmern, und als er kurz davor ist zu kommen, ziehe ich mich zurück.

„Luke – verdammt", keucht er und blickt mit verzweifelten, glasigen Augen zu mir hinunter. „Warum hast du aufgehört?"

„Weil ich nicht will, dass du schon kommst. Du darfst erst loslassen, wenn ich es dir erlaube."

Ich stehe auf. Ich streife mir schnell meine eigenen Sachen ab und werfe sie auf den Stuhl. Als ich nackt bin, dränge ich ihn rückwärts, bis seine Knie gegen die Matratze stoßen.

„Aufs Bett", befehle ich. „Auf den Rücken."

Preston klettert hastig aufs Bett. Er lässt sich zurückfallen und sieht zu mir hoch, seine Brust hebt und senkt sich heftig.

Ich krieche über ihn und richte mich zwischen seinen Beinen ein. Ich greife in die Schublade des Nachttischs und ziehe das Gleitgel heraus.

„Sicher?", frage ich.

„PrEP", haucht Preston, den Blick fest auf mich gerichtet. „Seit ich meine Facharztausbildung begonnen habe. Du?"

„Dasselbe", bestätige ich. „Gut."

Ich drücke eine großzügige Menge der Flüssigkeit auf meine Finger. Ich spreize seine Beine weiter und lege sie mir über die Schultern.

„Entspann dich", sage ich und setze meinen Daumen an seinem Eingang an. Er spannt sich an. „Preston", sage ich mit meiner Stimme als leitender Assistenzarzt. Die, bei der die Interns sofort erstarren. „Sieh mich an."

Er heftet seinen Blick an meinen.

„Gib dich hin", flüstere ich. „Lass mich das haben."

Er atmet aus, ein langer, zitternder Atemzug, und sein Körper wird weich. „Deiner", sagt er. „Ich gehöre dir."

Ich schiebe einen Finger in ihn. Er ist eng, aber er gibt nach. Ich füge einen zweiten hinzu, dehne ihn vorsichtig. Ein abgerissenes Geräusch löst sich aus seiner Kehle, seine Hände krallen sich in die Laken. Ich finde seine Prostata und drücke fest nach oben.

Preston schreit auf, seine Hüften schnellen von der Matratze hoch. „Luke – genau da. Gott!"

„Gefällt dir das?", frage ich und halte den Druck konstant. „Magst du es, die Kontrolle abzugeben?"

„Ja", presst er hervor. „Ja, bitte."

Ich bereite ihn vor, bis er weich und bereit ist. Ich positioniere mich an seinem Eingang, die Spitze meines Schwanzes streift gegen ihn. Er greift nach mir, verzweifelt. „Luke, bitte. Jetzt."

Ich dringe in ihn ein.

Es ist ein langsames, stetiges Vordringen. Ich nehme ihn Zentimeter für Zentimeter in Besitz. Er ist eng, unglaublich heiß und schließt sich um mich, als wäre er genau dafür gemacht. Ich senke mich ganz in ihn, spüre, wie er sich dehnt, um mich aufzunehmen. Haut an Haut. Nichts zwischen uns.

Preston wirft den Kopf zurück, ein stummer Schrei der Lust auf seinen Lippen. Ich bleibe still liegen und stütze die Hände neben seinem Kopf auf die Matratze.

„Sieh mich an", befehle ich.

Er schlägt die Augen auf. Sie glänzen feucht.

„Du machst das so gut", lobe ich ihn und küsse seine Stirn. „Braver Junge."

Er schaudert bei dem Lob. „Beweg dich. Bitte, beweg dich."

Ich ziehe mich fast ganz aus ihm zurück und stoße dann hart wieder hinein. Er schreit auf. Ich finde einen Rhythmus – tiefe, unerbittliche Stöße. Mit jedem Stoß streife ich den Namen York ab, die Erwartungen, das fliederfarbene Leinen. Hier ist er nicht der Ersatzthronfolger. Hier ist er einfach Preston. Und er gehört mir.

„Luke", stöhnt er, mein Name wie ein Gebet auf seinen Lippen. Seine Beine schlingen sich um meine Taille und ziehen mich tiefer in ihn hinein.

Ich erhöhe das Tempo. Das Bettgestell knarrt. Ich beuge mich hinunter, fange seinen Mund ein und küsse ihn hart, während ich in ihn hineinstoße. Ich greife zwischen unsere Körper und schließe meine Hand um seinen Schwanz. Ich verwöhne ihn im Takt zu meinen Stößen.

„Ich komme gleich …", keucht Preston, sein Körper wölbt sich. „Luke, ich kann es nicht halten!"

„Dann lass es", knurre ich an seinem Hals. „Lass los. Gib es mir."

Ich ramme mich in ihn, hart und schnell. Er zieht sich krampfhaft um mich zusammen, und das war's. Preston kommt mit einem Aufschrei. Die Zuckungen seines Orgasmus lösen meinen aus. Ich vergrabe mein Gesicht in seiner Halsbeuge und komme tief in ihm, mein Körper zittert von der Wucht.

Wir brechen zusammen.

Ich sacke auf ihn, achte darauf, ihn nicht zu erdrücken, aber ich kann mich nicht wegbewegen. Mein Herz hämmert gegen seine Brust. Wir liegen lange einfach nur da und atmen. Der Heizkörper klappert in der Ecke – d-Moll, genau auf Stichwort.

Preston hebt eine Hand und zeichnet die Schweißperlen auf meiner Schulter nach. Seine Haare sind eine Katastrophe.

Seine Lippen sind geschwollen. Er sieht vollkommen gezeichnet aus.

„Wow“, flüstert er.

„Ja“, stimme ich zu und drücke einen Kuss auf seine feuchte Stirn. „Wow.“

Ich rolle von ihm runter und ziehe das Laken hoch. Sofort kuschelt er sich an meine Seite und legt den Kopf auf meine Brust.

„Also“, sagt er schläfrig und zufrieden, während er ein Muster auf meine Haut zeichnet. „Heißt das, ich bestehe das Vorstellungsgespräch? Bin ich jetzt offiziell der Freund?“

Ich sehe zu ihm hinunter. Der Ersatzthronfolger. Der Typ, der sich von mir in einem Walk-up in Queens komplett auseinandernehmen ließ.

„Ich weiß nicht“, necke ich ihn und fahre durch sein zerzaustes Haar. „Vielleicht muss ich noch deine Referenzen prüfen.“

Preston lacht, das Geräusch vibriert gegen meine Rippen. „Ich kann es lernen“, sagt er. „Ich begreife schnell. Vor allem, wenn der Lehrer streng ist.“

„Pass auf, York.“ Ich küsse ihn auf den Hinterkopf. „Du bleibst über Nacht. Aber ich warne dich, ich mache furchtbaren Kaffee. Es ist Folgers, und er ist alt.“

Preston erstarrt. Er hebt den Kopf und sieht entsetzt aus. „Folgers? Luke. Nein.“ Er setzt sich auf und greift nach seinem Handy auf dem Teppich.

„Was machst du?“

„Krisenmanagement“, murmelt er. „Alexa, bestell die Breville Barista Express. Die aus Edelstahl.“

Ich starre ihn an. „Preston. Es ist zwei Uhr morgens.“

Er ignoriert mich. „In den Einkaufswagen.“ Er hält inne und sieht mich an. „Luke. Wie ist deine Adresse? Genau.

Funktioniert die Klingel, oder muss ich eine Notiz hinterlassen?“

Ich blinzle. „Du meinst das ernst. Du bestellst jetzt eine Espressomaschine?“

„Ich trinke keinen Folgers, Luke. Ich habe Ansprüche. Adresse. Jetzt.“

Ich kann das Lachen nicht unterdrücken. „34-12 31st Avenue. Apartment 4B. Die Klingel funktioniert, aber man muss fest drücken.“

Preston wiederholt die Adresse in sein Handy. „Lieferung über Nacht. Bestellt.“ Er lässt das Handy wieder fallen und sinkt zurück auf meine Brust.

„Du bist unmöglich“, sage ich und lege den Arm um ihn.

„Ich bin unterkoffeiniert“, korrigiert er mich. „Oder ich werde es morgen sein.“

„Morgen ist Sonntag. Wir haben beide frei.“

Preston brummt zufrieden. „Eben. Wir müssen uns nicht bewegen, bis der Lieferbote klingelt. Und dann kannst du das Paket holen, weil ich bis Montag keine Hose anziehe.“

Ich lächle und ziehe ihn fester an mich. „Abgemacht.“

Preston stößt einen langen Seufzer aus. „Hey, Luke?“

„Ja?“

„Bestes Date aller Zeiten.“

Ich küsse seine Schläfe. „Ja. Bestes Date aller Zeiten.“

Das Licht, das durchs Fenster fällt, ist aggressiv. Orange getönt und begleitet vom Geräusch eines Müllwagens, der zurücksetzt – mit der akustischen Feinfühligkeit eines sterbenden Dinosauriers. Es ist das absolute Gegenteil der Verdunkelungsvorhänge im York-Penthouse.

Ich liebe es.

Ich liege auf der Seite und starre auf den Hinterkopf von Lucas Silva. Er schläft effizient. Regungslos, tiefe Atemzüge.

Vorsichtig hebe ich die Bettdecke an. Mein Körper fühlt sich ... beansprucht an. In meinen Hüften sitzt ein herrlich schwerer Nachhall.

Ich muss ins Bad. Und ich muss den „I woke up like this"-Look kuratieren, denn im Moment sehe ich vermutlich weniger aus wie Dornröschen und mehr wie ein Waschbär im Windkanal.

Ich schleiche ins Bad. Ich entsperre mein Handy.

Ich öffne den Gruppenchat „SURGICAL TRAUMA (AND PRESTON)".

Maxwell York (6:47 Uhr):

Preston. Lebenszeichen benötigt. Vater vibriert vor Wut. Falls du in Queens ermordet wurdest, antworte mit ‚Y', damit ich deinen Browserverlauf löschen kann.

Dr. Jax O'Connell (6:52 Uhr):

Er ist nicht tot, Max. Er ist nur beschäftigt. Lass den Jungen in Ruhe seine Morgenerektion genießen. 🍆

Maxwell York (6:53 Uhr):

Jesus, Jax. Er ist vermutlich noch vom Abendessen traumatisiert.

Dr. Jax O'Connell (6:54 Uhr):

Traumatisiert? Bitte. Er macht gerade genau das, was wir nach der Weihnachtsgala gemacht haben. Erinnerst du dich? Als du gelaufen bist wie eine Baby-Giraffe? 🦒

Mein Gesicht glüht.

Preston York (7:21 Uhr):

ICH MELDE EUCH BEIDE BEI DER PERSONALABTEILUNG. ICH BIN AM LEBEN. HÖRT AUF, MEIN SEXLEBEN ZU DISKUTIEREN. ICH WERDE DAS KRANKENHAUS KAUFEN UND EUCH FEUERN.

Dr. Jax O'Connell (7:22 Uhr):

Aww, er schreibt in Großbuchstaben. Er ist definitiv nackt. Viel Spaß, Prinzessin. Dehn dich zwischendurch mal. 🧘

Maxwell York (7:23 Uhr):

Trink genug Wasser. Und Preston? Mach dir die Haare. Ich kann sie von hier aus spüren.

Ich schleudere das Handy auf den Kleiderhaufen. „Ich hasse diese Familie", flüstere ich.

Ich sehe in den Spiegel. „Oh Gott." Meine Haare stehen wie eine Flosse ab. Ich wasche mir das Gesicht mit Lukes Seife. Sie riecht nach Kiefer und macht meine Haut ganz gespannt.

Die nächsten zwanzig Minuten widme ich mich dem Krisenmanagement. Ich richte die Haare, putze mir mit dem Finger die Zähne und mache mich gründlich sauber.

Ich fange meinen Blick im Spiegel auf. Ich sehe ausgelassen aus. *Reiß dich zusammen, York.*

Aber ich schwärme. Ich denke an die Typen vom Internat. Es war immer ein Geschäft. Sie mochten die Idee, „in der Nähe von York" zu sein. Aber Luke? Luke hat meinem Vater gedroht. Er wollte nicht die Black Card; er wollte mich.

Ein erschreckender Gedanke überfällt mich: Ich glaube, ich liebe ihn.

„Nein", flüstere ich dem Duschvorhang zu. „Zu früh. Sei nicht seltsam. Geh einfach rüber."

Ich schleiche zurück ins Schlafzimmer. Luke hat sich nicht bewegt. Ich krieche unter die Decke und drücke meine kalten Füße gegen seine warmen Waden. Er brummt.

Drei Minuten später verändert sich sein Atem. Er rollt auf den Rücken. Ein Auge öffnet sich.

„Morgen, Chef", flüstere ich heiser.

Luke blinzelt. Er sieht meine (kuratierten) Haare. „Du bist wach", krächzt er. Seine Morgenstimme lässt die Matratze vibrieren.

„Zeit für die Sonntagsschicht", sage ich.

Ich schwinge mein Bein über seine Hüften. Die Decke rutscht weg. Lukes Hände gleiten an meine Oberschenkel.

„Preston", stöhnt er. „Hast du ... hast du dir die Haare gemacht?"

„Ich bin so aufgewacht", lüge ich. „Hör auf zu reden."

Ich küsse ihn. Er schmeckt nach Wärme. Ich greife nach dem Gleitgel und bereite mich schnell vor. Luke sieht mir zu, seine Augen verdunkeln sich.

Ich richte mich aus und lasse mich langsam auf ihn sinken. Es ist herrlich. Er füllt mich vollständig aus. Ich lege den Kopf in den Nacken.

„Oh, verdammt", zischt Luke. „Preston ... du fühlst dich ... Gott."

„Heute Morgen bestimme ich das Tempo", murmele ich.

Ich beginne mich zu bewegen. Es ist langsam und intensiv. Ich beobachte sein Gesicht. Ich liebe es, wie sein Kiefer sich anspannt. Ich werde schneller. Das Bett – definitiv von IKEA – protestiert laut.

„Härter", befiehlt Luke.

Ich gehorche. Ich verliere mich in der Hitze.

„Luke", stoße ich hervor. „Ich komme gleich—"

Luke packt meine Taille und stößt mir entgegen. „Los. Komm schon, York."

DING-DONG.

Die Türklingel läutet. Laut. Unerbittlich.

Meine Augen reißen sich auf. Luke erstarrt.

„Die Breville!", rufe ich.

Die Erkenntnis trifft mich im selben Moment wie der Orgasmus. Ich schreie auf, mein Körper krampft sich um ihn zusammen. Luke stöhnt und kommt mit einem Fluch, der wie mein Name klingt.

Wir brechen zusammen.

„Preston", keucht Luke unter mir. „Bist du gerade zum Klang einer Lieferklingel gekommen?"

Ich bin rot und verschwitzt. „Es ist eine sehr hochwertige Maschine. Das macht mich an."

Luke lacht, bis das Bett wackelt. Er gibt mir einen Klaps auf den Hintern. „Runter. Ich muss dein mechanisches Kind holen."

Luke zieht sich eine Jogginghose an und geht nach unten. Ich wickle mich in die Decke und schlurfe in die Küche.

„Das ist eine bauliche Gefährdung", flüstere ich. Lukes Küche ist ... bewohnt. Ich fange an, Dinge zu verrücken. Ich staple die Post, stelle den Mixer weg und schaffe Platz auf der Arbeitsplatte.

Die Tür geht auf. Luke kommt mit einem riesigen Karton herein. „Die ist schwer. Hast du die Industriegröße bestellt?"

Wir bauen sie auf. Ich spüle die Leitungen, Luke sieht amüsiert zu. „Du siehst glücklich aus."

„Ich bin glücklich. Reich mir den Tamper." Unsere Finger streifen sich. „So. Sie ist wunderschön."

„Sie ist glänzend", stimmt Luke zu. „Krieg ich jetzt Kaffee?"

„Geduld. Sie muss warm werden.“ Ich lehne mich zurück (ich trage jetzt Lukes T-Shirt). „Das ist großartig. Ich kann es kaum erwarten, beim nächsten Mal die Extraktion richtig einzustellen.“

Die Worte hängen in der Luft. *Nächstes Mal.*

Ich friere ein. Blöder York. Die Paranoia meldet sich.

„Ich meine“, fange ich an, meine Stimme wird höher. „Falls es ein nächstes Mal gibt. Ich weiß, dass Typen im Dunkeln Sachen sagen, die bis zum Brunch ablaufen. Ich weiß, ich bin viel. Ich habe beim zweiten Date eine Maschine für dein Haus gekauft. Das ist irre. Du denkst bestimmt, ich versuche mich einzukaufen ...“

„Preston.“ Luke schließt mich zwischen seinen Armen an der Arbeitsplatte ein. „Sieh mich an. Glaubst du, ich habe mit dir wegen einer Kaffeemaschine geschlafen?“

„Nein. Vielleicht. Ich bin der Ersatzthronfolger, Luke. Mit mir geht man aus, bis man jemanden Ernstes findet.“

Luke streicht mir eine Strähne hinter das Ohr. „Du hast ein Gerät gekauft, Preston. Das nimmt Platz weg. In Queens ist Platz mehr wert als Gold. Diese Maschine geht nirgendwohin. Und du auch nicht. Außer du willst? Ich wollte dich eigentlich zum Bagel-Essen ausführen.“

Die Panik lockert sich. „Bagels?“

„Everything-Bagels.“

„Okay“, flüstere ich. „Ich gehe nirgendwohin.“

Luke küsst mich langsam. „Gut. Dusche. Dann Bagels.“

Die Dusche ist winzig. Zwei Männer darin sind eine Lektion in Physik. Luke wäscht mir den Rücken mit Kiefer-seife. Es fühlt sich an wie zu Hause.

„Ich könnte mich daran gewöhnen“, gestehe ich.

„An den schlechten Wasserdruck?“, lacht er.

„An die Gesellschaft.“

Er zieht mich in eine Umarmung. „Ich auch."

Aus der Dusche zu steigen, ist eine logistische Meisterleistung. Das Bad ist dampfgefüllt. Luke steht in schwarzen Boxershorts da, ich bin nackt und zittere.

KLICK. KLACK. DREH.

Die Wohnungstür fliegt auf.

„LUCAS MATEO SILVA!"

Die Stimme ist die Vergeltung aus dem Alten Testament.

„Mama?", Luke sieht verängstigt aus.

„Luke! Ich bin nackt!", zische ich panisch. Ich drehe mich im Kreis. Keine Kleidung. Ich schnappe mir das Einzige in Reichweite: Den leeren Pappkarton der Breville-Maschine.

Ich presse den Karton wie einen Schild vor meinen Schritt. Mein Hintern ist den Elementen schutzlos ausgeliefert.

Mama Ortiz stampft herein. Sie trägt einen gelben Regenmantel und eine OP-Haube mit Avocados. Sie sieht aus wie eine wütende Banane.

Sie sieht Luke an. Dann mich, wie ich einen Karton an meine Genitalien presse.

Stille.

„Also", sagt Mama Ortiz. „Deshalb antwortest du nicht. Du spielst ... was ist das? Umzugstag ohne Hose?"

„Mama! Ich bin neunundzwanzig!", ruft Luke.

„Du bist ein Idiot! Ich dachte, Alistair York hätte dich verschwinden lassen! Ich komme her, um deinen Puls zu fühlen, und stattdessen finde ich ... das Maskottchen des Krankenhauses. Nackt."

„Ich bin kein Maskottchen", sage ich hinter meinem Karton. „Guten Morgen. Hübscher Mantel."

Mama Ortiz starrt auf meinen Pappschutz. „Breville. Vornehm."

„Macht hervorragenden Espresso", sage ich schwach.

„Preston", stöhnt Luke. „Hör auf mit den Mahlwerken."

Mama Ortiz marschiert auf mich zu. Ich presse den Karton fester an mich. Sie knallt einen Tupperware-Behälter auf die Kommode.

„Zieh dir was an", fährt sie mich an. „Ich arbeite im Krankenhaus. Ich habe mehr Penisse gesehen als du. Deiner ist nichts Besonderes. Nimm die Kiste weg."

„Ich werde die Kiste nicht wegnehmen! Das ist meine Würdekiste!"

„Lucas", wendet sie sich ihm zu. „Warum ist der Ersatzthronfolger nackt in deinem Schlafzimmer?"

„Weil wir zusammen sind!", brüllt Luke. „Ich habe mit ihm geschlafen! Und jetzt geh bitte in die Küche!"

Mama Ortiz hält inne. Ein furchteinflößendes Grinsen erscheint. „Zusammen. Na gut. Immerhin kauft er dir Geräte. Der letzte hat dir nur Proteinpulver gekauft."

Sie sieht mir in die Augen. „Du bist zu dünn. In dem Behälter ist Hähnchen. Wenn du es nicht isst, erzähle ich der Station, dass du Socken mit kleinen Enten darauf trägst."

„Das sind Stockenten! Sie sind Vintage!"

„Iss das Hähnchen", befiehlt sie. Sie marschiert zur Tür. „Und Lucas? Schließ das obere Schloss ab. Das untere klemmt."

KNALL. Sie ist weg.

Ich senke den Karton. „Ich habe einen Schlaganfall."

Luke beginnt zu kichern. Ein Ganzkörper-Gackern. „Deine Würdekiste ..."

„Das war hochwertiger Karton!", schreie ich und schleudere die Kiste weg.

Luke zieht mich aufs Bett. „Du bist ein nackter Society-Typ, der meine Mutter mit einem Pappkarton bekämpft hat."

„Habe ich gewonnen?", frage ich atemlos.

„Preston", Luke küsst mich. „Niemand besiegt Rosa Ortiz. Aber du hast überlebt. Das ist ein Sieg."

„Gut. Und jetzt fütter mich. Ich habe Angst vor dem Hähnchen."

Kapitel 12

Der Obstkorb und der Flüsterer

PRESTON

Angst, habe ich festgestellt, schmeckt nach Ananas.

Ich betrete am Montagmorgen den Aufenthaltsraum der Assistenzärzte, den Kaffee in der Hand, und bleibe abrupt stehen.

Der Tisch ist weg.

An seiner Stelle steht eine Korbkonstruktion in der Größe eines Kleinwagens. Sie quillt über vor Obst. Da sind Mangos. Da sind Birnen, in Goldfolie eingewickelt. Da sind Weintrauben so groß wie Golfbälle. Und die Krönung dieses ganzen Monstrums bilden sechs riesige, aggressiv wirkende Ananas.

„Was", frage ich in den Raum hinein, „ist das?"

Luke steht in der Nähe der Küchenzeile, lehnt an der Arbeitsplatte und isst mit einer Plastikgabel ein Stück Melone. Er sieht müde, aber selbstzufrieden aus.

„Das ist ein Friedensangebot", sagt Luke. „Oder eine Bestechung. Es wurde vor zwanzig Minuten von einem Kurier gebracht, der aussah, als wäre er früher mal beim Secret Service gewesen."

Ich trete näher. Zwischen den Bananen liegt eine Karte aus schwerem, cremefarbenem Karton. Ich nehme sie auf. Die Handschrift ist zackig und vertraut.

Dr. Silva, bezüglich der ... administrativen Gespräche vom Samstag. Bitte akzeptieren Sie dieses kleine Zeichen der Wertschätzung für Ihre Diskretion in Bezug auf die Gemeinkosten des Krankenhauses und bestimmte Betriebsausgaben. — A. York

„Er hat einen Obstkorb geschickt", flüstere ich. „Er hat tatsächlich einen Obstkorb geschickt."

„Das ist nicht nur ein Korb, Preston", sagt Jax O'Connell und taucht hinter dem Zitrusturm auf. Er schält eine Orange mit einem Skalpell. „Das ist ein Ökosystem. Ganz unten ist eine Schicht aus handwerklich hergestelltem Käse. Ich glaube, ich habe ein Rad Brie gesehen, das mehr kostet als mein Auto."

„Er hat Angst", sage ich, und ein langsames Lächeln breitet sich auf meinem Gesicht aus. „Alistair York – der Mann, der einmal versucht hat, die Verkehrsbetriebe zu verklagen, weil die U-Bahn-Vibrationen angeblich ‚seinen Wein vorzeitig altern lassen' – schickt einem Assistenzarzt Obst, weil er Angst vor deiner Mutter hat."

„Meine Mutter hat sich die Ananas schon gesichert", bemerkt Luke. „Sie hat drei davon mit in den vierten Stock genommen. Sie sagt, das seien ‚Trophäen'."

Ich sehe Luke an. Er trägt seine blauen OP-Klamotten, das Stethoskop locker um den Hals gelegt, und sieht ärgerlich professionell aus. Aber er fängt meinen Blick auf, und für einen Moment bröckelt die Professionalität. Er zwinkert.

„Genießen Sie die Melone, Dr. York", sagt er. „Ich habe Visite."

Er streift an mir vorbei, sein Arm berührt meinen. Für jeden, der zuschaut, ist es eine beiläufige Berührung, aber ich spüre die Hitze davon bis in die Zehenspitzen.

„Hoffnungslos verknallt", hustet Jax in seine Hand.

„Halt den Mund, O'Connell."

Ich schwebe immer noch auf der Welle des Obstkorb-Triumphs, als Luke mich später am selben Tag am Arm packt, während wir gemeinsam in der Trauma-Station Dienst haben.

„Hörst du das?", fragt er.

Wir gehen am Atrium der Haupthalle vorbei. Normalerweise ist dieser Bereich erfüllt vom leisen Murmeln der Besucher und dem Quietschen von Rollstühlen. Heute klingt es, als wäre dort eine Vorstandssitzung völlig aus dem Ruder gelaufen.

„Ihre Bestandsprobleme interessieren mich nicht!", dröhnt eine vertraute Baritonstimme aus der Richtung des Geschenkshops. „Mich interessiert Flüssigkeitszufuhr! Spritzigkeit! Die italienischen Alpen!"

Ich gefriere. Ich kenne diese Stimme. Ich habe diese Stimme schon in drei verschiedenen Sprachen Sommeliers bedrohen hören.

„Oh nein", flüstere ich.

„Ist das ... Alistair?", fragt Luke entsetzt.

„Das ist ein Code Beige", sage ich und falle in einen Laufschritt. „Mein Vater hat Unterzucker. Wenn er hypoglykämisch ist, wird er fusionsfreudig."

Wir biegen um die Ecke zum *St. Jude's Gift & Floral Shop*.

Die Szene ist ein Desaster wie aus dem Bilderbuch.

Kyle, ein sechzehnjähriger Freiwilliger mit Zahnspange

und einer Weste, die ihm mindestens drei Nummern zu groß ist, ist in die Ecke der Kuscheltier-Auslage gedrängt worden. Er klammert sich an eine Plüschgiraffe wie an ein menschliches Schutzschild.

Über ihm steht Alistair York. Mein Vater trägt einen marineblauen Nadelstreifenanzug, hält eine Flasche generisches Mineralwasser, als wäre Gift darin, und sieht kurz vor dem Schlaganfall aus.

Zwei Bodyguards stehen am Zeitschriftenregal und wirken gelangweilt. Einer von ihnen liest *Reader's Digest.*

„Ich habe keinen Einfluss auf den Bestand, Sir!", piepst Kyle. „Ich arbeite hier nur freiwillig, für meinen Sozialkunde-Kurs!"

„In Staatsbürgerkunde bist du wohl eine glatte Fehlbesetzung, mein Junge!", brüllt Alistair. „Dieses Wasser ist schal! Es ist Leitungswasser mit Größenwahn! Ich habe nach San Pellegrino gefragt. In der Glasflasche. Die Sorte, die nach Mineralien und Überlegenheit schmeckt!"

„Vater!", fahre ich ihn an und trete in den Laden.

Alistair wirbelt herum. Sein Gesicht hellt sich auf.

„Preston! Gott sei Dank. Du trägst ein Lanyard. Feuere diesen Jungen. Und dann brenn diesen Laden für das Versicherungsgeld nieder."

„Wir brennen den Geschenkshop nicht ab", sage ich und stelle mich zwischen ihn und den verängstigten Teenager. „Kyle, mach eine Pause. Versteck dich in der Cafeteria."

Kyle lässt die Giraffe fallen und flieht.

Ich wende mich Alistair zu. „Was machst du hier? Du hast seit 1998 keinen Krankenhaus-Geschenkshop mehr betreten, und damals nur, um Pfefferminzbonbons zu kaufen, nachdem du den Gouverneur angeschrien hast."

„Ich hatte eine Vorstandssitzung", schnauft Alistair und richtet seine Seidenkrawatte. „Sie hat sich in die Länge gezogen. Ich bekam einen trockenen Hals. Ich bin hier runtergekommen, um Erfrischung zu suchen, und habe diese ... Ödnis vorgefunden."

Er deutet auf die Kühltheke.

„Dasani, Preston. Sie verkaufen Dasani. Das ist im Grunde recyceltes Pfützenwasser."

Er richtet einen Finger auf die Kasse.

„Also kaufe ich es."

Luke verschluckt sich an Luft. „Du kaufst ... das Wasser?"

„Den Laden", korrigiert Alistair. „Ich erwerbe die Verkaufsfläche. Ich habe der Rechtsabteilung bereits geschrieben. Wir werden auf hochklassige Hydration und handwerkliche Schokoladen umstellen. Vielleicht einen Zigarrenhumidor im hinteren Bereich."

„Sie können keinen Zigarrenhumidor in einem Herzzentrum unterbringen!", brüllt Luke.

Alistair schaut Luke an. Er blinzelt und kneift die Augen leicht zusammen.

„Ah. Dr. Silva." Alistair richtet sein Revers, ein Anflug von Angst huscht über sein Gesicht. „Der Mann mit der ... Mutter. Und dem Ordner. Wie geht es ihr? Bitte sagen Sie mir, dass sie den Landschafts-Etat noch nicht geprüft hat."

„Sie geht gerade die Quittungen für den Rindenmulch durch", lügt Luke glatt.

Alistair schaudert. „Furchteinflößende Frau. Sie erinnert mich an meinen Rugby-Kapitän im Internat. Große Hände. Kein Erbarmen."

„Vater, konzentrier dich", fauche ich. „Es gibt keinen Aufkauf. Du hast einen Zuckersturz."

Ich greife in meine Tasche und ziehe einen Vorrat hervor, den ich vorhin heimlich aus dem Aufenthaltsraum der Assistenzärzte mitgenommen habe.

„Hier", sage ich. „Eine LaCroix. Pamplemousse-Geschmack."

Alistair starrt die Dose an. Er betrachtet sie mit tiefer Skepsis.

„Sie ist deutsch", lüge ich. „Sehr exklusiv. In der Untergrund-Kunstszene in Berlin äußerst beliebt."

Alistair ist auf der Stelle interessiert. Seine Augen werden bei der Erinnerung glasig.

„Berlin?", haucht Alistair. „Ah, wunderbare Stadt. Ich habe in den Achtzigern ein Forschungssemester dort verbracht. Die Kunstszene war revolutionär."

Er nimmt die Dose und wirkt nachdenklich.

„Ich war oft in einem kleinen Club namens *The Anvil*", erinnert sich Alistair und öffnet die Lasche. „Und in einem, der *Der Keller* hieß. Sehr exklusiv. Kein Licht. Keine Musik. Nur Industrial Noise und Männer in Ledergeschirren, die schweigend herumstanden."

Luke gibt ein ersticktes Geräusch von sich.

„Ich dachte, es wäre eine Performance über die Zwänge des Kapitalismus", fährt Alistair fort und nimmt einen Schluck LaCroix. „Alle waren in Ketten. Ich habe drei Stunden lang mit einem Herrn namens Klaus in einer Gummigrube gerungen. Er bestand darauf, dass ich ihn ‚Meister' nenne. Ich nahm an, das sei sein künstlerischer Titel. So wie ‚Maestro'."

Er seufzt zufrieden.

„Die Kameradschaft war unvergleichlich. Einfach nur verschwitzte Männer, die im Dunkeln miteinander rangen und ihre Grenzen ausloteten. Es hat mich wirklich an die Duschen nach einem Rugbyspiel in Eton erinnert. Reine, männliche Verbundenheit."

Er sieht Luke an.

„Sie würden es lieben, Dr. Silva. Sie haben genau die richtige Statur dafür. Klaus hätte Sie vergöttert. Er liebte einen starken Deltamuskel."

Luke starrt Alistair an. Sein Mund öffnet sich, aber kein Laut kommt heraus. Mit weit aufgerissenen, panischen Augen schaut er zu mir.

„Es klingt ... lehrreich, Sir", quiekt Luke schließlich.

„Es war kulturell!", erklärt Alistair. „Dieses Wasser ... es schmeckt wie dieser Keller. Metallisch. Zynisch. Mit Testosteron versetzt. Ich mag es."

„Prima", sage ich und packe Alistairs Arm, bevor er im Detail schildern kann, was genau in der Gummigrube passiert ist. „Jetzt geh zurück zu deinem Auto. Lass den Geschenkshop in Ruhe. Und lösch die SMS an die Rechtsabteilung."

Alistair seufzt. Er prüft seine Uhr. „Meinetwegen. Aber ich schicke ein Memo wegen der Schokoladenauswahl. Sie ist banal."

Er wendet sich Luke zu. Er klopft ihm schwer auf die Schulter.

„Schön, dich zu sehen, Sohn. Und Dr. Silva, richten Sie Ihrer Mutter aus ... sagen Sie ihr, ich benehme mich. Ich will nicht im Ordner landen."

Alistair rauscht aus dem Laden, flankiert von seinem Sicherheitsstab.

Die Stille im Geschenkshop ist ohrenbetäubend. Die Plüschgiraffe starrt uns vom Boden aus an.

Luke schaut zur Tür. Dann sieht er mich an.

„Dein Vater", sagt Luke langsam, „hat gerade zugegeben, dass er regelmäßig einen Lederdungeon in Berlin besucht, weil er dachte, es wäre eine Kunstausstellung."

„Er hält ‚Safe Word' für einen Bankbegriff", sage ich und hebe die Giraffe auf. „Wir klären ihn nicht auf. So ist es sicherer."

Luke schüttelt den Kopf. Er sieht aus, als hätte er ein Trauma.

„Er hat gesagt, Klaus würde meine Deltamuskeln vergöttern, Preston."

„Klaus hat einen guten Geschmack", sage ich. „Komm. Ich glaube, Kyle hat die Kasse offen gelassen. Lass uns ein Snickers klauen, bevor die Security zurückkommt."

Luke lacht, ein Geräusch, halb Erschöpfung, halb Hysterie.

„Du zahlst", sagt er.

„Ich klaue", zwinkere ich. „Robin Hood, erinnerst du dich?"

Meine Rotation in der Psychiatrie läuft beunruhigend gut.

Den Vormittag habe ich damit verbracht, Dr. Julian Welling, den Chef der Psychiatrie, zu begleiten. Welling ist ein Mann, der Tweed-Jacketts mit Ellbogenflicken und Fliegen vollkommen unironisch trägt. Er spricht mit einer derart beruhigenden Stimme, dass sie ein Nashorn betäuben könnte, und er betrachtet mich weniger wie einen Studenten als vielmehr wie einen faszinierenden, exotischen Vogel, der aus Versehen gegen eine Fensterscheibe geflogen ist.

Um 14:00 Uhr geht Wellings Pager los. Er schaut darauf und seufzt, ein Laut tiefer, existenzieller Müdigkeit.

„Kardiale Intensivstation", liest Welling vor. „Dr. Maxwell York bittet um eine Prüfung der Urteilsfähigkeit. Sofort. Vermerk: ‚Patient ist irrational. Bringen Sie die starken Medikamente mit.'"

Er sieht mich an, die Augen hinter seinen randlosen Brillengläsern schelmisch funkelnd. „Nun, Dr. York. Schauen wir mal, was Ihr Bruder diesmal kaputtgemacht hat. Vielleicht können wir ihm einen Urlaub verschreiben."

Wir fahren in den vierten Stock hinunter. Die kardiale

Intensivstation ist ruhig, gleichmäßig rhythmisch und riecht nach Betadine und Hochrisiko.

Wir finden Max vor Zimmer 412. Er kneift sich die Nasenwurzel. Er sieht aus, als versuche er, die rechtlichen Konsequenzen eines Fenstersturzes durchzurechnen.

„Dr. Welling", sagt Max und wirkt erleichtert. „Und ... Preston. Du begleitest ihn heute?"

„Ich beobachte den Meister", sage ich und lehne mich an den Stützpunkt. „Was ist die Krise?"

„Er verweigert die Klappe", sagt Max und weist vage auf die Glastür. „Arthur Pym. CEO von PymTech. Hat die Kontrolle an der Hälfte der Siliziumchips auf diesem Planeten."

Welling hebt eine Augenbraue. „Ich kenne ihn. Er hat den neuen Trakt an der Columbia gestiftet. Was ist das Problem?"

„Schwere Aortenstenose", erklärt Max. „Er braucht sofort einen Klappenersatz. Wenn er zu heftig niest, kippt er tot um. Aber er weigert sich, die Einverständniserklärung zu unterschreiben."

„Warum? Angst vor der Sterblichkeit? Unerledigtes Kindheitstrauma in Bezug auf Hilflosigkeit?"

„Angst vor dem Markt", seufzt Max. „Er sagt, er steckt mitten in einer Fusion und kann nicht vier Stunden in Narkose sein, weil dann die ‚Haie kreisen'."

„Also hast du mich gerufen?"

„Ich brauche dich, um ihn für entscheidungsunfähig zu erklären", faucht Max. „Er entscheidet sich für Aktienoptionen statt für Sauerstoff. Das ist irrational. Ich muss sein Leben gegen seinen Willen retten."

„Ich werde mit ihm reden", sagt Welling und richtet seine Fliege. „Bleiben Sie hier, Preston. Zusehen und lernen. Der Schlüssel ist Validierung."

Welling betritt das Zimmer. Ich beobachte durch das Glas.

Arthur Pym sitzt im Bett, das Oberteil eines Seidenpyjamas an, den er wohl von zu Hause mitgebracht hat. Er ist hochrot im Gesicht und schreit in ein iPhone.

Welling geht auf ihn zu. Er benutzt seine beste therapeutische Stimme. Ich sehe, wie er ruhig gestikuliert. Ich sehe, wie er nickt. Ich sehe, wie er eine empathische Hand anbietet.

Dann sehe ich, wie Pym einen schweren Wasserkrug aus Glas nach ihm wirft.

Welling zieht sich zurück. Er kommt wieder heraus, wirkt zerzaust, Wasser tropft von seinem Tweed-Ellbogenpatch.

„Er ist nicht entscheidungsunfähig", erklärt Welling und wischt Tropfen von seinem Ärmel. „Er ist einfach ein Arschloch. Ein narzisstischer, Typ-A-Unternehmensfeldherr. Ich kann ihn nicht wegen einer furchtbaren Persönlichkeit zwangseinweisen lassen, Maxwell. Er ist zurechnungsfähig. Er trifft nur eine dumme Entscheidung."

Max stöhnt und lässt den Kopf in die Hände sinken. „Also lasse ich ihn einfach sterben? Der Vorstand wird mich umbringen."

Ich schaue durch das Glas. Pym ist wieder am Telefon und brüllt etwas über „die Anteile abstoßen".

„Er hört dir nicht zu, weil du ‚Doktorisch' sprichst", sage ich. „Und er hat Dr. Welling nicht zugehört, weil der ‚Gefühlisch' gesprochen hat."

Welling und Max drehen sich beide zu mir um.

„Wie bitte?", fragt Welling.

„Er ist ein CEO", erkläre ich. „Ihn interessiert Gesundheit nicht. Ihn interessiert Hebelwirkung. Ihr versucht, ihm das Überleben zu verkaufen. Ihr müsst ihm einen Pivot verkaufen."

Ich richte meinen weißen Kittel. Ich überprüfe meine Manschetten.

„Lasst mich mit ihm reden."

„Preston, nein“, warnt Max. „Er hat gerade einen Wasserkrug nach dem Chef der Psychiatrie geworfen.“

„Dr. Welling hat Empathie benutzt“, sage ich. „Ich werde Kapitalismus benutzen. Gebt mir zwei Minuten. Wenn ich scheitere, könnt ihr ihn sedieren.“

Welling schaut Max an. Max schaut Welling an.

„Zwei Minuten“, sagt Welling und wringt seine Krawatte aus. „Aber wenn er irgendwas wirft, stelle ich dir die Reinigung in Rechnung.“

Ich gehe in das Zimmer.

„— Mir ist egal, was die SEC sagt, stoßt die Anteile ab!“, brüllt Pym. „Macht es jetzt! Ich will, dass sie bis zum Börsenschluss ausgeblutet sind!“

Ich schließe die Tür. Ich stelle mich nicht vor. Ich benutze nicht meine „kümmernde Doktorstimme“. Ich gehe zum Waschbecken, schaue auf die Uhr und seufze laut.

Pym hört auf zu brüllen. Er senkt das Telefon. „Wer zum Teufel sind Sie? Ich habe dem Tweed-Jackett gesagt, er soll abhauen.“

„Ich bin Dr. York“, sage ich gelangweilt. „Die Verwaltung hat mich geschickt, um Ihre Exit-Strategie zu erleichtern.“

„Exit-Strategie?“ Pym blinzelt. „Ich habe nicht gesagt, dass ich gehe.“

„Nun, Sie lassen die Operation nicht machen“, sage ich und nehme seine Akte auf. „Was bedeutet, dass Sie einen Schlaganfall bekommen werden. Wahrscheinlich innerhalb der nächsten zwölf Stunden. Wir müssen das Bett freimachen. Wir haben eine Warteliste. Das ist ein Lagerproblem.“

Ich sehe ihn an mit dieser ganz bestimmten, mitleidigen Verachtung des 1 %.

„Es ist wirklich schade. Die Optik eines Todes mitten in einer Fusion ist katastrophal. Sehr unsauber.“

Pym sträubt sich. „Optik?“

„In einem Krankenhausbett zu sterben, während man eine Krankenschwester anschreit?“ Ich schüttle den Kopf. „Das wirkt schwach, Arthur. Darf ich dich Arthur nennen?“

„Nein“, faucht Pym. „Ganz sicher nicht.“

„Hier ist die Realität, Arthur“, fahre ich fort, trete näher und ignoriere seine Weigerung. „Es wirkt unkontrolliert. Die Aktionäre geraten in Panik. Die Aktie stürzt um vierzig Prozent ab, sobald der Nachruf erscheint. Das ist eine feindliche Übernahme deines eigenen Erbes. Durch ein Blutgerinnsel.“

Pym krallt die Hand fester um sein Telefon. „Hör auf, mich Arthur zu nennen.“

„Aber wenn du dich operieren lässt, Arthur?“ Ich senke die Stimme zu einem verschwörerischen Flüstern. „Du framst das anders. Du nennst es nicht eine Operation am offenen Herzen. Du nennst es eine ‚strukturelle Renovierung des Führungstriebwerks‘.“

Pym hört zu. Seine Nüstern blähen sich.

„Du gibst sofort eine Pressemitteilung raus“, sage ich. „‚Herr Pym unterzieht sich einem strategischen, vorbeugenden Eingriff, um seine Langlebigkeit an der Spitze von PymTech für die nächsten zwanzig Jahre sicherzustellen.‘“

Ich mache eine Pause für die Wirkung.

„Das signalisiert Weitsicht. Es signalisiert Stabilität. Es signalisiert, dass du lange genug dableiben wirst, um deine Feinde zu zerschmettern und auf ihren Gräbern zu tanzen. Klingt das nicht besser, Arthur?“

Pym blinzelt. Die Zahnräder setzen sich in Bewegung. Er hasst es, dass ich seinen Namen benutze. Er hasst es, dass ich recht habe.

„Und die Anästhesie?“, presst er zwischen zusammengebissenen Zähnen hervor. „Ich kann nicht offline sein.“

„Vier Stunden Funkstille“, ich zucke mit den Schultern.

„Das ist ein Power Move. Du lässt sie warten. Du lässt sie schwitzen. Du gehst unter, kommst wieder hoch und siehst aus wie ein Gott, der den Tod betrogen hat. Die Aktie springt allein schon auf das Gerücht deiner Genesung um fünf Punkte nach oben."

Ich halte ihm das Aufklärungsformular und einen Stift hin.

„Oder", sage ich und schaue wieder auf meine Uhr, „du stirbst jetzt sofort. Und dein Rivale – wie heißt er noch mal? Der Typ aus Palo Alto? – der kauft deine Firma wahrscheinlich für ein paar Cent pro Dollar bis Montagmorgen. Ich habe gehört, er schaut sich schon deine Büromöbel an."

Pym starrt mich an. Er starrt den Stift an.

Er reißt mir das Klemmbrett aus der Hand.

„Ich will die Pressemitteilung bis Mittag fertig formuliert haben", faucht Pym und unterschreibt mit einer schwungvollen Geste. „Und sagen Sie dem Chirurgen, ich will die Premium-Nähte. Die IPO-Nähte."

„Ich richte es ihm aus", verspreche ich.

Ich nehme das Klemmbrett. „Angenehme Geschäftsbeziehung mit dir, Arthur."

„Raus", knurrt Pym.

Ich gehe hinaus.

Max und Welling warten im Flur. Wellings Mund steht leicht offen.

„Er hat unterschrieben?", fragt Max und schaut auf das Klemmbrett.

„Er hat unterschrieben." Ich reiche Max den Stift. „Er hält die OP für einen strategischen Pivot. Außerdem will er die ‚IPO-Nähte'. Ich habe keine Ahnung, was das sein soll, aber … nimm einfach den blauen Faden. Er mag Blau."

Welling starrt mich an. Er rückt seine Brille zurecht und sieht mich mit einer Mischung aus Entsetzen und Begeisterung an.

„Was haben Sie zu ihm gesagt?", fragt Welling. „Ich habe Jung zitiert. Ich habe versucht, eine therapeutische Allianz aufzubauen."

„Ich habe das *Wall Street Journal* zitiert", sage ich. „Und ich habe ihn Arthur genannt. So ungefähr sechs Mal. Er hat es gehasst. Das hat Dominanz etabliert."

Max schüttelt den Kopf, ein kleines Lächeln umspielt seine Lippen. „Du bist beängstigend, Preston. Ist dir das klar?"

„Ich bin effektiv", korrigiere ich. „Viel Spaß beim Klappenersatz, Max."

Ich drehe mich zu Welling, um mich zu verabschieden.

Welling strahlt. Es ist verstörend.

„Dr. York", sagt Welling und legt mir eine Hand auf die Schulter. „Das war ... eine Abscheulichkeit. Es war unethisch, manipulativ und vollkommen frei von menschlicher Wärme."

Er macht eine Pause, sein Lächeln wird breiter.

„Es war wunderschön. ‚Corporate-Psychiatrie'. Dafür könnten wir einen Premium-Zuschlag berechnen. Haben Sie irgendeine Ahnung, wie viele Narzissten in dieser Stadt man austricksen muss, damit sie am Leben bleiben?"

„Ich habe nur seine Sprache gesprochen", sage ich, während sich eine seltsame Wärme in meiner Brust ausbreitet.

„Nein, nein", beharrt Welling und packt meine Schulter fester. „Sie sind ein Naturtalent. Ein Soziopathenflüsterer. Ich habe seit meiner Konsiliar-Tätigkeit bei der UN kein solches Talent mehr gesehen."

Er beugt sich vor.

„Vergessen Sie die Chirurgie, Preston. Vergessen Sie das Trauma. Sie gehören zu uns. In die trüben, grauen Gewässer der menschlichen Psyche."

Ich betrachte meine Hände. Sie sind sauber. Kein Blut. Kein Betadine. Keine knackenden Knochen. Nur Tinte und Einfluss.

Ich blicke zurück auf das Chaos der Intensivstation – die Alarme, die Infusionen, das Durcheinander. Dann sehe ich zu Welling, ruhig in seinem Tweed-Jackett.

„Wissen Sie", sage ich langsam, während sich ein Grinsen auf meinem Gesicht ausbreitet, „ich glaube, Sie könnten recht haben. Ich musste keine einzige Körperflüssigkeit anfassen. Es war ... hygienisch."

Welling zwinkert.

„Willkommen auf der dunklen Seite, Dr. York. Wir haben Kekse. Und wir rechnen nach Stunden ab."

Er geht pfeifend davon, eine fröhliche Melodie auf den Lippen, und tippt dabei schon Notizen in sein Handy über „strukturelle Renovierung".

Ich sehe ihm nach. Ich fühle mich leichter. Ich fühle mich gesehen.

„Ich glaube, ich habe meine Leute gefunden, Max", flüstere ich.

Max sieht mich an, dann die geschlossene Tür des Psychopathen, den ich gerade manipuliert habe.

„Gott stehe uns allen bei", sagt Max.

Ich finde Luke eine Stunde später in der Cafeteria. Er isst einen traurigen Salat, umringt von Kurven und Akten.

Ich lasse mich auf den Stuhl ihm gegenüber fallen.

„Ich habe gerade das Leben eines Milliardärs gerettet, indem ich ihn überzeugt habe, dass Sterben schlecht für seine Marke ist", verkünde ich.

Luke blickt auf. Er lächelt, und es ist das echte Lächeln – das, bei dem sich seine Augen an den Rändern kräuseln. „Guter Tag auf der Psych-Station?"

„Ausgezeichneter Tag. Max hat mich tatsächlich gelobt. Ich glaube, er hat vielleicht halluziniert, aber ich nehme es."

Ich greife über den Tisch und stibitze ihm ein Crouton aus dem Salat.

„Also", sage ich und senke die Stimme. „Ich habe nachgedacht."

„Gefährlich", murmelt Luke.

„Über den Obstkorb. Und die Empanadas. Und die Tatsache, dass mein Bruder und deine Mutter offenbar einen Nichtangriffspakt geschlossen haben."

„Mmm?"

„Ich habe demnächst eine Gala", sage ich beiläufig. „Die St.-Jude's-Stiftung Frühlingsgala. Nächsten Samstag. Black Tie. Langweilig. Pflichtprogramm für die Yorks."

Luke hört auf zu kauen. Er legt die Gabel hin.

„Fragst du mich gerade zu einer Gala, Preston?"

„Ich frage dich, ob du meine Begleitung sein willst. Im Smoking. Neben mir stehen, während Alistair versucht, so zu tun, als hätte er keine panische Angst vor dir." Ich beuge mich vor. „Und dann können wir früher abhauen, zurück nach Queens fahren und die Espressomaschine benutzen."

Luke mustert mich. Er blickt in den Lärm der Cafeteria, auf die erschöpften Assistenzärzte, und dann wieder zu mir.

„Ein Smoking?", fragt er.

„Ich kauf dir einen. Oder wir leihen einen. Ist mir egal. Komm einfach mit mir. Öffentlich."

Das ist ein großer Schritt. Die Gala ist ein Haifischbecken. Es ist nicht nur Familie; es ist der Vorstand, die Spender, die Presse.

Luke greift über den Tisch. Er nimmt meine Hand, direkt neben dem Salatdressing.

„Ich habe einen Smoking", sagt er. „Vom Abschlussball. In den Schultern könnte er ein bisschen eng sein."

„Eng ist gut", sage ich, und mein Mund wird trocken. „Eng ist sehr gut."

„Dann bin ich dabei“, sagt Luke. „Aber wenn es grünen Schaum gibt, bestelle ich Pizza.“

„Abgemacht.“

Ich drücke seine Hand.

Der Obstkorb war nur der Anfang. Die Gala? Das wird die Hauptattraktion. Und zum ersten Mal graut es mir nicht davor.

Ich freue mich tatsächlich auf die Show.

Kapitel 13
Die Abscheulichkeit

PRESTON

Drei Tage vor der Gala

„Zeig's mir."

Ich stehe mitten in Lukes Schlafzimmer in Queens. Ich trage eine Sonnenbrille in der Wohnung, weil das Morgenlicht aggressiv ist, und ich halte einen Latte aus der Breville-Maschine, die ich diesem Haushalt so großzügig gespendet habe.

Luke steht vor seinem Kleiderschrank und bewacht die Tür, als wären darin Staatsgeheimnisse verborgen.

„Preston, es ist in Ordnung", sagt Luke und verschränkt die Arme. „Es ist ein Smoking. Er hat eine Hose. Er hat ein Jackett. Er bedeckt meinen Körper. Das erfüllt den Dresscode."

„Der Dresscode lautet ‚Black Tie'", erinnere ich ihn. „Das impliziert einen gewissen ästhetischen Standard. Wenn du auftauchst und aussiehst wie ein Kellner auf einem mittelmäßigen Kreuzfahrtschiff, wird meine Mutter dich bei lebendigem Leib auffressen. Sie ernährt sich von Polyester, Luke. Es macht sie stärker."

Luke seufzt. Er sieht gequält aus.

„Er ist nicht ... modern", gibt er zu. „Ich hab ihn mir für den Abschlussball gekauft. Meine Mom meinte, er sei ‚hinreißend'."

„Deine Mutter ist ein Engel, der dich ganz offensichtlich zu sehr liebt, um dir die Wahrheit zu sagen. Jetzt, weg da."

Ich schiebe ihn mit der Hüfte zur Seite. Ich greife nach dem Kleidersack, der ganz hinten hängt. Er ist aus Plastik. Er ist staubig.

Ich öffne den Reißverschluss.

Ich schreie.

Es ist ein kurzer, scharfer Laut reinen ästhetischen Entsetzens.

„Oh mein Gott", flüstere ich und weiche zurück. „Luke. Lucas. Was ist das?"

Luke reibt sich den Nacken und starrt auf den Boden. „Es war 2014. Die Mode war anders."

„So anders war der Stil damals nicht", stoße ich hervor.

Ich ziehe den Bügel heraus.

Der Smoking ist weiß.

Nicht ein dezentes, elfenbeinfarbenes James-Bond-Goldfinger-Weiß. Es ist ein grelles, spiegelndes, radioaktives Weiß. Die Revers sind aus Satin und so breit, dass man ein Flugzeug darauf landen könnte. Der Stoff ist aus 100 % reinem, unverfälschtem Polyester und fühlt sich an, als würde er schmelzen, sobald er einem Kerzenlicht näher als drei Meter kommt.

Und das Hemd?

Das Hemd hat Rüschen.

„Es ist ..." Mir fehlen die Worte. „Es sieht aus, als hätte ein Marshmallow einen Nervenzusammenbruch gehabt."

„Ich sah gut darin aus!", verteidigt sich Luke, obwohl sein

Gesicht knallrot ist. „Ich hatte blondierte Spitzen. Es war ein Vibe."

„Es ist ein Tatort", korrigiere ich ihn. „Wenn du damit ins Met gehst, werden sie dich verhaften. Nicht die Polizei. Die Modepolizei. Die haben Scharfschützen auf den Emporen."

Ich stopfe diese Monstrosität zurück in den Schrank und schlage die Tür zu.

„Hol deinen Mantel", befehle ich.

„Warum?"

„Weil wir zu Giovanni gehen. Und wir brennen auf dem Weg nach draußen diese Wohnung nieder, um sicherzustellen, dass dieses Ding niemals wieder Tageslicht sieht."

Giovannis Laden riecht nach Espresso und Urteil. Es ist der einzige Ort in der Stadt, an dem ich mich wirklich verstanden fühle.

Als die Glocke bimmelt, schaut Giovanni von seinem Zuschneidetisch auf. Er misst gerade ein Stück Seide mit der Intensität eines Chirurgen.

„Preston!", ruft er und breitet die Arme aus. „Der verlorene Sohn! Ich habe dich nicht mehr gesehen seit dem ... wie war das? Dem Samt-Vorfall?"

„Es war ein Smoking-Jackett, Giovanni, und es war ikonisch", sage ich und schließe ihn in die Arme. „Aber ich bin nicht für mich hier. Ich habe dir eine Herausforderung mitgebracht."

Ich trete zur Seite und gebe den Blick auf Luke frei.

Luke steht an der Tür und sieht aus, als würde er lieber einen wütenden Dachs intubieren. Er trägt Jeans und ein T-Shirt und mustert die Stoffballen mit tiefem Misstrauen.

Giovanni schiebt seine Brille nach unten. Er umrundet Luke langsam. Er stupst Lukes Bizeps an.

„Solide", murmelt Giovanni. „Dicht. Wie der andere."

„Der andere?", fragt Luke.

„Dr. O'Connell", erklärt Giovanni mit einem Schauder. „Der Snackautomat aus Fleisch. Ich habe ihn für Weihnachten eingekleidet. Es hat drei Anproben gebraucht, um den Trapezmuskel unterzubringen. Du hast dasselbe Problem."

„Das nennt man Patienten heben", sagt Luke abwehrend.

„Man nennt es ein Geometrieproblem", korrigiert ihn Giovanni. Er schnappt sich sein Maßband. „Rauf auf den Block. Schuhe aus."

Luke sieht zu mir. „Muss ich wirklich?"

„Ja", sage ich, setze mich auf den Lederhocker und schlage die Beine übereinander. „Tu, was der Mann sagt. Er ist ein Zauberer."

Luke seufzt und steigt auf das Podest.

Giovanni beginnt zu messen. Innenbeinlänge. Taille. Brust. Er murmelt Zahlen vor sich hin und schüttelt den Kopf.

„Er ist breit", beklagt sich Giovanni bei mir. „Aber die Taille ist schmal. Wenn ich die Schultern passend mache, sieht er aus wie eine Kiste. Wenn ich die Taille passend mache, sprengt er die Nähte, sobald er jemanden umarmt."

„Wir brauchen Struktur", rate ich und nippe an dem Espresso, der mir wie aus Zauberhand von einem Assistenten in die Hand gedrückt wurde. „Aber wir brauchen auch Bewegungsfreiheit. Er ist Traumachirurg. Er bewegt sich schnell."

„Und kein Schwarz", füge ich hinzu. „Alle tragen Schwarz. Er muss herausstechen. Er muss meine Mutter nerven."

Giovannis Augen leuchten auf. „Catherine nerven? Sag nichts mehr."

Er verschwindet im Hinterzimmer.

Einen Moment später kommt er mit einem Jackett zurück.

Es ist mitternachtsblau. Es ist aus Samt. Es hat die Farbe eines Blutergusses im Mondlicht, tief und satt und gefährlich.

„Oh", entweicht es Luke.

„Anprobieren", befiehlt Giovanni.

Luke schlüpft mit den Armen in die Ärmel.

Es passt.

Es passt nicht nur – es verwandelt ihn. Der Samt schluckt das Licht, lässt seine Schultern breiter wirken und seine Haltung aufrechter. Das tiefe Blau lässt seine Haut leuchten und seine dunklen Augen nahezu schwarz erscheinen. Er sieht aus wie ein Prinz, der gerade den König getötet und den Thron an sich gerissen hat.

Aber er kämpft mit den Manschetten.

„Die Knöpfe sind steif", murmelt Luke und fummelt daran herum.

„Lass mich", sage ich.

Ich stehe auf. Ich stelle meinen Kaffee ab.

Ich gehe zum Podest hinüber. Ich trete zwischen Lukes Beine.

Die Luft im Laden verändert sich. Giovanni, der den Moment spürt (oder vielleicht einfach einen erneuten Max-/Jax-Umkleidekabinen-Vorfall fürchtet), zieht sich leise nach hinten zurück, um Stoffmuster zu suchen.

„Nicht bewegen", flüstere ich.

Ich nehme Lukes Handgelenk. Meine Finger streifen seinen Puls. Er hämmert.

Ich schließe den Manschettenknopf. Dann gehe ich zur anderen Seite.

„Du hast schöne Handgelenke", murmele ich und streiche den Samt glatt. „Starke."

„Das sind Handgelenke, Preston", krächzt Luke. Seine Stimme ist angespannt.

Ich greife zu seinem Kragen. Richte das Revers. Lasse meine Hände an der Vorderseite des Jacketts hinuntergleiten und spüre die feste Wärme seines Körpers unter den Schichten.

„Du siehst ..." Ich schlucke, meine Kehle ist trocken. „Du

siehst umwerfend aus, Luke."

Luke blickt zu mir hinunter. Wir sind nur wenige Zentimeter voneinander entfernt. Ich stehe auf dem Boden, er auf dem Podest, also überragt er mich ausnahmsweise.

„Ja?", flüstert er.

„Ja. Meine Mutter wird es hassen. Es ist zu gewagt. Es ist zu sexy. Es ist perfekt."

Ich lege meine Hände an seine Taille und kralle mich in den Stoff.

„Dieses Jackett", sage ich leise. „Es sagt den Leuten, dass du nicht einfach nur Personal bist. Es sagt ihnen, dass du den Raum beherrschst."

„Ich beherrsche nicht den Raum", sagt Luke. „Ich miete eine Einzimmerwohnung in Queens."

„Nicht heute Abend", sage ich. „Heute Abend, in diesem Jackett? Du bist der König von New York."

Lukes Blick sinkt auf meine Lippen. Seine Hände zucken an seinen Seiten, als wolle er mich packen.

„Preston", warnt er. „Wir sind in der Öffentlichkeit."

„Giovanni hat schon Schlimmeres gesehen", sage ich. „Frag ihn nach Max und dem Saumband."

Luke stößt ein kehliges Lachen aus. Er beugt sich vor. Seine Stirn lehnt sich an meine.

„Danke", flüstert er. „Dafür, dass du das machst. Dafür ... dass du mich siehst."

„Ich sehe dich immer, Luke. Sogar in diesem weißen Polyester-Albtraum. Ich sehe dich nur lieber so."

Ich trete zurück, bevor ich etwas Unüberlegtes tue, wie zum Beispiel seine Hose in einem Geschäft aufzumachen.

„Wir nehmen es", rufe ich in den leeren Laden. „Und die Hose dazu. Und ein Hemd ohne Rüschen."

Giovanni steckt grinsend den Kopf aus dem Hinterzimmer.

„Ausgezeichnete Wahl“, sagt er. „Ich buche es auf das Konto Ihres Vaters?“

Ich grinse Luke an.

„Absolut“, sage ich. „Schreib es unter ‚medizinischer Bedarf‘ drauf. Er wird es nicht überprüfen.“

Luke schüttelt den Kopf und betrachtet sich im Spiegel. Er richtet die Manschetten, die ich gerade geschlossen habe. Er sieht auf mein Spiegelbild hinter ihm.

Er lächelt.

Und zum ersten Mal sieht er nicht aus wie das Stipendiumskind. Er sieht aus wie ein Mann, der bereit für den Krieg ist.

„Okay“, sagt Luke. „Lass uns eine Party crashen.“

PRESTON

Die Frühlingsgala von St. Jude's ist keine Party. Sie ist ein feindliches Umfeld mit offener Bar.

Ich stehe im Foyer und mache einen letzten Ausrüstungscheck bei Luke.

„Hör auf, dich zu bewegen“, fauche ich. „Du vibrierst. Das ruiniert die Silhouette.“

„Ich vibriere nicht“, knirscht Luke mit den Zähnen. „Ich zucke zusammen. Eine Frau hat mich gerade gefragt, ob ich die ‚Unterhaltung‘ bin. Sie dachte, ich wäre ein Zauberer, Preston. Wegen des Samts.“

„Du bist ein Zauberer“, korrigiere ich ihn und streiche ihm über die Schulter. „Du hast meinen Vater dazu gebracht, einen Obstkorb zu kaufen. So, Kinn hoch. Schultern zurück. Situationsbewusstsein aufrechterhalten.“

„Situationsbewusstsein?“, fragt Luke. „Preston, wir sind auf einer Benefizveranstaltung, nicht in einer Landezone.“

„Es ist eine zielreiche Umgebung, Luke“, sage ich und zitiere aus dem Buch von Jax. „Feindkontakte überall. Der Dresscode ist Black Tie, aber die Einsatzregeln sind Guerillakrieg. Also, Abmarsch.“

Ich schnappe mir seine Hand. Sein Griff ist fest.

„Ich habe dir eine Jacke gekauft, in der du aussiehst wie ein sexy Vampirprinz“, flüstere ich. „Ausgezeichnete Tarnung. Los geht's.“

Wir durchbrechen den äußeren Ring (die Doppeltüren).

Der Ballsaal ist ein Meer aus Pinguinen und Kleidern, die mehr kosten als ein Honda Civic. Als wir den Teppich betreten, senkt sich das Dröhnen des Getratsches. Köpfe drehen sich. Luke Silva in mitternachtsblauem Samt ist wie eine Blendgranate in einem dunklen Raum.

„Kontakt voraus“, ruft eine vertraute Stimme über den Lärm.

Wir werden sofort von unserer vorgeschobenen Operationsbasis abgefangen.

Jax O'Connell lehnt an einer Säule und sieht in seinem anthrazitfarbenen Anzug und den Kampfstiefeln angenehm fehl am Platz aus. Neben ihm wirkt Maxwell, als wäre er aus Marmor und Nervosität gemeißelt, und hält ein Glas Sprudelwasser, als wäre es der Splint einer Handgranate.

„Samt“, pfeift Jax leise und stößt sich von der Säule ab, um Luke zu umrunden. „Mutig. Hohe Sichtbarkeit. Gefällt mir. Du siehst aus, als würdest du gleich das heißeste R&B-Album von 1996 droppen.“

„Danke?“, fragt Luke verwirrt.

„Das ist ein Kompliment“, seufzt Max und richtet seine perfekt gebundene Krawatte. „Er meint, du fällst auf. Mutter wird ein Aneurysma bekommen.“

„Das ist das Einsatzziel", sage ich. „Max, du wirkst stocksteif. Wie ist die Lage bei Alistair?"

„Vater trinkt etwas Blaues", sagt Max tonlos. „Er nennt es eine ‚Blue Lagoon'. Ich nenne es ‚chemische Kriegsführung'. Und er steckt gerade in harten Verhandlungen mit dem Erzbischof."

„Verhandlungen?", frage ich.

Max deutet zur Bar hinüber. Alistair steht dort dicht an dicht mit Erzbischof O'Malley, einem Mann mit römischem Collar und roter Schärpe. Alistair hält einen Batzen Bargeld in der Hand. Der Erzbischof hält einen Wettschein.

„Sie wetten auf die Eisskulptur", erklärt Jax. „Alistair hat auf die Flügel gesetzt, dass sie früher schmelzen. Der Erzbischof setzt alles auf kompletten Strukturzusammenbruch. Für einen Mann Gottes hat er eine sehr aggressive Wettstrategie."

„Die Kirche ist seit zweitausend Jahren flüssig, Jax", gebe ich zu bedenken. „So ein Kapital kriegst du nicht zusammen, wenn du auf Nummer sicher gehst."

„Wo wir gerade bei unsicher sind", nickt Jax zur Mitte des Raumes. „Hochwertige Ziele auf zwölf Uhr. Die Matriarchin. Und sie ist mit Vane."

Ich gefriere. Ich folge seinem Blick.

Neben meiner Mutter steht ein Mann, der aussieht wie ein Walross, das man in einen Smoking gestopft hat. Harrison Vane senior. Der Reedereimagnat. Der Mann, der versucht hat, dem Krankenhaus verrosteten Stahl zu spenden. Und, noch wichtiger, der Vater von Harrison Vane junior – dem Umhang tragenden, Ascot liebenden Albtraum, neben den meine Mutter mir zu Ostern einen Platz androhte.

„Vane", fauche ich. „Der Vater vom Umhangjungen."

„Umhangjunge?", fragt Luke.

„Harrison junior", erkläre ich finster. „Mutter hat versucht, mich mit ihm zu verkuppeln. Er sammelt antike Spazierstöcke und findet, der Goldstandard sollte wieder eingeführt werden. Er ist mein Erzfeind."

„Und sein Vater ist ein Hai", warnt Max. „Sei vorsichtig. Er wittert Blut."

Wir bewegen uns wie eine Phalanx auf den Hauptkreis zu.

„Maxwell, Preston", sagt Catherine, als wir uns nähern. Sie blickt auf Jax' Stiefel und seufzt – ein Laut reiner Niederlage. Dann sieht sie Lukes Samt. Sie blinzelt. „Blau. Ich habe Black Tie gesagt. Nicht ... Moulin Rouge."

„Es absorbiert Licht, Mutter", sage ich. „Stealth-Technologie."

„Es ist eine Brandgefahr", dröhnt Alistair gut gelaunt, als er zu uns stößt. Der Erzbischof trottet hinter ihm her und steckt einen Stapel Hundertdollarnoten in seine Schärpe. „Silva! Du siehst aus wie ein Bond-Schurke. Ich liebe es. Sag mal, hast du eine weiße Katze?"

„Nein, Sir", sagt Luke.

„Schade. Harrison, sieh dir das an. Das ist der Junge, den Preston aus der Wildnis angeschleppt hat."

Harrison Vane senior dreht sich um. Er hat ein Gesicht wie ein Stück gepökelter Schinken. Er verzieht verächtlich den Mund in Lukes Richtung.

„Die Stipendienkraft", dröhnt Vane. Seine Stimme trägt weit. „Alistair sagt mir, du lässt heute Abend das Personal mit den Spendern verkehren. Sehr progressiv. Ich nehme an, irgendjemand muss ja da sein, um aufzuwischen, falls ein Glas zu Bruch geht."

Die Luft weicht aus der Gruppe. Jax erstarrt, sein Gewicht verlagert sich nach vorn in eine Kampfhaltung. Max' Kiefer spannt sich an.

Ich entscheide mich für einen Präventivschlag.

„Mr. Vane", sage ich und trete in die Todeszone. „Wie schön, Sie zu sehen. Ich nehme an, Harrison junior beehrt uns heute nicht? Oder hat er seinen Umhang wieder in einer Drehtür eingeklemmt?“

Vanes Augen verengen sich. „Mein Sohn ist auf einem Retreat in den Alpen.“

„Natürlich“, lächle ich. „Aber eigentlich wollte ich mit Ihnen sprechen. Ich habe mir heute Morgen den Prüfbericht über Ihre Spende von chirurgischem Stahl angesehen. Ist der verrostet, Max? Oder geschmolzen?“

Max ist sofort zur Stelle, er durchschaut mein Spiel. „Es war katastrophal“, lügt Max glatt. „Legierung der Güteklasse D. Wir wollten eine Klappenrekonstruktion durchführen, und der Retraktor hat sich in einen Suppenlöffel verwandelt. Eine Tragödie.“

„Ein Suppenlöffel!“, ruft Alistair begeistert und reiht sich nur zu gern in die Gefechtslinie ein. „Er hat meine Kreditkarten entmagnetisiert!“

„Das ist Verleumdung!“, faucht Vane. „Mein Stahl ist erstklassig!“

„Das sind Informationen“, wirft Jax ein, verschränkt die Arme und wirkt bedrohlich. „Wir mussten die EPA rufen. Irgendwas mit radioaktiven Isotopen? Ich glaube, ich habe einen Geigerzähler im Materialraum anschlagen sehen.“

„Radioaktiv?“, keucht Catherine und greift sich an die Perlenkette. „In meinem Krankenhaus? Harrison, erkläre dich.“

„Es ist eine Sünde, bei Wohltätigkeit zu schummeln, Harrison“, mischt sich der Erzbischof ein und schüttelt ernst den Kopf. „Der Herr sieht alles. Und die IRS auch.“

„Du hast mir buchstäblich gerade fünfhundert Dollar darauf gewettet, dass die Skulptur einstürzt!“, protestiert Alistair.

„Das war Physik, Alistair“, korrigiert ihn der Erzbischof glatt. „Das hier ist Betrug. Im Katechismus wird da sehr wohl ein Unterschied gemacht.“

Vane läuft lila an. Er begreift, dass er Medizin, Geld und Gott hoffnungslos unterlegen ist. Er räumt das Operationsgebiet, stößt auf dem Weg zur Bar noch einen Kellner um und flüchtet.

Ich wende mich Luke zu und überprüfe meine Manschetten. „Asymmetrische Kriegsführung", erkläre ich. „Jax nennt es ‚den Kampfraum formen'. Du wartest nicht, bis der Feind sich eingräbt; du neutralisierst die Bedrohung mit überwältigender Feuerkraft."

„Lehrbuchhinterhalt", nickt Jax anerkennend. „Guter Kill, Preston."

„Ihr seid alle verrückt", flüstert Luke und starrt uns mit Verehrung an.

„Er ist ein York", unterbricht eine kühle Stimme. „Das ist genetisch."

Cousine Sloane tritt aus den Schatten. Sie trägt einen schwarzen Smoking-Jumpsuit und isst einen Crab Cake mit tödlicher Präzision. Sloane Kensington. Die Tochter der Schwester meiner Mutter.

„Sloane", sage ich. „Meine liebste Psy-Op-Spezialistin."

„Zielperson auf der Flucht im Blick", stellt Sloane fest und deutet mit ihrem Crab Cake auf Vanes sich entfernenden Rücken. „Nachlässiger Rückzug, aber effektiv. Ich sehe, die Kirche hat geistliche Deckungsfeuerunterstützung geliefert?"

„Ich habe ihn lediglich an die Gebote erinnert", sagt der Erzbischof unschuldig und prüft seinen Wettschein. „Und an das Steuerrecht."

„Ausgezeichnete Synergie", nickt Sloane. „Während ihr den Bodenkrieg geführt habt, habe ich mir die Freiheit genommen, unsere Freunde in Sankt Petersburg anzurufen."

Luke blinzelt. „St. Petersburg? Also ... Florida?"

Sloane schaut ihn über den Rand ihrer Brille an.

„Nein, Doktor Silva. Sankt Petersburg, Russland. Ich habe

die Bots aktiviert. Vane Shipping trendet gerade zusammen mit ‚Toxic-Waste-Dumping' auf drei Kontinenten."

Luke sieht entsetzt aus. „Du hast ... russische Bots benutzt? Um eine Aktie zu ruinieren? Weil er mich beleidigt hat?"

„Ich habe sie benutzt, weil sie verfügbar waren", zucke ich mit den Schultern. „Und weil mir die Serverfarm noch einen Gefallen aus dem letzten Wahlzyklus schuldet. Sieh nicht so besorgt aus, Doktor. Es sind nur Einsen und Nullen. Und kleinliche Rache."

„Wer ist sie?", flüstert Luke mir verängstigt zu.

„Sloane Kensington", erkläre ich. „Meine Cousine. Sie macht unser Krisenmanagement. Frag nicht nach der Serverfarm. Plausible Abstreitbarkeit ist das Einzige, was uns aus dem Bundesgefängnis heraushält."

„Ich bevorzuge ‚Strategische Kommunikation'", korrigiert Sloane. „Apropos strategische Fehlleistungen ... seht mal, wer gerade den Sicherheitsring durchbrochen hat."

Die Temperatur im Raum fällt um zehn Grad.

Auf uns zu kommt die andere York-Fraktion. Der Rivalenhof.

Angeführt wird der Angriff von Onkel Frederick – Alistairs älterem, reicherem, gemeinerem Bruder. Zu beiden Seiten begleiten ihn eine Frau in smaragdgrüner Seide, die zwei Martinis trägt, und Cousin Tripp, der Google Glass trägt.

„Da wären wir", seufzt Max. „Defcon 1."

„Frederick", sagt Alistair. Jegliche Fröhlichkeit ist verschwunden. „Ich sehe, du trägst immer noch dieses Mieder."

„Das ist eine Stütze für die Rumpfmuskulatur", faucht Frederick. „Und ich sehe, du trinkst Frostschutzmittel. Wie steht es um dein Portfolio, Alistair? Immer noch stark gewichtet in ‚Launenhaftigkeit'?"

„Mein Portfolio ist diversifiziert“, knurrt Alistair. „Im Gegensatz zu deinem Genpool.“

Meine Mutter, Catherine, tritt vor. Aber sie schaut nicht Alistair an. Sie schaut die Frau in Smaragdgrün an.

„Meredith“, sagt Catherine. Ihre Stimme ist Eis.

Tante Meredith Kensington. Die jüngere, wildere Schwester meiner Mutter. Sloanes Mutter. Die einzige Person auf der Welt, die Catherine York verunsichert wirken lassen kann.

„Catherine“, erwidert Tante Meredith und schwankt leicht. „Du siehst ... straffgezogen aus, Liebling. Ist das ein neues Facelifting, oder nur der Stress, mit einem Mann verheiratet zu sein, der aussieht wie eine Festwagenfigur?“

„Ich bin keine Festwagenfigur!“, schreit Alistair. „Ich bin robust!“

„Du bist aufgeschwemmt“, korrigiert Frederick. Er küsst Catherine auf die Wange. „Catherine, du siehst strahlend aus. Wie du mit diesen Leuten überlebst, ist ein Rätsel. Du solltest auf die Insel kommen. Keine Menschen. Kein Lärm. Nur Liquidität.“

„Nimm mich mit“, seufzt Catherine und hakt sich bei Frederick unter. „Ich brauche eine Exit-Strategie. Meredith ist schon betrunken.“

„Ich bin nicht betrunken“, lallt Meredith und kippt einen ihrer Martinis herunter. „Ich bin verbessert. Und ich habe wenigstens Ehemänner, Liebling. Du hängst seit vierzig Jahren an demselben lauten Möbelstück fest.“ Sie deutet vage auf Alistair.

„Ich bin kein Möbelstück!“, schreit Alistair. „Ich bin der Patriarch!“

„Du bist eine Lampe“, winkt Meredith ab. „Eine sehr laute, blaue Lampe.“

Sie wendet sich dem Erzbischof zu.

„Hallo, Eure Eminenz", schnurrt sie. „Tragen Sie immer noch dieses Kleid? Es macht eine sehr schlanke Figur. Lust auf Armdrücken um meine Seele? Ich glaube, ich habe noch ein paar Chips übrig."

Der Erzbischof seufzt, aber er krempelt seinen Ärmel hoch. „Meredith, du schuldest dem Vatikan seit Weihnachten dreihundert Dollar. Aber ich nehme die Herausforderung an."

Sloane seufzt. „Mutter, hör auf, die Geistlichen zu belästigen. Das sind verrechenbare Stunden."

Meredith ignoriert sie. Sie dreht sich zu Luke um.

„Und wer ist dieses hübsche Ding?", säuselt sie. „Bist du der neue Pooljunge? Du hast ausgezeichnete Deltamuskeln. Sehr strukturell."

„Er ist der leitende Assistenzarzt am St.-Jude-Medical-Center, Tante Meredith", fahre ich sie an und trete zwischen die beiden, um ihn abzuschirmen.

„Ein Arzt?", lacht Meredith. „Noch besser. Kannst du eine Leber reparieren? Ich glaube, meine reicht die Kündigung ein."

Cousin Tripp tritt vor. Er ist Fredericks Sohn und die Enttäuschung der Familie. Er tippt auf seine Smartbrille und visiert Luke an.

„Die Biometrics sind irre", murmelt Tripp. „Symmetrie im 99. Perzentil. Wer ist dieser Vermögenswert?"

„Ich bin Dr. Silva", sagt Luke.

„Doktor", höhnt Tripp. „Wie ... analog. Ich bringe gerade ein Startup an den Start. Es ist wie Uber, aber für Organe. Surge-Pricing auf Nieren. Wir nutzen die Blockchain, um den Spenderstatus zu verifizieren."

Er streckt Luke sein tätowiertes Handgelenk entgegen. „Scann meinen QR-Code. Steig ganz unten ein."

Jax schaltet sich ein. Er legt Tripp schwer die Hand auf die Schulter. Der Einsatz von Gewalt ist genehmigt.

„Tripp", sagt Jax freundlich. „Wenn du ihn bittest, deinen

Arm zu scannen, gehe ich davon aus, dass du dich in der Trauma-Station eincheckst. Und ich habe Dienst."

Tripp fährt zurück. „Aggressiv. Niedrige Schwingungsenergie. Ich gehe mal mit dem Parkservice netzwerken."

Er schlendert davon.

„Ich hasse ihn", seufzt Max. „Letztes Weihnachten hat er versucht, mir ein NFT von einem Gallenstein zu verkaufen."

„Konzentration, Maxwell", sagt Sloane. „Die Startcodes für den Atomschlag werden eingegeben."

Sie hat recht. Frederick flüstert Catherine ins Ohr. Alistair läuft lila an. Meredith verliert gerade einen Armdrück-Wettkampf gegen den Erzbischof auf dem Tablett eines Kellners.

„Mir ist langweilig", verkündet Alistair laut. „Das Vane-Drama hat zu früh seinen Höhepunkt erreicht. Ich muss eskalieren."

„Eskalieren zu was?", frage ich. „Option nuklear?"

„Verbrannte Erde", stimmt Alistair zu. „Ich werde einen Toast auf Fredericks Haarteil ausbringen. Es ist kein Haarteil, aber wenn ich fertig bin, werden alle glauben, dass es eins ist. Es ist eine Psy-Op."

„Ich trage kein Haarteil!", brüllt Frederick.

„Es ist ein Gewebe aus Lügen!", brüllt Alistair zurück.

Der Raum wird still.

Alistair richtet seine Krawatte. Er schaut den Erzbischof an.

„Eure Eminenz", sagt Alistair. „Zehn zu eins, dass ich Frederick zum Weinen bringe?"

Der Erzbischof schlägt Merediths Hand auf das Tablett. „Sieg!", verkündet er. Er schaut auf seine Uhr. „Ich geh darauf ein, Alistair. Aber mach schnell, das Buffet schließt in zwanzig Minuten."

Alistair grinst. „Lauft", rät er uns. „Bringt euch in Sicherheit. Ich sorge für Deckungsfeuer."

Er marschiert zum Mikrofon.

„Los", befiehlt Max uns. „Er wird es durchziehen. Der Explosionsradius wird beträchtlich sein."

„Wir hauen ab", sage ich und schnappe mir Lukes Hand. „Exfiltration ist durch die Seitentür."

„Warte", hält Luke inne. „Die Krabbenküchlein."

„Lass die Küchlein, Luke! Das hier ist eine Gefahrenzone!"

Wir rennen. Wir schlängeln uns durch die Menge, weichen Tante Meredith aus, die ein Rückspiel fordert. Wir schlüpfen gerade durch die Seitentür, als Alistair mit dem Löffel gegen das Glas klopft.

„Meine Damen und Herren! Ein Toast auf meinen Bruder Frederick! Ein Mann, der beweist, dass man sich zwar Haare kaufen kann, aber keine Würde!"

Die Tür schnappt zu und dämpft das Chaos.

Wir stehen auf der 5th Avenue. Es ist still.

„Deine Familie", sagt Luke und atmet aus. „Max und Jax ... die sind die einzigen Normalen, oder?"

„Sie sind die Überlebenden", sage ich. „Und jetzt sind wir es auch."

Luke lacht. Er zieht mich an den Revers zu sich und küsst mich.

„Lass uns nach Hause gehen", sagt er. „Ich will diese Jacke ausziehen."

„Ins Penthouse?"

„Nein, nach Queens. Ich habe Heißhunger auf Pizza und dein zugiges Fenster."

Als wir ein Taxi heranwinken, bekomme ich eine SMS.

Von: Jax *Ziel zerstört. Frederick hat ein Brötchen geworfen. Alistair singt „My Way". Max versteckt sich in einer Pflanze. Der Erzbischof hat 500 Dollar gewonnen. Mission erfüllt. Du schuldest mir Pizza.*

Ich lächle.

„Fahrer", sage ich. „Nach Queens. Wir brauchen Rationen."

In Sal's Pizzeria gibt es keine Cattleya-Orchidee. Es gibt allerdings ein Neonzeichen, das wie eine wütende Hornisse brummt, ein verblasstes Poster der Mets von 1986 und einen Hefegeruch mit Knoblauchnote, der ehrlich gesagt besser ist als jedes Parfüm, das meine Mutter besitzt.

Wir sind die einzigen beiden Leute im Laden. Sal ignoriert uns und schaut eine Telenovela auf einem winzigen Fernseher, der in der Ecke an der Wand hängt.

Luke schiebt mir einen Pappteller hin. Auf der Resopal-Tischplatte hinterlässt er einen Fettfleck, der vage die Form von Italien hat.

„Pepperoni", verkündet Luke. „Der große Gleichmacher."

Ich betrachte das Stück. Es ist labbrig. Es ist fettig. Es ist so groß wie mein Kopf.

„Ich trage einen Smoking für siebentausend Dollar", gebe ich zu bedenken und greife nach einer Plastikgabel.

„Tu's nicht", warnt Luke. „Wenn du in Queens Pizza mit der Gabel isst, wird Sal uns verbannen. Benutz deine Hände, York. Klapp sie zusammen."

„Das ist ein statischer Albtraum, Luke. Die Käseintegrität ist kompromittiert."

Aber ich mache es. Ich klappe das Stück zusammen. Ich beiße hinein. Es verbrennt mir den Gaumen, und es ist großartig.

Luke beobachtet mich beim Essen, ein kleines, müdes Lächeln spielt um seine Lippen. Er hat das Samtjackett ausgezogen – es sorgfältig über die Rückenlehne der Sitzbank gehängt – und die Ärmel seines weißen Hemds hochgekrempelt. Jetzt sieht er weniger wie ein Prinz aus und mehr wie der Typ, der beruflich Leben rettet.

„Also", sagt Luke und nimmt einen riesigen Bissen von seinem eigenen Stück. „Die Gala. Auf einer Skala von eins bis zehn – wie normal war das?"

„Für einen Freitagabend? Stabile Sechs", gebe ich zu und wische mir mit einer kratzigen Serviette den Mund ab. „Wir mussten keinen Anwalt anrufen, und niemand wurde verhaftet. Die russischen Bots waren eine neue Note, aber ansonsten: Standardprozedur."

Luke schüttelt den Kopf und lacht leise. „Dein Bruder ... Max. Ich dachte immer, er wäre einfach nur, na ja, der Eiskönig. Roboterchirurg. Aber heute Abend ... als ich gesehen habe, wie er wegen des Suppenlöffels gelogen hat? Er ist echt witzig."

„Max ist urkomisch", korrigiere ich. „Er versteckt es nur ganz tief unter Schichten aus Verdrängung und klassischer Musik. Das ist ein Abwehrmechanismus."

„Wogegen? Alistair?"

„Gegen das Chaos", sage ich. „Als wir aufgewachsen sind, war Max der Erbe. Er musste perfekt sein. Was bedeutete, dass ich, als der Ersatzthronfolger, genau einen Job hatte."

„Und der war?"

„Seinen Blutdruck testen", grinse ich. „Ich war eine Plage, Luke. Als ich zwölf war und Max sechzehn, hatte er so eine Phase, in der alles beschriftet sein musste. Er hatte diesen Etikettierer, den er bewacht hat wie sein Leben."

„Lass mich raten", sagt Luke. „Du hast ihn geklaut?"

„Besser. Ich habe alles in seinem Zimmer umetikettiert. Ich habe sein Biologiebuch mit ‚Nerd-Bibel' beschriftet. Sein Cello hieß dann ‚Kummerkiste'. Aber der eigentliche Coup war die Katze. Wir hatten eine Perserkatze namens Baronin. Ich habe ihr ein Etikett auf die Stirn geklebt, auf dem einfach nur ‚Hund' stand."

Luke prustet los vor Lachen. Er verschluckt sich fast an seinem Pizzarand.

„Er hat es drei Tage lang nicht bemerkt“, fahre ich fort. „Aber als er es dann gemerkt hat? Er ist mir durch den ganzen Ostflügel hinterhergejagt und hat irgendwas über ‚Taxonomie‘ gebrüllt. Es war wunderschön.“

Ich nehme noch einen Bissen Pizza.

„Das ist meine Rolle, Luke. Ich pieke den Bären. Ich löse die Spannung. Max baut das Imperium, und ich sorge dafür, dass er dabei keinen Schlaganfall kriegt.“

Luke lächelt, aber seine Augen werden weich. Er fährt mit dem Finger den Rand seines Pappbechers entlang.

„Muss schön sein“, sagt er leise. „Einen Bruder zu haben, der dir durchs Haus hinterherjagt.“

Die Stimmung kippt.

„Du hast nie über deinen Vater gesprochen“, sage ich sanft. „Ich kenne Mama Ortiz. Aber Mr. Silva ist ... nicht in der Akte.“

Luke zuckt mit den Schultern. Es ist eine angespannte, einstudierte Bewegung.

„Er ist nicht tot“, sagt Luke. „Er ist einfach ... weg. Er war Alistair eigentlich ziemlich ähnlich. Laut. Charismatisch. Er hat fürs Leben gern gezockt. Aber Alistair hat einen Trustfonds. Mein Vater hatte nur das Mietgeld.“

Luke schaut aus dem Fenster auf die leere Straße in Queens.

„Er hat auf alles gewettet. Als ich zehn war, hat er seinen Gehaltsscheck auf ein Knicks-Spiel gesetzt. Sie haben verloren. Er ist in dieser Nacht nicht nach Hause gekommen. Und in der nächsten auch nicht. Meine Mutter hat eine Woche lang auf ihn gewartet.“

„Luke, das tut mir leid.“

„Es hat einiges klargemacht“, sagt Luke entschlossen. „Mir ist klargeworden, dass Chaos nicht witzig ist, wenn man es sich nicht leisten kann. Irgendwer musste der Erwachsene sein. Also bin ich zum Mann im Haus geworden. Ich hab einen Teilzeitjob angenommen, um bei den Rechnungen zu helfen, und um meinen eigenen Kram so gut wie möglich selbst zu bezahlen. Ich hab darauf geachtet, dass meine Schwester ihre Hausaufgaben macht."

Er sieht mich an.

„Deshalb gehst du mir manchmal so auf die Nerven. Wenn du das Krankenhaus wie einen Spielplatz behandelst. Du erinnerst mich dann an ihn. Die großen Gesten, die Show."

Ich lege meine Pizza hin. Mein Appetit ist auf einmal weg.

„Ich verstehe das", sage ich leise. „Und ich weiß, ich bin ... viel. Ich bin die Deko, Luke. Max ist das Steak. Ich bin nur die Petersilie. Hübsch, aber überflüssig."

Luke greift über den Tisch. Er schnappt sich meine Hand. Seine Finger sind warm und schwielig.

„Hey. Lass das. Glaubst du, Petersilie hätte heute Abend Harrison Vane umlegen können?"

Ich blinzle. „Nein."

„Eben. Du hast nicht bloß einen Milliardär genervt, Preston. Du hast mich beschützt. Du hast einen Tyrannen gesehen und bist nicht zurückgewichen. Mein Vater ist vor Problemen davongelaufen. Du? Du bist ins Feuer gerannt."

Er drückt meine Hand.

„Du bist nicht der Ersatzthronfolger, Preston. Nicht für mich."

Ich schlucke hart. Hinter meinen Augen brennt es. Ich werde nicht in einer Pizzeria heulen.

„Gott", würge ich hervor. „Du ruinierst mein Image. Ich soll doch der Oberflächliche sein."

„Zu spät", sagt Luke leise. „Ich sehe dich."

Er steht auf und schnappt sich das Samtjackett.

„Komm“, sagt er. „Lass uns nach Hause gehen.“

Luke wohnt in einem Altbau im vierten Stock ohne Aufzug. Ich bin diese Treppen in den letzten vier Wochen zwölfmal hochgestiegen und bin fest überzeugt, dass das Haus bei jedem Besuch ein Stockwerk dazulegt.

„Mein Po wird bald straffer sein als das Facelift meiner Mutter“, stöhne ich, als wir das dritte Treppenpodest erreichen. „Ich brauche Sauerstoff. Ich brauche einen Sherpa.“

„Du musst mehr Cardio machen“, sagt Luke und schließt seine Tür auf. „Du bist außer Atem und dreiundzwanzig. Das ist tragisch.“

Er stößt die Tür auf.

Wir treten ein. Die Wohnung ist klein, warm und vertraut. Sie riecht nach der Zedernholzkerze, die ich ihm geschenkt habe, und nach dem Restduft der Pepperoni, die wir gerade verdrückt haben.

Ich gehe hinein, als würde mir der Laden gehören – weil mir, genau genommen, das teuerste Gerät hier tatsächlich gehört. Ich steuere direkt auf die Küchenzeile zu, schlüpfe aus meinem Smokingjackett und lege es über die Frühstückstheke, neben einem Stapel medizinischer Fachzeitschriften.

„Ich mach Kaffee“, verkünde ich und prüfe die Breville-Maschine. „Willst du auch welchen? Oder soll ich rausfinden, wie man mit der Dampflanze einen Absacker zaubert?“

„Preston“, sagt Luke.

„Ich glaube, wir haben keine guten Bohnen mehr“, rede ich weiter und öffne den Schrank, in dem er die Tassen aufbewahrt, wie ich genau weiß. „Ich lasse morgen einen Kurier neue bringen. Und vielleicht ein paar Biscotti. Deine Vorratskammer ist deprimierend, Luke. Sie besteht nur aus Proteinriegeln und Traurigkeit."

Ich drehe mich um und halte eine Tasse in der Hand.

Luke hat sich von der Tür nicht wegbewegt. Er lehnt dagegen und beobachtet mich. Er lächelt nicht. Die spielerische Stimmung aus der Pizzeria ist verschwunden, ersetzt durch etwas Schwereres. Etwas Raubtierhaftes.

„Was?", frage ich und stelle die Tasse ab. „Habe ich Spinat zwischen den Zähnen? Ich hab dir gesagt, Blattgemüse ist eine Falle."

Luke stößt sich von der Tür ab. Mit drei großen Schritten überquert er das kleine Wohnzimmer.

„Du machst es dir hier ganz schön gemütlich", sagt er leise.

„Na ja, ich habe ja auch die Kaffeemaschine bezahlt", necke ich ihn und lehne mich gegen die Arbeitsplatte, obwohl mein Puls gerade in die Höhe schnellt. „Und ich habe eine Zahnbürste im Bad. Ich glaube, das gibt mir Hausbesetzerrechte."

Luke lacht nicht. Er tritt in meinen persönlichen Raum und drängt mich gegen die Arbeitsplatte. Er legt seine Hände auf die Resopal-Arbeitsfläche links und rechts von meinen Hüften und schließt mich ein.

„Hör auf, eine Show abzuziehen", sagt Luke.

Mein Lächeln gerät ins Wanken. „Ich weiß nicht, was du meinst."

„Doch, weißt du. Du machst gerade das ‚Preston-York-Ding'. Die Witze. Die Ausweichmanöver. Du füllst die Stille, weil du nervös bist."

Er beugt sich vor, seine Nase streift meine. Er riecht nach Seife und dem schwachen, metallischen Geruch der Stadt.

„Warum bist du nervös, Preston? Du warst schon hier. Wir haben das schon gemacht."

„Nicht so", flüstere ich, und die Wahrheit rutscht mir raus, bevor ich sie festhalten kann. „Früher war es ... locker. Es hat Spaß gemacht. Das heute Abend hat sich echt angefühlt."

Lukes Augen suchen meine. Sie sind dunkel, geweitet und erschreckend fokussiert.

„Heute Abend war echt", sagt Luke. „Und das hier auch. Ich will keine Show, Preston. Ich will nicht den Hofnarr. Ich will einfach nur dich."

Er küsst mich.

Es ist keine Frage; es ist ein Besitzanspruch. Er küsst mich hart und erstickt den Protest in meiner Kehle. Ich mache ein Geräusch, irgendetwas Verzweifeltes, Hohes, und schlinge meine Arme um seinen Hals, ziehe ihn näher.

Er fühlt sich fest an gegen mir. Die Arbeitsplatte drückt in meinen unteren Rücken, aber der Druck seiner Hüften gegen meine erdet mich.

Luke bricht den Kuss ab, keuchend. Er greift nach meiner Fliege – die ohnehin schon offen ist – und zieht sie ganz ab, wirft sie auf den Boden. Als Nächstes folgt seine eigene Krawatte. Dann packt er die Vorderseite meines Hemdes.

Pop. Pop. Pop.

Knöpfe schlagen auf den Linoleumboden.

„Schlafzimmer", knurrt er gegen meinen Hals, seine Zähne streifen meinen Pulspunkt.

„Ich dachte, wir trinken Kaffee", bringe ich hervor, atemlos.

„Koffein gibt's später."

Er packt meine Hand und zieht mich in Richtung Schlafzimmer. Ich stolpere ihm hinterher und kicke meine Schuhe im Gehen ab.

Wir fallen auf das Bett. Der Raum wird nur von der Straßenlaterne draußen beleuchtet, die lange Schatten über das zerwühlte Federbett wirft.

Luke drückt mich auf den Rücken. Er beeilt sich nicht. Er steht an der Bettkante und streift sein Hemd ab; er entblößt die breite Brust und die charakteristischen Narben eines Mannes, der mit seinen Händen arbeitet. Er öffnet seinen Gürtel, das Geräusch des schnappenden Leders hallt in dem kleinen Zimmer wider.

Ich beobachte ihn, mein Mund ist trocken. Er sieht aus wie eine zum Leben erwachte Statue, nur wärmer. Besser.

Er krabbelt über mich und verlagert sein Gewicht zwischen meine Beine. Er fühlt sich schwer an, und zum ersten Mal seit einem ganzen Tag – vielleicht seit einem ganzen Jahr – fühle ich mich sicher. Ich muss niemanden stützen. Ich werde gehalten.

„Luke", hauche ich.

Er nimmt meine Lippen wieder in Beschlag, seine Zunge fährt in meinen Mund, schmeckt mich. Seine Hände sind überall – raue Schwielen haken an meiner glatten Haut, greifen meine Taille, gleiten hinunter, um meinen Arsch durch die Anzughose zu umfassen.

Er zieht sich zurück, atmet schwer.

„Hoch", befiehlt er.

Ich gehorche. Ich hebe mein Becken an, und er zieht meine Hose und die Boxershorts in einer Bewegung herunter. Er tritt sie weg.

Jetzt bin ich entblößt. Nackt unter dem Blick des Chief Resident.

Instinktiv versuche ich, mich mit einem Witz zu schützen. „Ich hoffe, das Licht ist vorteilhaft. Ich war nicht mehr im Fitnessstudio seit—"

„Preston", warnt Luke. Er greift meine Handgelenke und pinnt sie mit einer Hand über meinem Kopf fest. „Halt. Den. Mund."

Er beugt sich hinunter und küsst meine Brust, genau über meinem Herzen. Dann wandert er tiefer. Er küsst meinen

Bauch. Er küsst die empfindliche Haut an meinem Hüftknochen.

„Du bist wunderschön", murmelt er gegen meine Haut. „Und du gehörst mir."

Er wandert noch tiefer.

Als sich sein Mund um mich schließt, wölbt sich mein Rücken von der Matratze. Ein Schrei reißt aus meiner Kehle, laut und hemmungslos.

„Luke–Gott."

Er hört nicht auf. Er nutzt seine Zunge, seine Hitze, seinen Rhythmus, um mich völlig aufzulösen. Er nimmt mich mit derselben Präzision auseinander, die er im Schockraum anwendet, findet jedes Nervenende, jeden Druckpunkt.

Ich winde mich, meine Hände krallen suchend in die Laken, mein Kopf ist in den Nacken geworfen. Die Welt verengt sich auf die feuchte Hitze seines Mundes und die Reibung seiner Stoppeln an meinen Oberschenkeln.

Gerade als ich kurz davor bin, über die Kante zu kippen, zieht er sich zurück.

Ich winsle, leer und voller Verlangen. „Luke, bitte."

Er krabbelt meinen Körper wieder hinauf. Er greift zum Nachttisch, holt das Gleitgel. Er macht uns rasch bereit, seine Augen verlassen dabei nie die meinen.

Er benetzt seine Finger und öffnet mich mit einer langsamen, bewussten Geduld, die mich erzittern lässt.

„Sieh mich an", befiehlt er.

Ich sehe ihn an. Sein Gesicht ist gerötet, sein Haar zerzaust, seine Augen brennen.

„Ich bin hier", sagt er. „Ich hab dich."

Er positioniert sich und dringt in mich ein.

Es ist ein langsamer, ausfüllender Druck. Ich keuche, meine Nägel graben sich in seine Schultern. Er dehnt mich, füllt mich aus, verankert mich am Bett.

Er hält einen Moment inne, lässt uns Zeit, uns anzupassen. Ich schlinge meine Beine um seine Taille, ziehe ihn tiefer.

„Alles okay?“ presst er hervor.

„Mehr“, bettle ich. „Bitte, Luke. Beweg dich.“

Er bewegt sich.

Es beginnt langsam, ein stetiger Rhythmus, der das Kopfende des Bettes gegen die Wand schlagen lässt. *Wumm. Wumm. Wumm.*

Doch dann übernimmt die Hitze. Der Rhythmus bricht. Es wird ungestüm und frenetisch. Luke stößt in mich, hart und schnell, und ich erwidere Stoß für Stoß.

Ich mache Geräusche, von denen ich nicht wusste, dass ich sie machen kann – Wimmern, Stöhnen, mein eigener Name, der mir über die Lippen fällt.

„Genau so“, knurrt Luke und vergräbt sein Gesicht in meiner Halsbeuge. „Nimm es. Nimm alles.“

Er trifft diesen einen Punkt in mir – diesen süßen, elektrischen Nerv – und ich falle auseinander.

Ich zerbreche. Weißes Licht explodiert hinter meinen Augenlidern. Ich zittere, klammere mich an ihn wie an eine Rettungsleine, schreie auf, während die Lust in Wellen durch mich rollt.

Luke stöhnt, seine Muskeln verkrampfen sich unter meinen Händen. Er stößt ein letztes, hartes Mal in mich und ergießt sich mit einem gutturalen Schrei in mir.

Er bricht über mir zusammen.

Wir liegen lange Zeit so da, ineinander verschlungen, der Schweiß kühlt auf unserer Haut. Das einzige Geräusch ist unser rauer Atem und die ferne Sirene eines Krankenwagens.

Luke rollt zur Seite, lässt aber einen Arm schwer über meiner Brust liegen. Er drückt einen Kuss auf meine feuchte Schläfe.

„Du redest zu viel", flüstert er, aber darin liegt keine Schärfe. Nur Zuneigung.

Ich drehe den Kopf, um ihn anzusehen. Ich fühle mich völlig zerstört und komplett neu zusammengesetzt.

„Ich habe die letzten zehn Minuten kein Wort gesagt", bemerke ich schwach.

„Ja", grinst Luke, die Augen halb geschlossen. „Ich habe den Stummschalter gefunden."

Er lässt seine Hand meinen Arm hinuntergleiten und verschränkt unsere Finger.

„Bist du okay?" fragt er, jetzt ernst.

Ich drücke seine Hand. Ich denke an das Beschriftungsgerät. Ich denke an die Gala. Ich denke ans Weglaufen.

„Ich gehe nirgendwohin, Luke", flüstere ich. „Nur damit du es weißt. Ich bleibe. Ich bin genau hier."

Luke führt meine Hand an seine Lippen und küsst die Knöchel.

„Ich weiß", sagt er. „Schlaf jetzt, Preston. Wir haben morgen Visite."

„Ich habe keine Visite", murmle ich, schließe die Augen und kuschle mich an seine Brust. „Ich habe Brunch."

„Du hast Visite", korrigiert Luke und zieht die Decke über uns. „Weil du mir Kaffee bringst."

Ich lächle gegen seine Haut.

„Ja, Sir."

„Das heißt: ‚Ja, Doktor'."

„Reize dein Glück nicht aus, Silva."

Aber ich bleibe genau dort, eingehüllt in seine Arme, verankert in Queens, endlich, vollkommen zu Hause.

Kapitel 14
Der goldene Fallschirm

PRESTON

Zwei Wochen später

Die Assistenzzeit ist ein bisschen wie in einer Studentenverbindung – nur dass sie dich nicht mit Bierbongs schikanieren, sondern mit Schlafentzug und den Körperflüssigkeiten anderer Leute.

Es ist Dienstag, 14:00 Uhr. Ich bin seit sechsundzwanzig Stunden wach. Ich trage OP-Kleidung, auf deren linkem Hosenbein sich ein verdächtiger Fleck befindet, und ich bin mir ziemlich sicher, dass meine Haare inzwischen ein eigenes Bewusstsein entwickelt haben.

Ich lehne am Stützpunkt und versuche, die Vitalwerte eines Patienten zu dokumentieren, während ich gleichzeitig halluziniere, dass der Infusionsständer mich verurteilt anschaut.

„York", bellt eine Krankenschwester. „Bett 4 braucht eine rektale Untersuchung. Und Bett 9 verlangt nach einem Kissen-

Aufschüttler. Du bist dran."

„Ich bin Doktor der Medizin", murmele ich und reibe mir die Augen. „Ich bin ein Heiler der Menschen. Ich bin kein Kissen-Aufschüttler."

„Sag das dem Patienten", sagt die Krankenschwester und knallt mir ein Klemmbrett gegen die Brust. „Er sagt, sein Nacken ist ‚fragil'. Los."

Ich stöhne. Ich nehme das Klemmbrett. Ich schaue durch die Notaufnahme.

Luke ist da. Er intubiert gerade einen Trauma-Patienten in Behandlungsraum 1. Er sieht konzentriert, kompetent und unerträglich wach aus. Er fängt meinen Blick durch das Glas auf. Er zwinkert.

Trotz der Erschöpfung macht mein Brustkorb einen kleinen Hüpfer. Wir sind seit zwei Wochen ekelhaft glücklich. Ich habe gelernt, Pizza ohne Gabel zu essen. Ich habe gelernt, dass „ausschlafen" bedeutet, um 6:00 Uhr aufzuwachen. Ich mache Fortschritte.

Aber ich bin auch müde. Seelenmüde, knochenzermürbend müde.

„Dr. York."

Ich gefriere. Die Stimme kommt von hinten. Kühl, bariton, erschreckend präzise.

Ich drehe mich um.

Maxwell steht da. Er trägt seinen makellos weißen Kittel. Er sieht aus, als wäre er gerade aus einem Kryo-Gefrierfach gestiegen – perfekt konserviert und völlig unbeeindruckt vom Konzept der Erschöpfung.

„Max", sage ich. „Falls du mir sagen willst, dass meine Krawatte schief ist: Ich trage OP-Kleidung."

„Dein Kordelzug ist ungleich", stellt Max automatisch fest. „Komm mit. Wir werden oben gebraucht."

„Ich habe eine rektale Untersuchung in Bett 4."

„Delegier sie", sagt Max und dreht sich auf dem Absatz um. „An einen Studenten. Der Vorstand wartet."

Er geht los. Er wartet nicht ab, ob ich folge. Er weiß, dass ich es tun werde. Es ist die Gravitationskraft des älteren Bruders.

Ich drücke einem verängstigten Medizinstudenten im ersten Jahr das Klemmbrett in die Hand.

„Geh hinaus in die Welt", sage ich zu ihm. „Bett 4. Das bildet den Charakter."

Ich folge Max.

Wir lassen den chaotischen Lärm der Notaufnahme hinter uns. Wir fahren mit dem Aufzug nach oben. Die Luft verändert sich. Sie hört auf, nach Desinfektionsmittel zu riechen, und fängt an, nach Zitronenpolitur und Geld zu riechen.

Wir betreten Max' Büro – das Goldfischglas.

Max öffnet die Tür.

„Er ist da", kündigt Max an.

In Max' Besucherstuhl sitzt, die Füße auf dem Mahagonischreibtisch abgelegt, ein Glas mit bernsteinfarbener Flüssigkeit in der Hand: Alistair York.

„Preston!", dröhnt Alistair und schwingt die Beine vom Schreibtisch. „Mein Junge! Mein verlorener Sohn! Du siehst furchtbar aus. Ist das Blut auf deiner Hose? Oder Soße? Bitte sag mir, dass es Soße ist."

„Es ist nicht näher bestimmbare Flüssigkeit, Vater", sage ich und bleibe an der Tür stehen. „Was ist das hier? Eine Intervention?"

„Eine Feier", korrigiert Alistair. Er steht auf und schenkt ein zweites Getränk ein. „Auf den großen Schwindel! Ich muss zugeben, ich hätte nicht gedacht, dass du die Ausdauer dafür hast. Aber du hast dich voll reingehängt, Preston. Du hast es wirklich durchgezogen."

Ich blinzle verwirrt. „Den Schwindel?"

Max geht hinter seinen Schreibtisch, setzt sich und faltet die Hände. Er wirkt ... stolz. Aber nicht so, wie er aussieht, wenn ich eine Wunde nähe. Er wirkt stolz, als hätte er mich gerade jemanden schachmatt setzen sehen.

„Wir wissen, warum du es getan hast, Pres“, sagt Max sanft. „Die Assistenzzeit. Der Medizinstudienabschluss. Das alles.“

„Wisst ihr?“

„Natürlich“, sagt Max lächelnd. „Es war beim Frühstück. Vor drei Jahren. In den Hamptons. Ich habe dir gesagt, dass dir der nötige Biss fehlt, um das Geschäft zu verstehen. Und du hast das persönlich genommen.“

„Also bist du losgezogen“, unterbricht Alistair strahlend, „und hast dir den härtesten, dreckigsten, miserabelsten Job im ganzen Gebäude gesucht, nur um ihm das Gegenteil zu beweisen. Trotz, Preston! Er ist das reinste aller York-Gefühle. Ich respektiere den Eifer.“

Ich starre sie an.

Sie halten das für einen Streich. Sie glauben, meine schlaflosen Nächte, meine Angstzustände, die Leben, die ich mitgerettet habe ... sie glauben, das sei alles nur eine aufwendig inszenierte Performancekunst, um einen Streit zu gewinnen.

Ich setze an zu sagen: *Nein. Ich habe es getan, weil ich nützlich sein wollte. Ich habe es getan, weil ich mich echt fühlen wollte.*

Aber Alistair tritt vor. Er legt eine schwere Hand auf meine Schulter.

„Aber hier ist die Ironie, Sohn“, sagt Alistair, seine Stimme senkt sich zu einem ernsten Grollen. „Du hast deinen Punkt bewiesen. Aber bei dieser Gala hast du noch etwas anderes bewiesen.“

Er deutet mit seinem Glas auf mich.

„Du hast die Kirche und das russische Internet in weniger als zwanzig Minuten als Waffe eingesetzt“, sagt Alistair und schüttelt ungläubig den Kopf. „Du hast Harrison Vane zerstört, ohne einen Schlag zu landen. Das ist keine Medizin, Preston. Das ist Führung."

Max nickt und beugt sich vor.

„Vater hat recht. Ich kann eine Herzklappe ersetzen, Preston. Ich kann ein Herz reparieren. Aber ich kann das Stiftungsvermögen nicht reparieren. Ich kann keinen Milliardär in die Spur prügeln. Du hast einen Killerinstinkt für Menschen, den ich einfach nicht habe."

Max schiebt eine dicke, cremefarbene Mappe über den Schreibtisch. Sie ist mit Goldprägung versehen.

„Vanes Rücktritt lässt einen Sitz frei", sagt Max. „Und wir wollen dich nicht nur dort haben, um den Witz zu beenden. Wir wollen dich dort haben, weil du der Einzige bist, der diesen Job tatsächlich machen kann."

Er tippt auf die Mappe.

„Denk darüber nach, Pres. Du willst Menschen helfen? Schön. Aber sieh dich an. Du bist völlig erschöpft. Du schüttelst Kissen auf. Da unten kannst du einem Patienten nach dem anderen helfen."

Max deutet auf die Mappe.

„Hier oben? Du kannst das Budget der Klinik in Ordnung bringen. Du kannst die Finanzierung für den neuen Trakt sichern. Du kannst das Personal vor Leuten wie Vane schützen. Du kannst mit einer Unterschrift in fünf Minuten mehr Gutes tun, als du es mit einem Stethoskop in fünf Jahren könntest."

Ich sehe auf die Mappe hinunter.

Dreifaches Gehalt. Keine Nachtschichten. Und – am verführerischsten von allem – jemand, der mir sagt, dass ich in etwas gut bin. Der mir sagt, dass ich nicht nur der Ersatzthronfolger bin, sondern der Retter.

„Und die Assistenzzeit?", frage ich.

„Kündige", sagt Alistair und wedelt abfällig mit der Hand.

„Du hattest deinen Spaß. Du hast Doktor gespielt. Du hast dich mit dem Fußvolk herumgetrieben. Jetzt zieh einen Anzug an und hilf uns, das Imperium zu führen. Dafür bist du gemacht, Preston."

Es klingt so einfach. Es klingt so logisch.

Und jetzt, in diesen dreckigen OP-Klamotten, in denen ich mich wie ein Hochstapler fühle, der einfach nur Glück hatte, wirkt diese Bestätigung wie eine Droge.

„Ich ... ich muss darüber nachdenken", sage ich.

„Nimm dir den Rest der Woche", nickt Max. „Aber wir brauchen bis Freitag eine Antwort."

Ich nehme die Mappe. Ich gehe hinaus.

Mir ist schlecht. Es fühlt sich an, als hätte ich gerade etwas Lebenswichtiges für ein Gehalt verkauft, das ich nicht brauche.

Ich gehe den stillen, mit Teppich ausgelegten Flur entlang. Ich brauche Luft. Ich muss aus diesem Gebäude raus, bevor ich ersticke.

Ich biege um die Ecke zu den Fahrstühlen und pralle direkt gegen eine feste Wand aus Muskeln.

„Whoa", sagt eine Stimme. „Pass auf, Anzugträger."

Ich blicke hoch.

Es ist Luke.

Er trägt seine Trauma-OP-Kleidung. An seinem Hals ist ein Blutfleck. Er sieht erschöpft, verschwitzt und unglaublich gut aus. Er hält zwei Kaffee in den Händen.

„Ich hab dir Nachschub mitgebracht", sagt Luke und hebt einen Becher. „Ich hab gehört, die Schwestern machen dich wegen Bett 4 fertig, also dachte ich—"

Er bricht ab.

Er sieht auf meine sauberen Hände. Er sieht den stillen, teuren Flur.

Dann sieht er auf die Mappe in meiner Hand.

Er erkennt das goldene Wappen. Er liest die Worte *Vorstand: Vertraulich.*

Das Lächeln verschwindet aus seinem Gesicht.

„Was ist das?", fragt Luke. Seine Stimme ist sehr leise.

Reflexartig versuche ich, die Mappe hinter meinem Rücken zu verstecken, was das Schuldbewussteste ist, was ich überhaupt tun könnte.

„Nichts", sage ich. „Nur ... Papierkram. Max wollte reden."

„Über den Vorstand?", fragt Luke. Er macht einen Schritt auf mich zu. „Über Vanes Sitz?"

„Er ... er hat ihn mir angeboten", gestehe ich.

Luke starrt mich an. „Und?"

„Und ich denke darüber nach."

Stille. Absolute, bleischwere Stille.

„Du denkst darüber nach", wiederholt Luke. „Also was? Du willst einfach hinwerfen? Du willst die Assistenzzeit einfach hinschmeißen?"

„Max hat ein paar gute Argumente gebracht!", sage ich, meine Stimme wird abwehrend lauter. „Ich bin gut in der Politik, Luke! Du hast mich auf der Gala gesehen. Ich habe das Vane-Problem gelöst. Ich habe das Krankenhaus geschützt."

Ich gehe einen Schritt auf ihn zu, verzweifelt bemüht, dass er mich versteht.

„Vielleicht ... vielleicht gehöre ich nicht in die Notaufnahme. Vielleicht gehöre ich nach oben. Max sagt, ich kann vom Vorstandszimmer aus mehr bewirken. Ich kann die Klinik finanzieren. Ich kann das Personal schützen. Ist das nicht das, was wir wollen?"

„Ist das, was *wir* wollen?", fragt Luke. Seine Stimme ist eiskalt. „Oder ist das nur das, was bequem ist?"

„Es ist nicht bequem!"

„Von hier aus sieht es verdammt bequem aus", sagt Luke, seine Augen hart. „Du hattest deinen Spaß. Du bist hier runtergekommen, hast ein paar Monate lang den ‚Helden der Arbeiterschicht' gespielt, warst mit dem leitenden Assistenzarzt unterwegs und hast bewiesen, dass du ohne Butler überleben kannst. Bravo, Preston. Großartige Vorstellung."

Seine Worte spiegeln exakt das wider, was Alistair gerade gesagt hat. *Du hattest deinen Spaß. Du hast Doktor gespielt.*

Und weil ich verletzt bin, und weil ich Angst habe, dass er recht hat, schlage ich zurück. Ich lehne mich in die Lüge hinein.

„Vielleicht *war* es eine Show", fauche ich. „Vielleicht habe ich meinen Punkt bewiesen. Ich habe Max gezeigt, dass ich es kann. Ich habe meinem Vater gezeigt, dass ich Biss habe. Warum sollte ich weiter leiden, nur um etwas zu beweisen, das ich längst gewonnen habe?"

Luke fährt zurück. Es ist ein körperliches Zucken, als hätte ich ihm eine gescheuert.

„Gewonnen?", flüstert Luke. „Du glaubst, das hier ist ein Spiel? Du glaubst, die Patienten unten sind Figuren auf einem Spielbrett?"

„Es ist alles ein Spiel, Luke!", schreie ich und fuchtle mit der Mappe. „Das Krankenhaus. Der Vorstand. Die Politik. Es geht alles nur um Machtanteile! Und ich bin endlich in einer Position, zu gewinnen! Warum sollte ich den goldenen Fallschirm nicht nehmen? Warum sollte ich hier unten bleiben und untergehen, nur weil du einen Märtyrerkomplex hast?"

In dem Moment, in dem die Worte meinen Mund verlassen, will ich sie zurückholen.

Lukes Gesicht macht zu. Die Wärme verschwindet. Die Mauer fährt hoch.

„Ich dachte, du wärst anders", sagt Luke leise. „Wirklich. Ich dachte, du wärst ... echt."

„Ich bin echt!"

„Nein." Luke schüttelt den Kopf. „Du bist nur ein Tourist. Und ich glaube, dein Visum ist gerade abgelaufen."

Er lässt den extra Kaffee in den Mülleimer neben sich fallen. Er landet mit einem dumpfen Schlag.

„Viel Spaß im Vorstandszimmer, York. Ich habe echte Arbeit zu tun."

Er dreht sich um und geht weg. Er geht auf den Lastenaufzug zu, zurück hinunter zu dem Lärm und dem Blut und dem Kampf.

Ich bleibe dort stehen, allein im stillen, mit Teppich ausgelegten Flur.

Ich sehe auf die Mappe. Ich sehe auf den Mülleimer.

Ich habe meinem Vater meinen Punkt bewiesen. Ich habe meinen Stolz verteidigt.

Und es hat mich nur das Einzige gekostet, das ich wirklich geliebt habe.

Kapitel 15
Entzug

PRESTON

Donnerstag (drei Tage nach der Trennung)

Die Aussicht von der Spitze der Welt ist spektakulär. Sie ist auch unglaublich langweilig.

Ich sitze in einem provisorischen Büro im 40. Stock des Gebäudes der York-Stiftung. Der Teppich ist so flauschig, dass man darin einen kleinen Hund verlieren könnte. Der Schreibtisch besteht aus Glas und Wichtigtuerei. Die Klimaanlage ist auf kühle, gefühllose zwanzig Grad eingestellt.

Ich trage einen anthrazitfarbenen Dreiteiler. Meine Haare sitzen perfekt. Meine Krawatte ist ein Windsor-Knoten, den ich selbst gebunden habe, ohne zu zittern.

Ich sehe aus wie eine Erfolgsgeschichte. Ich fühle mich wie eine Autopsie.

„Preston", dröhnt Alistairs Stimme aus der Tür. „Wir müssen die Quartalsprognosen für das Stiftungsvermögen durchgehen. Ich überlege, Vermögenswerte aus dem Tech-

Bereich umzuschichten in ... wie heißen diese Dinger noch gleich? Hülsenfrüchte?"

„Futures, Vater", sage ich, ohne von der Tabelle aufzusehen, die ich nur zum Schein lese. „Sojabohnen-Terminkontrakte."

„Richtig. Bohnen. Sehr bodenständig. Gefällt mir." Alistair schlendert herein, sichtlich erfreut. Er trägt das Lächeln eines Mannes, der gerade eine sehr lange, sehr teure Wette gewonnen hat. „Weißt du, Vane hat mich gestern angerufen. Er ist wütend wegen des Kurssturzes. Er hat gedroht zu klagen, und ich habe ihm gesagt, er soll den Papst anrufen. Gott, es fühlt sich gut an, zu gewinnen."

Er klatscht mir eine Hand auf die Schulter.

„Und dass du hier bist? Dich endlich dafür interessierst? Das ist das Tüpfelchen auf dem i, Sohn. Max ist begeistert. Er sagt, die Übergabepapiere sind makellos."

„Ich bin gut im Papierkram", sage ich. Meine Stimme klingt hohl.

„Du bist in allem gut", korrigiert Alistair. „Also, Mittagessen? Ich habe ein Gerücht gehört, dass der Club Trüffel aus Italien eingeflogen hat. Wir sollten gehen und einen Kellner einschüchtern."

„Ich habe keinen Hunger", sage ich.

Alistair hält inne. Er sieht mich an. Einen Moment lang verfliegt das Großgetue, ersetzt von einem Aufflackern echter väterlicher Sorge.

„Preston", sagt er. „Du hast deinen Scotch kaum angerührt. Und du liest eine Tabelle über ... Kopierertoner?"

Ich blicke nach unten. Ich starre tatsächlich seit fünfundvierzig Minuten auf das Toner-Budget.

„Es ist wichtig, die Gemeinkosten im Griff zu haben", lüge ich.

Alistair seufzt. Er klopft mir wieder auf die Schulter.

„Es ist nur die Umstellung, mein Junge. Du warst im Schützengraben. Es dauert, bis man sich wieder an das Schloss gewöhnt. Du wirst schon sehen, bis zur Abstimmung am Freitag hast du vergessen, dass du je einen Satz OP-Kleidung besessen hast."

Er geht.

Ich sitze allein in der Stille.

Ich öffne meine Schublade. Darin, hinter einer Schachtel Montblanc-Stifte versteckt, liegt ein Plastiknamensschild.

Dr. P. York. Assistenzarzt.

Ich fahre mit dem Daumen über die Buchstaben.

Ich war nicht zurück in der Wohnung in Queens. Ich habe die Espressomaschine nicht benutzt. Ich habe nicht mehr als zwei Stunden pro Nacht geschlafen.

Ich habe mir eingeredet, ich tue das für meine Würde. Ich habe mir eingeredet, ich würde beweisen, dass ich kein Tourist war.

Aber hier zu sitzen, umgeben von Glas und Stille, lässt mich die Wahrheit erkennen.

Ein Tourist besucht einen Ort und reist ab, wenn es unbequem wird. Ich habe dort gelebt. Ich habe dort geliebt.

Und ich bin nicht gegangen, weil es schwer war. Ich bin gegangen, weil er mir gesagt hat, ich soll gehen.

LUKE

Die Notaufnahme ist eine Maschine. Sie läuft mit Blut, Adrenalin und Koffein. Es ist ihr egal, ob du glücklich bist. Es ist ihr egal, ob dein Herz dir gerade wie ein Bleigewicht in der Brust sitzt.

„Dr. Silva“, stottert ein Assistenzarzt – Jenkins. „Bett 6. Der Patient ... er fragt nach Dr. York.“

Ich erstarre. Ich nähe gerade eine Platzwunde am Arm eines Bauarbeiters. Meine Hand zittert nicht, weil ich ein Profi bin, aber mein Kiefer spannt sich, bis mir die Zähne wehtun.

„Dr. York ist nicht mehr im Programm“, sage ich. Meine Stimme ist tonlos. „Sagen Sie dem Patienten, er kann Dr. Mills sehen.“

„Er ... er sagt, Dr. Mills kenne das ‚Protokoll‘ für seine Angst nicht“, flüstert Jenkins. „Er sagt, Dr. York habe ihm versprochen, ihm einen Fidget Spinner mitzubringen.“

„Wir sind ein Krankenhaus, Jenkins“, fahre ich sie an. „Kein Spielzeugladen. Geben Sie dem Patienten 2 Milligramm Lorazepam und gehen Sie zurück an die Arbeit.“

Jenkins zuckt zusammen. „Ja, Doktor.“

Sie huscht davon.

Ich setze die Naht. Ich mache den Knoten. Ich streife meine Handschuhe ab und werfe sie mit mehr Schwung als nötig in den Mülleimer.

Die Notaufnahme ist grau. Früher war sie chaotisch und bunt. Jetzt ist sie einfach nur ... Arbeit.

Ich gehe zum Stützpunkt, um meine Dokumentation zu machen.

Mama Ortiz ist dort. Sie ist heute die leitende Krankenschwester. In ihren geblümten Kasacks wirkt sie beeindruckend. Im Moment starrt sie mich über ihre Lesebrille hinweg an.

„Du siehst furchtbar aus, *mijo*“, sagt sie.

„Mir geht’s gut, Ma. Bin nur müde.“

„Du bist nicht müde“, korrigiert sie mich. „Du bist gemein. Du hast Jenkins im Materialraum zum Weinen gebracht. Schon wieder.“

„Jenkins muss härter werden.“

„Jenkins ist ein Baby", sagt Mama. „Er braucht Führung. Er braucht den anderen. Den Glänzenden."

Ich versteife mich. „Preston hat gekündigt, Ma. Er hat einen Sitz im Vorstand angenommen. Er ist zurück ins Penthouse gegangen."

Mama Ortiz brummt. Es klingt skeptisch.

„Er hat gekündigt? Oder hast du ihn rausgedrängt?"

„Ich habe ihn nicht rausgedrängt! Ich habe ihm die Wahrheit gesagt. Ich habe ihm gesagt, er ist ein Tourist."

Mama Ortiz knallt eine Patientenakte auf den Schreibtisch. Die ganze Station zuckt zusammen.

„Du bist ein Idiot, Lucas", sagt sie.

„Ma!"

„Sag nicht ‚Ma' zu mir. Ich habe monatelang zugesehen, wie dieser Junge dir wie ein Hündchen hinterhergelaufen ist. Ich habe gesehen, wie er einem betrunkenen Teenager in einem Dreiteiler das Erbrochene vom Körper gewischt hat. Ich habe gesehen, wie er sich gegen diese *bruja* von Mutter gestellt hat, um dich zu verteidigen."

Sie bohrt mir einen Finger in die Brust.

„Touristen machen Fotos, Lucas. Dieser Junge hat Schichten übernommen. Er hat die Nachtschicht übernommen, weil er wusste, dass du es hasst, um drei Uhr morgens allein zu sein."

Ich starre sie an.

Er hat die Nachtschicht übernommen, weil er wusste, dass du es hasst, allein zu sein.

Ich denke an die Pizzeria. Ich denke daran, wie er mich im Flur angesehen hat, diese verdammte Mappe wie einen Schild vor sich haltend.

Ich habe meinem Vater gezeigt, dass ich Biss habe. Warum sollte ich weiter leiden, nur um etwas zu beweisen, das ich längst gewonnen habe?

Ich dachte, er würde angeben. Aber jetzt, wo ich Mama zuhöre ... vielleicht hat er gar nicht geprahlt. Vielleicht wollte er, dass ich ihm sage, dass er nicht leiden muss, um etwas wert zu sein.

„Er ist gegangen, Ma", flüstere ich. „Er ist wegspaziert."

„Weil du ihm keinen Grund gegeben hast zu bleiben", sagt sie leise. „Reparier es. Bevor er wird wie sein Vater. Oder schlimmer ... bevor du wirst wie deiner."

PRESTON

Der Tag der Abstimmung.

Ich stehe im Penthouse und richte meine Manschettenknöpfe. Sie sind aus Gold. Sie sind schwer.

Mein Handy vibriert auf der Kommode.

Eingehender Anruf: Jax O'Connell

Ich starre darauf. Ich habe seit der Gala nicht mehr mit Jax gesprochen. Ich lasse es auf die Mailbox laufen.

Es vibriert wieder.

Eingehender Anruf: Jax O'Connell

Und wieder.

Ich seufze. Ich hebe ab.

„Ich komme nicht in das Programm zurück, Jax", sage ich, als ich rangehe. „Spar dir die Rede. Ich ziehe gerade meinen Anzug an. Ich habe in einer Stunde eine Vorstandssitzung."

„Mach die Tür auf, Preston", sagt Jax.

„Was?"

„Ich stehe draußen. Mach verdammt noch mal die Tür auf, bevor ich das Schloss knacke. Du weißt, dass ich das kann."

Ich lege auf. Ich gehe zur Haustür des Penthouse. Ich öffne sie.

Jax steht da. Er trägt keine OP-Kleidung. Er trägt seine Lederjacke und Jeans. Er sieht wütend aus.

Er drängt sich an mir vorbei in die Diele.

„Schöner Laden", sagt er und schaut sich den Marmor und die Kunst an. „Sehr mausoleumsschick. Passt zur Stimmung."

„Was willst du, Jax?"

Jax fährt zu mir herum. „Ich will wissen, warum der vielversprechendste Assistenzarzt des St.-Jude-Medical-Centers gerade Verkleiden spielt, statt sich auf die Visite vorzubereiten."

„Ich bin nicht dein Assistenzarzt", sage ich kalt. „Ich habe gekündigt. Max hat es angenommen."

„Max hat es angenommen, weil er denkt, du tust es für ihn", faucht Jax. „Max glaubt, du nimmst den Sitz an, um den Familiennamen zu retten. Aber du und ich, wir kennen die Wahrheit."

Er tritt näher.

„Ich habe gehört, was im Flur passiert ist. Luke hat es mir erzählt."

„Luke hat mich Tourist genannt", sage ich, und die Bitterkeit steigt mir in den Hals. „Er meinte, ich würde hier nur ein bisschen im Dreck spielen. Also habe ich aufgehört, im Dreck zu spielen."

„Luke hat Angst", sagt Jax. „Er hat Angst, weil er zum ersten Mal in seinem Leben jemanden gefunden hat, der ihn nicht zum Überleben brauchte, sondern ihn einfach nur *wollte.* Und das hat ihm eine Scheißangst eingejagt. Also hat er dich weggestoßen."

Jax bohrt mir seinen Finger in die Brust. Hart.

„Aber du hast ihn gelassen. Das ist der Teil, der mich ankotzt, York. Du hast ihn stoßen lassen. Du bist bei der ersten Ausfahrt von der Bahn abgefahren, weil es einfacher war, als um deinen Platz zu kämpfen."

„Ich bin gut darin!", schreie ich und deute auf den Anzug. „Ich bin gut im Vorstand! Ich habe Vane zerstört! Ich kann dem Krankenhaus von da oben aus helfen!"

„Klar", sagt Jax. „Du kannst Schecks ausstellen. Du kannst Papiere unterschreiben. Du kannst Alistair 2.0 sein."

Er hält inne. Er sieht mich an mit diesem furchteinflößenden Röntgenblick, den er bei Trauma-Patienten benutzt.

„Aber sag mir, Preston. Als du den Jungen während des Hurrikans von der Kante geredet hast? Als du diesen Ausschlag diagnostiziert hast, auf den sonst keiner kam, weil dir die Fake-Tasche aufgefallen ist? Als du diesen CEO so manipuliert hast, dass er sein eigenes Leben gerettet hat?"

Jax tritt näher, seine Stimme sinkt zu einem rauen Flüstern.

„Hast du dich da wie ein Tourist gefühlt? Oder hattest du das Gefühl, du wärst der Einzige im Raum, der das hinkriegen kann?"

Ich schließe die Augen. Ich erinnere mich daran, wie Elias mich angesehen hat, als ich ihm gesagt habe, dass die Wände halten würden. Ich erinnere mich an den Adrenalinschub, als Pym die Papiere unterschrieben hat. Ich habe mich nicht wie der Ersatzthronfolger gefühlt. Ich habe mich nicht wie ein Scheckbuch gefühlt.

„Ich habe mich nützlich gefühlt", flüstere ich.

„Du hast dich *unersetzlich* gefühlt", korrigiert Jax. „Das war nicht das Geld, das da geredet hat, Preston. Das warst du. Dein Gehirn. Dein Talent. Du gehst auf Menschen zu, wie Max es nie könnte. Du reparierst Dinge, die wir anderen nicht einmal sehen."

Er schaut auf seine Uhr.

„Wirf das nicht weg, nur weil Luke eine Panikattacke hatte und Alistair dir einen glänzenden Stuhl hingestellt hat. Das

Krankenhaus braucht kein weiteres Vorstandsmitglied. Wir haben genug Anzugträger. Wir brauchen dich."

„Die Abstimmung ist um 10:00 Uhr", sage ich, meine Stimme zittert.

„Dann hast du vierzig Minuten", sagt Jax. „Um zu entscheiden, wer du bist. Bist du der Ersatzthronfolger? Oder bist du der Arzt?"

Er geht zur Tür. Er öffnet sie.

„Oh, und Preston?"

„Ja?"

„Wenn du diesen Sitz annimmst, dann komm nie wieder in die Notaufnahme. Ich lasse keine Touristen in meinem Schockraum."

Er knallt die Tür zu.

Ich bleibe in der Stille stehen.

Die Uhr auf dem Kaminsims tickt.

Tick. Tick. Tick.

Es ist 9:25 Uhr.

Ich sehe mein Spiegelbild im Spiegel. Der Anzug ist perfekt. Die Haare sind perfekt.

Ich sehe aus wie ein York.

Aber ich fühle mich wie ein Betrüger.

Ich schnappe mir meine Schlüssel. Ich nehme den cremefarbenen Ordner.

Ich gehe zum Aufzug.

Es ist Zeit, zur Arbeit zu gehen.

Das Vorstandszimmer liegt im obersten Stockwerk des Krankenhauses. Es hat Fenster vom Boden bis zur Decke mit Blick über die Stadt.

Der Tisch ist aus Mahagoni. Das Wasser ist mit Kohlensäure. Die Stille ist teuer.

Alistair York sitzt am Kopfende des Tisches. Er ist der Vorsitzende, die Sonne, um die sich dieses gesamte Sonnensystem dreht. Er wirkt triumphierend und nippt bereits an einer Mimosa.

Zu seiner Rechten sitzt Maxwell. Max trägt seinen weißen Kittel über einem Hemd, als wäre er zwischen zwei Operationen hier hochgerannt. Er ist ein assoziiertes Mitglied – hauptsächlich ein Höflichkeitstitel, auch wenn seine Meinung Gewicht hat. Aber in diesem Raum ist er nicht der Chef der Chirurgie. Er ist nur Alistairs Sohn.

Ich sitze am anderen Ende des Tisches.

Die anderen Vorstandsmitglieder – größtenteils uralte Männer in Nadelstreifen – sehen mich mit zustimmendem Nicken an.

„Und so", dröhnt Alistair und hebt sein Glas, „rücken wir nach dem Rücktritt von Harrison Vane nun zur Bestätigung der Ernennung von Preston York in den Vorstand vor. Es ist eine neue Ära! Eine Ära der aggressiven Expansion! Preston hat bereits ein Talent für ... nennen wir es ‚feindliche Verhandlungen' gezeigt."

Ein Raunen höflichen Gelächters geht um den Tisch.

Max sieht mich an. Er wirkt nicht triumphierend. Er sieht ... müde aus. Er schenkt mir ein kleines, verkniffenes Lächeln.

„Preston?", drängt Alistair. „Die Unterschrift, mein Junge. Wir haben für Mittag eine Pressemitteilung angesetzt."

Der Raum richtet seinen Blick auf mich.

Das ist es. Der goldene Fallschirm. Das einfache Leben.

Ich schlage den Ordner auf. Ich nehme den Montblanc.

Unterschreib, sagt eine Stimme in meinem Kopf. *Unterschreib, und du bist in Sicherheit.*

Ich setze die Spitze des Stifts aufs Papier.

Und dann beginnen die Sirenen.

Es ist nicht nur eine Sirene. Es ist ein Chor. Eine heulende, schreiende Kakofonie, die von den Straßen unten heraufdringt und durch das schalldichte Glas des Turms schneidet.

Max' Kopf schnellt hoch. Die höfliche Vorstandszimmer-Maske verschwindet augenblicklich. Er ist nicht mehr das assoziierte Mitglied; er ist der Chirurg.

„Das ist ein Mehrfachalarm", murmelt Max und fixiert das Fenster mit den Augen.

Alistair runzelt die Stirn, genervt von dem Lärm. „Kann jemand die Jalousien schließen?"

Ich stehe auf. Ich gehe zum Fenster.

Unter uns, auf der Queensboro-Brücke, herrscht Chaos. Schwarzer, dichter Rauch quillt in die Höhe. Ein Bus hängt gefährlich über dem Rand der Leitplanke. Mehrere Autos sind unter einem eingeknickten Sattelschlepper zerquetscht.

Mein Handy vibriert. Gleichzeitig geht Max' Pager los. Das Geräusch ist schrill und brutal in dem stillen Raum.

Notfallwarnung: GROSSSCHADENSEREIGNIS. QUEENSBORO-BRÜCKE. ALLE KRÄFTE VOR ORT. LEVEL-1-TRAUMA-AKTIVIERUNG.

Ich starre auf die Warnung.

Level 1.

Das heißt alle. Das heißt, die Notaufnahme wird gleich zur Kriegszone. Das heißt, Luke ist schon unten und macht sich bereit, die Welle aufzufangen.

„Schrecklich", murmelt eines der Vorstandsmitglieder und blickt auf seine Rolex. „Der Verkehr wird die Hölle sein. Ich schaffe meine Abschlagzeit im Club nie."

„Wir sollten eine Stellungnahme schicken", schlägt ein anderer vor und tippt auf seinem Handy herum. „Gedanken und Gebete. Kommt in den sozialen Medien gut an. Alistair, können wir das PR-Team an einen Entwurf setzen? Wir müssen der Nachrichtenlage voraus sein."

„Ja, ja", sagt Alistair und winkt zerstreut ab. „Wir kümmern uns um die Außenwirkung. Preston, schnell, unterschreib das Papier, damit wir hier zum Ende kommen. Die Sitzung kann sich nicht hinziehen, die Hubschrauber machen solchen Lärm."

Ich erstarre.

Außendarstellung. Abschlagzeiten. Hubschrauber.

Ich sehe zu Max hinüber.

Max schaut nicht auf die Unterlagen. Er starrt auf seinen Pager, die Fingerknöchel weiß. Man sieht ihm an, wie sehr er loswill. Er weiß genau, was im Schockraum gerade passiert. Er will dort sein. Aber er ist an der Seite des Vorsitzenden festgenagelt, gefesselt an Protokoll und Erwartungen.

Er sieht mich an.

Unsere Blicke treffen sich.

Er sagt mir nicht, ich soll mich hinsetzen. Er sagt mir nicht, ich soll unterschreiben. Er sieht auf den Stift in meiner Hand, dann zur Tür.

In seinen Augen liegt kein Urteil. Nur eine stumme, verzweifelte Frage.

Bist du einer von denen? Oder einer von uns?

Ich schaue zurück zu Alistair.

„Unterschreib, Sohn", drängt Alistair und sieht auf seine eigene Uhr. „Es ist nur ein Busunfall. Das Personal wird das regeln. Dafür bezahlen wir sie."

Dafür bezahlen wir sie.

Die Worte treffen mich wie eine Ohrfeige. Sie glauben, sie bezahlen für eine Dienstleistung. Sie wissen nicht, dass sie für Stücke unserer Seelen bezahlen.

„Nein", sage ich.

Alistair blinzelt. „Wie bitte?“

Ich lasse den Montblanc fallen. Er trifft die Mahagonitischplatte mit einem scharfen Klicken.

„Ich unterschreibe nicht“, sage ich.

Ich greife nach oben und löse meine Krawatte. Ich ziehe sie ab und lasse sie auf die Mappe fallen.

„Preston, was tust du da?“, verlangt Alistair zu wissen, sein Gesicht läuft rot an. „Die Abstimmung ist reine Formsache! Du kannst jetzt nicht mehr aussteigen!“

„Brich die Abstimmung ab“, sage ich und streife mein Jackett ab. „Ich trete aus der Stiftung aus. Ich trete aus dem Vorstand zurück.“

„Du kannst nicht einfach gehen!“, schreit Alistair und springt auf. „Wir haben eine Tagesordnung! Das ist jetzt eine Krisensitzung! Wir müssen den Schaden begrenzen!“

„Du hast recht“, sage ich, knöpfe meinen Hemdkragen auf und kremple die Ärmel hoch. „Es ist eine Krise. Auf dieser Brücke sterben Menschen. Und ich bin Arzt.“

Ich schaue zu Max.

„Max“, sage ich. „Ich gehe nach unten.“

Max stößt den Atem aus, den er angehalten hat. Ein langsames, stolzes Grinsen durchbricht seine stoische Maske. Er nickt einmal.

„Geh“, befiehlt Max. „Die Triage wird die Hölle. Sie brauchen jede Hand.“

„Verstanden, Chef.“

„Preston!“, brüllt Alistair und richtet einen zitternden Finger auf die Tür. „Wenn du durch diese Tür gehst, lässt du alles hinter dir! Du lässt das Lebenswerk hinter dir!“

Ich halte an der Tür inne. Ich blicke zurück auf den weichen Teppich, das Sprudelwasser und die Männer, die sich um den Verkehr sorgen, während die Stadt brennt.

„Nein, Vater“, sage ich. „Ich gehe darauf zu.“

Ich stoße die Tür auf.
Ich renne zu den Treppen. Der Aufzug ist zu langsam.
Ich habe eine Schicht, zu der ich muss.

Kapitel 16
Triage

PRESTON

Der Unterschied zwischen einem Vorstandszimmer und einem Schockraum ist der Lärm.

Oben ist Stille eine Währung. Hier unten bedeutet Stille, dass jemand tot ist.

Max und ich stoßen im Sprint durch die Doppeltüren der Notaufnahme. Die Szene dahinter ist pures, unverfälschtes Chaos. Eine Leinwand, gemalt in Rot und Adrenalin. Tragen stehen dreireihig im Flur. Pflegekräfte rufen Vitalwerte. Der Boden ist glitschig von Dingen, über die ich nicht nachdenken will.

Und dieser Geruch. Kupfer, Dieselkraftstoff und Angst.

Ich atme tief ein. Es riecht nach Zuhause.

„Jax!", bellt Max, seine Stimme schneidet wie ein Messer durch den Lärm. „Lagebericht!"

Jax steht auf einem Stuhl in der Mitte des Stützpunkts und dirigiert den Verkehr wie ein Dirigent des Chaos. Er sieht uns.

Er sieht Max in seinem weißen Kittel und mich in meinem ruinierten Oberhemd.

Er grinst. Es ist ein wildes, furchterregendes Grinsen.

„Massenanfall von Verletzten!", schreit Jax über das Geschrei eines Patienten hinweg. „Bus gegen Sattelschlepper. Wir haben zweiundzwanzig kritisch Verletzte, zwölf Leichtverletzte, und sie ziehen immer noch Leute aus dem Fluss. Wir ertrinken in stumpfen Traumata!"

Er zeigt auf Max.

„Max, Kabine 1. Spannungspneumothorax. Thorax aufmachen!"

„Bin dran", sagt Max und streift im Laufen seinen weißen Kittel ab.

Jax zeigt auf mich. Er wirkt nicht überrascht, dass ich hier bin. Er sieht aus, als hätte er damit gerechnet.

„Anzug!", brüllt Jax. „Kabine 3 und 4 laufen über. Silva geht in Kabine 3 unter. Geh rein und mach dich nützlich!"

Mein Herz stolpert. *Luke.*

„Bin unterwegs!", rufe ich.

Ich renne auf Kabine 3 zu. Ich schnappe mir ein Paar Handschuhe aus einem Spender an der Wand und streife sie über, während ich in den Raum hineingleite.

Es ist ein Blutbad.

In dem Raum liegen zwei Patienten – ein Teenager-Mädchen mit einer offenen Fraktur auf der Trage und ein Mann in der Uniform des Busfahrers auf dem Traumatisch, der grau und leblos aussieht.

Luke springt zwischen ihnen hin und her. Er versucht, die Fraktur des Mädchens zu reponieren, während er gleichzeitig Anweisungen für den Fahrer brüllt. Er wirkt mit weit aufgerissenen Augen, schweißnass und überfordert.

„Ich brauche ein Team zum Reponieren!", schreit Luke.

„Und jemand soll Null-Negativ für den Fahrer anhängen! Wo ist mein Assistenzarzt? Wo ist Jenkins?“

„Jenkins hyperventiliert im Flur!“, rufe ich und trete an das Teenager-Mädchen heran. „Ich übernehme die Reposition. Du kümmerst dich um den Fahrer.“

Lukes Kopf schnellt hoch.

Er sieht mich. Er sieht die anthrazitfarbenen Anzughosen. Er sieht die hochgekrempelten Ärmel. Er sieht die goldenen Manschettenknöpfe, die ich noch nicht abmachen konnte.

Einen Moment lang friert ihn der Schock ein.

„Preston?“, haucht er. „Du ... du solltest doch oben sein. Du solltest doch Papiere unterschreiben.“

„Der Stift war leer“, lüge ich und packe das Fußgelenk des Mädchens. „Und die Aussicht war langweilig. Zug auf drei?“

„Raus hier“, faucht Luke, sein Schock schlägt augenblicklich in Wut um. „Ich brauche hier unten keine Touristen, York. Geh zurück zu deinem Sprudelwasser.“

„Ich bin kein Tourist!“, fauche ich zurück. „Und dieses Bein verliert die Durchblutung. Willst du mit mir diskutieren, oder richten wir jetzt den Knochen?“

Luke funkelt mich an. Das Mädchen wimmert.

„Von mir aus“, zischt Luke. „Auf drei. Eins. Zwei. Drei.“

Wir ziehen. *KNACK*. Der Knochen gleitet zurück an seinen Platz. Das Mädchen schreit auf und sackt dann vor Erleichterung zusammen, als die Sedierung wirkt.

„Fußpuls ist wieder da“, bestätige ich und taste die *Arteria dorsalis pedis*. „Schienen, Pflege!“

Ich wende mich dem Hauptfall zu: dem Busfahrer.

Luke ist schon dort und schneidet hektisch das Hemd des Mannes auf.

„Er ist hypoton“, bellt Luke, ohne mich anzusehen. „Druck 70 zu 40. Bretttharter Bauch. Wahrscheinlich retroperitoneale Blutung.“

„Ich wechsle rein", sage ich und gehe auf die andere Seite der Liege.

„Ich habe nicht um Hilfe gebeten!", schreit Luke und schnappt sich den Ultraschallkopf.

„Musst du auch nicht!", brülle ich zurück und greife die Absaugung. „So funktioniert ein Team, Luke! Wir helfen einander!"

„Wir sind kein Team!", knallt Luke den Schallkopf auf den Bauch des Patienten. „Du hast gekündigt! Erinnerst du dich? Du hast den goldenen Fallschirm genommen, weil es ‚einfach' war!"

„Ich habe ihn nicht genommen!", schrere ich und sauge Blut aus einer offenen Platzwunde auf der Brust des Mannes. „Ich bin zurückgetreten! Ich habe die Papiere auf dem Tisch liegen lassen!"

Luke stockt für eine Mikrosekunde. „Du ... was?"

„Positive FAST-Sonografie!", unterbreche ich ihn und deute auf den Monitor. „Freie Flüssigkeit im Bauchraum. Er verblutet. Wir müssen ihn aufmachen. Jetzt."

„Wir können ihn nicht in den OP bringen", sagt Luke mit angespannter Stimme. „Er kippt uns im Fahrstuhl weg."

„Dann machen wir es hier", sage ich. „Notfall-Laparotomie. Skalpell."

Luke sieht mich an. „Du trägst einen Anzug für dreitausend Dollar."

„Und du verschwendest Zeit!" Ich schnappe mir die Betadine-Flasche und schütte sie über den Bauch des Patienten, meine Hose ist in der Sekunde hinüber. „Schneid ihn auf, Silva!"

Luke greift nach dem Skalpell. Er setzt den Schnitt.

Die nächsten zehn Minuten führen wir einen Krieg an zwei Fronten: gegen die sterbende Anatomie des Patienten – und gegeneinander.

„Haken!“, befiehlt Luke.

„Ich halte!“, sage ich und ziehe die Muskelwand auseinander. „Weißt du, für einen Typen, der Predigten über Zuhören hält, bist du wirklich miserabel darin, mir zuzuhören!“

„Ich hab dir zugehört!“, faucht Luke und taucht seine Hände in die Bauchhöhle. „Du hast gesagt, du gehörst ins Vorstandszimmer! Du hast gesagt, du würdest ‚gewinnen‘!“

„Ich habe gelogen!“, schreie ich. „Ich sauge an der Milz ab! Ich war verletzt, weil du mich einen Hochstapler genannt hast!“

„Ich habe dich einen Hochstapler genannt, weil du gegangen bist!“, knurrt Luke und findet die Blutungsquelle. „Verdammt, es ist die Milzarterie. Ich kriege keinen Halt. Alles ist zu glitschig.“

„Lass mich versuchen“, sage ich.

„Nein, ich hab’s!“

„Luke, nimm dein Ego aus dem Weg!“ Ich ramme meine Hand in den Schnitt und schiebe meine Finger an seinen vorbei. Unsere Hände stoßen im Inneren des Patienten zusammen. Es ist warm, glitschig und auf die denkbar grausigste Art intim.

„Ich hab das Gefäß“, stoße ich hervor und kneife die Arterie ab. „Klemme.“

Der Monitor hört mit seinem hektischen Alarm auf und findet zu einem gleichmäßigen Rhythmus zurück.

Luke atmet aus. Er sieht mich über seine Maske hinweg an. Seine Augen sind weit aufgerissen.

„Du ... du hast die Blutung gestoppt.“

„Hab ich dir doch gesagt“, sage ich, der Schweiß läuft mir von der Stirn. „Ich habe gute Hände.“

„Du bist ein Idiot“, haucht Luke. „Du bist wirklich aus dem Vorstand zurückgetreten?“

„Ich habe zu Alistair gesagt, er kann mich mal“, bestätige

ich. „Und dann bin ich unzählige Treppen runtergerannt, weil mir der Lärm gefehlt hat. Und das Blut."

Ich sehe ihm direkt in die Augen.

„Und du hast mir gefehlt, du sturer Esel."

Luke starrt mich an. Die Wut in seinen Augen löst sich auf, ersetzt von dieser rohen, beängstigenden Verletzlichkeit, die ich schon in seiner Wohnung gesehen habe.

„Du bist zurückgekommen", flüstert er.

„Ich bin kein Tourist, Luke", sage ich mit fester Stimme. „Touristen kommen zu Besuch. Ich wohne hier. Im Dreck. Mit dir."

„Es ist Blut", korrigiert Luke automatisch, seine Stimme bricht.

„Es ist eine Metapher, Dr. Silva. Nimm die Romantik an."

Luke stößt ein feuchtes Lachen aus. Er greift nach einem Nadelhalter.

„Ligier es", befiehlt er leise. „Und versau mir nicht meine Nahtlinie."

„Ich habe von den Besten gelernt", sage ich und nehme die Nadel.

Wir finden in einen Rhythmus. Der Streit verstummt. Die Synchronität ist zurück. Ich knote, er schneidet. Er tupft, ich halte. Wir bewegen uns um den Patienten wie Wasser, nahtlos und fließend.

„Schöner Knoten", murmelt Luke, als ich die Ligatur beende.

„Danke", sage ich. Ich beuge mich näher vor, um das OP-Feld zu überprüfen, meine Schulter drückt fest gegen seine. „Ich überlege, diesen Anzug einrahmen zu lassen. In so eine Schaukasten-Box. ‚Der Tag, an dem ich echt wurde'."

„Er ist ruiniert", sagt Luke und wirft einen Blick auf das Desaster aus anthrazitfarbener Wolle.

„Er ist verbessert", korrigiere ich. „Er hat jetzt Charakter."

Luke sieht mich an. Der Patient ist stabil. Die Blutung ist gestillt. Wir stehen Brust an Brust, übersät mit Blut und Innereien, atmen schwer.

„Wenn wir diese Schicht überleben", sagt Luke mit tiefer, rauer Stimme, „bringe ich dich zurück nach Queens."

„Für Pizza?"

„Nein", sagt Luke, sein Blick sinkt auf meine Lippen (oder dahin, wo sie unter der Maske wären). „Um das Gespräch zu Ende zu führen, das wir im Flur angefangen haben. Und um diese Manschettenknöpfe abzumachen."

„Die Manschettenknöpfe behalte ich", necke ich ihn. „Ich mag den Kontrast."

„Preston", warnt Luke, aber er lächelt.

„Luke", antworte ich und lehne mich vor, bis unsere Stirnen aneinanderstoßen.

Die Luft zwischen uns knistert. Die Krankenschwester starrt uns an. Das Teenagermädchen mit dem gebrochenen Bein starrt uns an. Es ist mir egal.

„Ich liebe dich", flüstere ich.

Luke erstarrt. „Du suchst dir echt einen beschissenen Zeitpunkt, um—"

„HEY!"

Ein Brüllen von der Tür her zerreißt den Moment.

Wir fahren beide auseinander.

Jax O'Connell steht im Eingang. Er ist voller Ruß. Er hält ein Klemmbrett wie eine Waffe.

„Flirtet ihr zwei etwa?", brüllt Jax. „Schmachtet ihr euch gerade wirklich über einem offenen Abdomen an?"

„Wir operieren!", verteidige ich mich, obwohl meine Ohren brennen.

„Er ist stabil!", wirft Luke hastig ein und checkt den Monitor.

„Das ist mir scheißegal!", schreit Jax. „Im Flur warten noch zehn Patienten! Macht den Verschluss fertig, wascht euch die Hände und SUCHT EUCH EIN ZIMMER! Oder so wahr mir Gott helfe, ich spritz euch beide persönlich mit dem Dekontaminationsschlauch ab!“

Er richtet einen Finger auf mich.

„Und du! Anzug! Du siehst aus wie ein Auftragskiller nach einem miesen Tag. Mach die Faszie fertig und dann ab zu Kabine 5! Jenkins ist schon wieder umgekippt!“

Jax dreht sich auf dem Absatz um und marschiert zurück in die Kriegszone.

Luke und ich sehen einander an. Unter der Maske kräuseln sich Lukes Augen. Er fängt an zu lachen. Es ist ein freudiges, erleichtertes Geräusch.

„Wir stecken in Schwierigkeiten“, sagt Luke.

„Wir stecken in so großen Schwierigkeiten“, stimme ich zu.

„Kabine 5?“

„Kabine 5.“

„Hey, Preston?“

„Ja?“

„Willkommen zu Hause.“

Ich lächle und schnappe mir eine frische Klemme.

„Es ist gut, wieder da zu sein, Doktor.“

Kapitel 17
Das Protokoll

PRESTON

Drei Monate später

Die psychiatrische Station des St.-Jude's-Krankenhauses riecht anders als der Rest des Gebäudes. Die Notaufnahme riecht nach Bleichmittel und Panik. Die Chirurgie riecht nach Ozon und Gottkomplex.

Die Psychiatrie riecht nach Lavendel und aggressiven Verhandlungen.

Ich stehe am Stützpunkt und trage einen Anzug von Tom Ford, aber ich habe die Oxfords gegen Sneakers in limitierter Auflage getauscht. Das ist jetzt meine neue Uniform. Zugänglich, aber trotzdem zum Aufschauen.

„Dr. York", sagt der Versicherungsvertreter am Telefon. Er klingt müde. „Ich kann für eine Patientin mit einer Kurzzeitversicherung keinen Therapiehund genehmigen. Das ist nicht ‚medizinisch notwendig'."

„Hören Sie mir zu, Gary“, sage ich und lehne mich in meinem ergonomischen Stuhl zurück. „Ich schaue mir gerade den Quartalsbericht Ihres Unternehmens an. Sehr beeindruckend. Es wäre doch schade, wenn jemand dem *Wall Street Journal* stecken würde, dass Sie einer Großmutter den Trost verweigern, die im Grunde ein nationales Heiligtum ist.“

„Sie ist kein nationales Heiligtum“, seufzt Gary. „Sie ist eine pensionierte Bibliothekarin.“

„Bibliothekare sind die Hüter der Zivilisation, Gary. Hassen Sie die Zivilisation? Hassen Sie Bücher?“

In der Glasabtrennung fange ich mein Spiegelbild auf. Ich sehe müde aus. Ich sehe beschäftigt aus. Ich sehe glücklich aus.

„Schon gut“, knickt Gary ein. „Wir genehmigen den Hund. Aber nur für drei Sitzungen.“

„Es war mir ein Vergnügen, mit Ihnen Geschäfte zu machen, Gary. Grüßen Sie Ihre Frau von mir. Die, die in der Galerie arbeitet? Ich habe dort letzte Woche ein Gemälde gekauft. Wunderbare Frau.“

Ich lege auf.

Die Stationsleiterin, Brenda, sieht mich an. Sie schüttelt den Kopf.

„Sie sind furchteinflößend“, sagt sie.

„Ich bin Liaison“, korrigiere ich sie. „Ich ermögliche Lösungen. Und jetzt entschuldigen Sie mich bitte, ich habe ein Mittagessen mit dem Establishment.“

Ich schnappe mir meine Akte – ich habe immer noch eine Akte, auch wenn sie größtenteils aus Kritzeleien und Essensbestellungen besteht – und gehe zum Aufzug.

Ich bin kein Vorstandsmitglied. Ich bin kein Assistenzarzt. Ich bin etwas Neues. Max nennt es „Spezialprojekte“. Die Personalabteilung nennt es „Direktor für Patientenvertretung“.

Ich nenne es „Robin Hood mit Budget“.

Ich fahre mit dem Aufzug runter in die Cafeteria. Der

Lärm trifft mich sofort – das Klappern der Tabletts, das Murmeln von Klatsch und Tratsch.

Ich entdecke sie sofort. Den königlichen Hof von St. Jude's.

Sie sitzen an dem runden Tisch am Fenster.

Maxwell isst einen Salat, der aussieht, als wäre er mit dem Lineal abgemessen worden. Außerdem liest er mit angestrengter Konzentration auf einem Tablet. Jax vernichtet einen doppelten Cheeseburger und sieht glücklich erschöpft aus.

Und neben ihnen, wie er eine Orange mit chirurgischer Präzision schält, sitzt Luke.

Ich gehe zu ihnen hinüber. Ich lasse mich auf den freien Stuhl neben Luke fallen. Ich stibitze mir ein Stück seiner Orange, noch bevor mein Hintern den Plastikstuhl berührt.

„Hey", sagt Luke lächelnd. Er schaut nicht hoch, schiebt mir aber den Rest der Orange hin.

„Der Hund ist genehmigt", verkünde ich. „Mrs. Higgins bekommt ihren Golden Retriever."

„Du hast die Versicherungsgesellschaft schon wieder schikaniert", seufzt Max, ohne von seinem Tablet aufzublicken.

„Ich habe sie mir zunutze gemacht, Max. Das ist etwas anderes."

„Wie nimmt Alistair die Neuigkeiten auf?", fragt Jax und klaut sich eine Pommes von seinem eigenen Tablett.

„Er spinnt sie um", sage ich. „Sloane hat heute Morgen eine Pressemitteilung rausgeschickt. Offenbar war mein Rücktritt aus dem Vorstand kein ‚skandalöser Abgang'. Es war ein ‚strategischer Einsatz'. Die Schlagzeile lautet: ‚Erbe des York-Imperiums entscheidet sich für die Frontlinien statt für das Eckbüro.'"

„Strategischer Einsatz", schnaubt Luke. „Du bist mehrere Stockwerke die Treppe runtergerannt."

„Alistair sagt, das lasse mich ‚kernig' wirken", sage ich. „Er versucht gerade, *Vanity Fair* dazu zu bringen, ein Porträt über meine Sneaker zu machen."

„Immerhin verklagt er niemanden", sagt Jax. „Und das Krankenhaus ist zahlungsfähig. Es ist fast ... langweilig."

„Es ist effizient", korrigiert Max und scrollt durch eine Tabelle. „Apropos Effizienz, Jax, ich habe mir unsere gemeinsamen Vermögenswerte angesehen."

Jax hält mitten im Kauen inne. „Oh nein. Jetzt geht's los. Was habe ich gekauft? War es das Motorrad? Ich hab dir gesagt, die Ducati war eine Investition."

„Das Motorrad ist eine Todesfalle, aber es verliert nur in vertretbarem Rahmen an Wert", sagt Max abfällig. „Nein, ich schaue mir unsere Steuerschuld an. Die ist suboptimal. Wir geben separat als Einzelpersonen ab, weil wir unsere Lebenspartnerschaft nie über die Unterlagen der Krankenhaus-HR hinaus formalisiert haben."

„Okay?", sagt Jax langsam. „Und?"

Max tippt auf den Bildschirm. „Ich habe die Zahlen durchgerechnet. Wenn wir einen rechtsgültigen Ehevertrag schließen würden, würden wir ungefähr zwölf Prozent Erbschaftsteuer sparen. Außerdem würden die Vorsorgevollmachten vereinfacht und wir könnten das Immobilienportfolio zusammenlegen."

Am Tisch wird es still.

Ich höre auf, auf meiner Orange zu kauen. Luke friert ein.

Jax starrt Max an. Er legt seinen Cheeseburger hin.

„Max", sagt Jax. „Redest du über Steuern? Oder ... fragst du mich gerade etwas?"

„Ich stelle Fakten fest", sagt Max und sieht endlich auf. Seine blauen Augen sind vollkommen ruhig, aber in seinem Kiefer zuckt es minimal, nervös. „Wir wohnen zusammen. Wir arbeiten zusammen. Du tolerierst Alistair. Ich toleriere deinen

Musikgeschmack. Es ist eine stabile Fusion. Logischerweise sollten wir sie formalisieren."

Max rückt seine Brille zurecht.

„Nächsten Dienstag um 16 Uhr habe ich ein Zeitfenster in meinem Kalender. Wir könnten zum Standesamt gehen. Die Papiere unterschreiben. Die Genotypen zusammenlegen. Es sei denn, du hast etwas anderes vor?"

Jax starrt ihn fassungslos an.

„Hast du ...", Jax fängt an zu lachen, blanker Unglaube breitet sich in seinem Gesicht aus. „Hast du mir gerade mit einer Excel-Tabelle einen Heiratsantrag gemacht?"

„Es ist eine Kosten-Nutzen-Analyse", verteidigt sich Max, während seine Ohren rosa werden. „Das ist auf finanzielle Weise romantisch."

„Du willst mich heiraten", sagt Jax und beugt sich vor, ein spitzbübisches Grinsen breitet sich aus. „Du willst aus mir einen ehrbaren Mann machen, Eiskönig."

„Ich will zwölf Prozent sparen!", faucht Max, völlig aus dem Konzept. „Und ... vielleicht ... sicherstellen, dass du rechtlich an mich gebunden bist, damit du nicht abhauen kannst, wenn ich anfange zu nerven."

Jax wird weich. Sein Gesichtsausdruck ist so zärtlich, dass es fast wehtut, hinzusehen.

„Max", flüstert Jax. „Du Idiot."

Er öffnet den Mund, um zu antworten.

PIEP-PIEP-PIEP.

Das Geräusch zerreißt den Moment. Es ist nicht nur ein Pager. Es sind alle vier. Max' und Jax', Lukes und mein Handy.

Dann knackt es in der PA-Anlage.

„Code Orange in die Hauptlobby. Code Orange in die Hauptlobby."

Max zuckt zusammen. Die romantische Spannung ist wie weggeblasen, sofort ersetzt vom Chirurgen.

„Code Orange?“ Max runzelt die Stirn. „Das ist … Gefahrstoff?“

„Oder eine Chemikalienpanne“, sagt Jax und steht auf, der Antrag hängt in der Luft wie ein ausklingender Akkord. „Wir müssen los.“

„Moment“, sagt Luke und legt den Kopf schief. „Code Orange … Lobby … Das ist Bromley.“

Wir sehen uns alle an.

Mr. Bromley. Unser Stammgast.

„Er wurde gestern entlassen“, sage ich. „Psych hat ihn freigegeben, ich habe sogar persönlich mit ihm gesprochen.“

„Er ist zurück“, sagt Luke und steht auf. „Das spüre ich in meinen Knochen.“

Max sieht zu Jax. „Wir besprechen die … Fusion … später.“

„Oh, da kannst du deinen süßen Arsch drauf verwetten“, zwinkert Jax. „Los jetzt.“

Wir rennen.

Wir erreichen die Lobby in Rekordzeit. Eine kleine Menschenmenge hat sich nahe der großen Treppe versammelt – der mit dem kunstvoll verzierten Schmiedeeisengeländer, das Alistair in den Neunzigern gestiftet hat.

Security ist da. Mama Ortiz ist da.

Und im Zentrum der Menschenmenge steht Mr. Bromley.

Diesmal verschluckt er nichts.

Er steckt fest.

Genauer gesagt: Sein Kopf steckt zwischen den Stäben des Geländers fest. Er kniet auf dem Marmorboden und sieht betreten aus.

„Mr. Bromley“, seufzt Max und geht zum Geländer. „Wie?“

„Ich habe meinen Glücks-Quarter fallen lassen“, erklärt Bromley, seine Stimme hallt leicht in der Metallfalle. „Ich bin hinterher. Physik ist passiert. Außerdem glaube ich, dass ich vielleicht allergisch gegen Eisen bin."

„Wir brauchen die Feuerwehr", sagt ein Sicherheitsmann und lässt eine Säge an. „Wir müssen die Stäbe durchtrennen."

„Auf gar keinen Fall!", falle ich ihm ins Wort und trete vor. „Dieses Eisen ist französische Schmiedekunst aus dem neunzehnten Jahrhundert. Wenn Sie das durchsägen, wird mein Vater das in seiner Seele spüren. Er wird hier runterkommen und uns drei Stunden lang einen Vortrag über Metallurgie halten."

„Er steckt fest, Pres", sagt Jax und verschränkt die Arme. „Es sei denn, du hast einen Zauberstab."

„Ich habe keinen Zauberstab", sage ich, ziehe mein Jackett aus und reiche es Luke. „Aber ich habe ein Protokoll."

Ich sehe Luke an.

„Gleitgel", befehle ich.

„Gleitgel?", fragt Luke.

„Chirurgisches Gleitmittel. Gallonen davon. Und einen Schuhlöffel."

Luke grinst. Er dreht sich zur Schwester um. „Besorgt dem Mann etwas Gleitgel."

Fünf Minuten später ist Mr. Bromleys Kopf mit einer dicken Schicht medizinischen Gels überzogen. Ich knie auf der einen Seite. Luke kniet auf der anderen.

„Also gut, Mr. Bromley", sage ich und packe seine glitschigen Ohren. „Auf drei. Sie atmen aus, und wir ziehen. Keine Panik. Denken Sie dünne Gedanken."

„Ich denke an Gazellen", sagt Bromley.

„Guter Mann. Luke? Fertig?"

Luke nickt. Er packt Bromleys Schultern.

„Eins. Zwei. Drei!"

Wir ziehen. Bromley stöhnt. Es macht ein nasses *Schmatz*-Geräusch.

Und dann: *plopp.*

Mr. Bromley gleitet frei. Er kippt nach hinten in Lukes Arme. Er ist voller Schleim. Luke ist voller Schleim.

Die Lobby bricht in Applaus aus.

„Der Quarter!“, schreit Bromley. „Ich sehe ihn!“

Er stürzt sich auf die Münze auf dem Boden.

„NEIN!“, rufen Max, Jax, Luke und ich im Chor.

Jax packt Bromley am Rücken seines Pullovers und hebt ihn hoch.

„Das reicht“, sagt Jax. „Sie werden aufgenommen. Beobachtung. Keine Geländer. Keine Münzen. Keine Objekte kleiner als ein Toaster.“

Jax marschiert mit Bromley zu den Aufzügen. Max folgt ihnen, schüttelt den Kopf und zieht sein Tablet hervor – vermutlich um den Wertverlust des Geländers zu prüfen oder vielleicht, um seinen Hochzeitstermin umzubuchen.

Damit bleiben Luke, ich und Mama Ortiz in der Lobby zurück.

Luke und ich sitzen auf dem Boden. Wir sind mit medizinischem Glibber überzogen. Meine Tom-Ford-Hose ist ruiniert. Schon wieder.

Mama Ortiz steht über uns. Sie sieht das Geländer an. Sie sieht das Gleitgel auf dem Boden an. Sie sieht uns an.

Sie seufzt. Es ist ein schweres, dramatisches Geräusch, das in dem hallenden Raum widerhallt.

„Ihr zwei seht aus wie glasierte Donuts“, stellt sie fest.

„Wir haben den Patienten gerettet, Mama“, sagt Luke und wischt sich einen Schmier Glibber von der Wange. „Und das Schmiedeeisen.“

„Mmm-hmm.“ Sie verschränkt die Arme und tippt mit dem Fuß. „Ihr habt den Patienten gerettet. Gut. Jetzt rettet den Verstand eurer Mutter.“

Sie richtet einen Finger auf Luke.

„Der andere“, sagt sie und deutet auf den Aufzug, in dem Max verschwunden ist. „Er heiratet endlich den Cowboy. Ich habe von der Tabelle gehört. Es ist unromantisch, aber es ist ein Fortschritt.“

Ich pruste. „Der Cowboy?“

„Dr. O'Connell“, stellt sie klar. „Er läuft, als trüge er Sporen. Wie auch immer, sie kommen zur Ruhe.“

Sie beugt sich herunter und dringt in Lukes persönlichen Raum ein.

„Also, Lucas. Jetzt, da du dir den ‚Liaison‘ gesichert hast ...“ Sie mustert meinen ruinierten Anzug mit kritischer Zustimmung. „... und er offenbar bereit ist, teure Stoffe für dich zu ruinieren, habe ich Erwartungen.“

„Mama, bitte“, stöhnt Luke, und seine Ohren verfärben sich rosa. „Nicht hier. Nicht in der Lobby.“

„Wo sonst? Du gehst nie ans Telefon, und aus irgendeinem Grund hast du das Schloss an deiner Wohnung ausgetauscht.“ Sie richtet sich auf und rückt an ihrer OP-Haube. „Ich werde nicht jünger, *mijo*. Ich will Enkelkinder. Oder wenigstens eine Hochzeit, bei der der Kuchen nicht nach Pappe schmeckt. Ich habe ein Kleid, das ich seit 1998 aufbewahre. Es hat Pailletten. Es braucht ein Publikum.“

Sie sieht mich an.

„Sie“, sagt sie.

„Ja, Ma'am?“ Ich richte mich gerader auf.

„Sie haben gute Gene. Und gute Zähne. Verschwenden Sie sie nicht. Wenn Sie ihm das Herz brechen, verstecke ich Ihre Leiche im MRT-Gerät. Aber wenn Sie mir Enkelkinder schenken? Dann mache ich Ihnen für den Rest Ihres Lebens jeden Sonntag *Arroz con leche*.“

„Das ist ... ein sehr verlockendes Angebot“, sage ich ehrlich.

„Gut.“ Sie tätschelt Lukes klebrige Wange. „Räumt dieses

Chaos weg. Ihr seht aus wie eine wandelnde Haftungsklage wegen Rutschgefahr."

Sie dreht sich um und marschiert zu den Aufzügen davon, während sie etwas über Pailletten und Veranstaltungsorte vor sich hinmurmelt.

Luke und ich bleiben allein in der Stille der Lobby zurück.

Luke legt den Kopf in die Hände. „Ich werde sterben. Ich werde wirklich an Fremdscham sterben."

„Sie hat mir *Arroz con leche* angeboten", gebe ich zu bedenken und stupse mit meinem Knie gegen seines. „Das ist ein bindender mündlicher Vertrag, Luke. Juristisch gesehen sind wir jetzt, glaube ich, verlobt."

Luke blickt hoch. Er fängt an zu lachen. Es ist ein warmes, freies Geräusch, das von den Marmormauern zurückhallt.

„Du hast das Geländer gerettet", sagt Luke und schüttelt den Kopf.

„Ich habe den Patienten gerettet", korrigiere ich. „Das Geländer war ein Bonus. Der Pudding ist das Ziel."

Luke wischt sich über die Wange und verschmiert das Gelee nur noch mehr. Er sieht mich an mit derselben Intensität wie in der Notaufnahme, mitten im Blut und im Chaos.

„Weißt du", sagt Luke leise. „Laut Mitarbeiterhandbuch ist es ein Interessenkonflikt, ein Vorstandsmitglied zu daten."

„Ich bin kein Vorstandsmitglied", erinnere ich ihn und strecke die Hand aus, um einen Klecks Gleitgel von seinem Kinn zu wischen. „Ich bin nur Liaison."

„Liaison", wiederholt Luke das Wort prüfend. „Also kein Interessenkonflikt?"

„Keiner", sage ich. „Nur Interesse."

„Großes Interesse", stimmt Luke zu.

Er beugt sich vor. Er küsst mich.

Es ist klebrig. Es ist chaotisch. Wir sitzen auf dem Boden der Krankenhaus-Lobby vor dreißig Leuten, darunter eine sehr verurteilend dreinblickende Nonne in der Nähe des Geschenkshops.

Es ist mir egal.

Ich löse mich von ihm.

„Gehen wir thailändisch essen?“, frage ich.

„Thailändisches Essen“, nickt Luke. „Aber wir müssen zuerst duschen. Du bist ein Sicherheitsrisiko.“

„Ich fordere dich zu einem Rennen unter die Dusche heraus.“

Luke steht auf und reicht mir die Hand.

„Abgemacht, York.“

Ich nehme seine Hand. Wir gehen auf den Ausgang zu und lassen das Geländer, das Vorstandszimmer und all die Erwartungen hinter uns.

Die PA-Anlage erklingt erneut. Max lässt Jax ausrufen. Wahrscheinlich, um über den Veranstaltungsort zu sprechen.

Ich lächle.

Ich habe jetzt ein neues Protokoll.

Protokoll: Liebe.

Und die Prognose ist ausgezeichnet.

Bald erhältlich: Buch Drei

MAXWELL

Ich habe einen Ordner vorbereitet.

Er ist farbcodiert. Er ist laminiert. Er trägt den Titel *Projekt Fusion: Ein minimal überlebensfähiges Produkt.*

Darin habe ich eine perfekt effiziente Hochzeitsstrategie umrissen: ein Termin um 10:00 Uhr im Standesamt, gefolgt von einem leichten Brunch in einem Diner, das akzeptable Waffeln serviert, mit anschließendem Arbeitsbeginn um 14:00 Uhr.

Geschätzte Gesamtkosten: 150 Dollar. Geschätzter Gesamtstress: null.

Ich lege den Ordner auf den Mahagonitisch. Ich falte die Hände darauf.

„Wir wollen etwas Kleines", verkünde ich.

Neben mir lehnt Jax sich auf seinem Stuhl zurück und zupft an einem Brötchen mit der gleichen Konzentration, mit der er eine Wunde säubert. Er wirkt gefährlich entspannt für einen Mann, der im Explosionsradius sitzt.

„Mikroskopisch klein", stimmt Jax zu und steckt sich ein Stück Brot in den Mund. „Rathaus. Papiere unterschreiben. Dem Richter High-Five geben. Ich trage Jeans. Die guten. Keine Blutflecken."

Auf der anderen Seite des Tisches hört meine Mutter auf zu blinzeln. Sie starrt uns an. Es ist derselbe Blick, den sie dem Architekten zugeworfen hat, der ihr sagte, sie könne keinen Hubschrauberlandeplatz auf dem Gewächshaus installieren.

„Jeans", wiederholt Catherine. Das Wort klingt wie eine Beleidigung.

„Sie sind Designerware, Catherine", sagt Jax und deutet mit einem Buttermesser auf sie. „Ich habe sechzig Dollar dafür bezahlt. Das ist High Fashion in Queens."

Mein Vater, Alistair, räuspert sich. Das Geräusch hallt wie ein Richterhammer. Er gibt dem Butler ein Zeichen, mehr Wein einzuschenken. Deutlich mehr Wein.

„Maxwell", sagt Vater mit gefährlich ruhiger Stimme. „Du bist der Chef der Chirurgie in St. Jude's. Du bist der Erbe der York-Stiftung. Du kannst nicht in Denim in einem Regierungsgebäude heiraten, zwischen einem Streit um ein Knöllchen und einem Termin beim Notar."

„Es ist effizient, Vater", entgegne ich und tippe auf den Ordner. „Es ist ein Vertrag. Wir brauchen kein Spektakel. Wir brauchen eine Steuererleichterung."

„Es ist kein Spektakel!", faucht Mutter und knallt die Hand auf den Tisch. „Es ist ein Statement! Es ist ein dynastisches Bündnis! Allein die Pressemitteilung braucht sechs Monate Vorlaufzeit!"

Sie greift unter den Tisch. Sie zieht einen Ordner hervor.

Es ist kein sinnvoller Ordner wie meiner. Es ist ein fast acht Zentimeter dicker, ledergebundener Foliant, geprägt mit dem Familienwappen in Gold. Sie lässt ihn auf den Tisch fallen. Er landet mit einem dumpfen Schlag, der die Kristallgläser klirren lässt.

„Mutter“, flüstere ich und betrachte den Ordner mit echter Furcht. „Was ist das?“

„Ist das das Notfallprotokoll für einen Massenanfall von Verletzten?“, fragt Jax und beugt sich vor, um ihn zu begutachten. „Weil dieser Ordner dick genug ist, um ein stumpfes Trauma abzufedern.“

„Das“, sagt Mutter und schlägt ihn auf, sodass Architekturpläne, Stoffmuster und ein Satellitenfoto eines kleinen europäischen Landes sichtbar werden, „ist der Plan. Ich habe mir erlaubt, die Kathedrale vorläufig reservieren zu lassen.“

„Saint Patrick’s?“, fragt Jax.

„Notre-Dame“, korrigiert sie.

Ich verschlucke mich an meinem Wasser. „In Paris? Mutter, dort hat es gebrannt!“

„Ich weiß“, sagt sie lässig. „Ich habe angeboten, das Dach zu bezahlen, wenn sie uns das Hauptschiff im Juni überlassen.“

„Ich spreche kein Französisch, Catherine“, wirft Jax ein. „Ich kann ein Bier bestellen und ‚Ich kapituliere‘ sagen. Das ist keine gute Stimmung für eine Hochzeit.“

„Es ist knapp“, räumt Vater ein, während er einen Bauplan begutachtet, der nach einer statischen Verstärkung einer Tanzfläche aussieht. „Aber wenn wir die Gäste mit der Privatflotte einfliegen, bekommen wir die Logistik hin. Ich habe bereits mit dem Vatikan wegen des Chors gesprochen.“

„Mit dem Vatikan?“ Jax’ Stimme schnellt eine Oktave nach oben. „Alistair, sieh mich an. Ich bin ein abgefallener Katholik. Sehr abgefallen. Wenn ich eine Kathedrale betrete, fängt das Weihwasser an zu kochen. Das ist ein Sicherheitsrisiko.“

„Der Papst ist für die richtige Spende sehr flexibel“, winkt Vater ab und macht eine wegwerfende Handbewegung. „Nun, zur Kutsche …“

„Kutsche?", wiederhole ich, und mir wird schwindlig. „Ich fahre einen Volvo. Der hat eine Fünf-Sterne-Sicherheitsbewertung."

„Du wirst in einer vergoldeten Prunkkutsche vorfahren, gezogen von sechs weißen Hengsten", verkündet Mutter. „Und Jackson, du wirst keine Sechzig-Dollar-Jeans tragen. Du wirst einen Cutaway tragen. Ich habe Giovanni bereits beauftragt. Er lässt gerade Seide aus Mailand einfliegen."

Jax sieht mich an. Seine Augen sind weit aufgerissen und spiegeln den reinen, unverfälschten Horror unserer Realität wider.

„Pferde?", flüstert Jax. „Sie will mich in eine Kutsche setzen? Max, weißt du, wie viele Quetschverletzungen ich wegen Reitunfällen sehe? Ich komme nicht zu meiner Hochzeit als unfallstatistische Fußnote aus dem neunzehnten Jahrhundert."

„Und die Gästeliste", fährt Mutter fort und blättert mit tödlicher Präzision eine Seite um. „Wir haben sie intim gehalten. Nur der engste Kreis."

„Wie viele?", frage ich, während sich die Angst in meinem Magen sammelt.

„Eintausendzweihundert", sagt sie. „Plus/minus das diplomatische Corps. Und das Sinfonieorchester."

Jax lässt den Kopf mit einem dumpfen Laut auf den Tisch sinken.

„Ich kenne nicht mal eintausendzweihundert Leute", nuschelt Jax ins Tischtuch. „Ich mag nicht mal zwölf Leute."

„Es geht nicht darum, ob du sie magst, Jackson", sagt Mutter scharf. „Es geht um die Marke. Was mich daran erinnert ..."

Sie blättert zum letzten Register des Ordners. Sie tippt auf ein Stück schweren, cremefarbenen Karton.

„Ich habe die Andrucke an den Drucker geschickt. ‚Die Vermählung von Dr. Maxwell York und Dr. Jackson York.'"

Jax erstarrt. Er hebt langsam den Kopf.

„Wie bitte?", sagt Jax. „Jackson York? Ich habe nicht zugestimmt, meinen Namen zu ändern. Ich bin Dr. O'Connell. Das steht auf meinem Facharzttitel. Auf meinem Parkplatz. Auf meiner Lieblingstasse."

Mutter sieht ihn an. Ihr Gesichtsausdruck ist mitleidig, als hätte er gerade gefragt, ob er zu einer Beerdigung eine Clownsnase tragen darf.

„Du heiratest einen York, Jackson", sagt sie schlicht. „Du wirst ein York. Und jetzt, da du offiziell Teil der Familie bist, ist das der korrekte Ablauf."

Sie beugt sich vor, ihre Augen aus Stahl.

„Wir benutzen keine Doppelnamen. Wir assimilieren. Du wirst den Namen annehmen. Maxwell wird ganz sicher kein ‚O'Connell' werden. Wir sichern ein Vermächtnis, wir kaufen keine Kneipe in Boston."

Jax starrt sie an. Er schaut zu mir.

„Max?", fleht Jax. „Das meinst du nicht ernst. Ich bin O'Connell. Ich bin das Chaos-Element! Du kannst mich nicht mit einem ‚York' weichspülen!"

Ich schaue meine Mutter an. Ich schaue den Ordner an. Ich schaue die Weinflasche an.

„Ich fürchte um mein Leben, Jax", flüstere ich.

Jax schaut zum Fenster. Er schaut zur Tür.

„Ich brenne durch", verkündet Jax und steht auf. „Ich fahre nach Vegas. Drive-in. Elvis. Ein Trauzeuge namens ‚Bubba'. Ich meine das ernst, Max. Starte das Auto."

„Elvis ist tot, Liebling", sagt Mutter und klappt den Ordner mit einem endgültigen Schnappen zu. „Aber ich habe es geschafft, Elton John für den Empfang zu buchen. Er schuldet deinem Vater noch einen Gefallen aus den Achtzigern, da ging es um eine Jacht und ein paar fragwürdige Investitionen."

Sie lächelt. Es ist ein furchterregendes, haifischähnliches Lächeln. Es ist das Lächeln einer Frau, die in ihrem Leben noch nie das Wort ‚nein' gehört hat.

„Anschnallen, Jungs. Das wird das Ereignis des Jahrhunderts."

Ich schaue auf meinen vernünftigen, farbcodierten Ordner. Ich schaue auf ihren ledergebundenen Folianten des Verderbens.

Ich greife nach der Weinflasche. Das Glas spare ich mir.

BEREIT FÜR DIE FUSION Teil 3 – Demnächst erhältlich

Bücher von C.G. Macington

Notfallprotokoll: Ein apokalyptischer MM-Thriller

Zwischen Reben und Verlangen: Eine zweite Chance für die Liebe in Saint-Émilion MM-Roman

Zwischen Pflicht und Liebe: Eine verbotene vatikanische MM-Romanze

Verbotene Leidenschaft: Wenn Schutz zur verbotenen Leidenschaft wird

Der Krone Trotzen

Notfallkontakt

Zweites Kapitel

Elementar: Vergessenes Erbe

Entfesselt: Eine Enemies-to-Lovers Gay Romance

Der Siebte Kreis: Ein verbotener MM Mafia-Liebesroman

Herzschlag und Adrenalin (Die Ärzte vom St. Jude 1)

www.ingramcontent.com/pod-product-compliance
Lightning Source LLC
LaVergne TN
LVHW041637050526
838121LV00010B/74

* 9 7 9 8 2 3 3 4 2 3 0 0 0 *